アンソロジー・プロレタリア文学

5 驚異

出会いと偶然

森話社

【装丁タイトル文字】朝野方夫（村田元）／『プロレタリア文学』（一九三二年四月）表紙より
【カバー図版】竹久夢二／『直言』（一九〇五年六月一八日）より
【オビ図版】竹久夢二／『草画』（岡村書店、一九一四年）より
【オビ短詩】添田唖蟬坊「当世字引歌」より（→本書140頁）
戸川幽子「下を見てゐろと男に教へられ」（→本書286頁）

アンソロジー・プロレタリア文学⑤

驚異──出会いと偶然

＊目次

Ⅲ

解説

出会いの芸当

榊沢 健

凡例

一、漢字は新字体を採用し、底本が旧字体を使用している場合は、新字体に改めた。

一、仮名遣いは現代仮名遣いとし、底本が歴史的仮名遣いを使用している場合は、現代仮名遣いに改めた。なお、短歌・俳句・川柳・詩等の仮名遣いは底本のままとした。

一、振り仮名は、底本に準拠しつつ、読みやすさを考え、適宜追加・削除した。

一、送り仮名は原則として底本の通りとした。

一、底本に見られる明らかな誤字・脱字・衍字等は、特に断りなく訂正した。

一、歴史的仮名遣いから現代仮名遣いへの変更、振り仮名の追加・削除、誤字・脱字・衍字等の訂正にあたっては、適宜各種の掲載本を参照した。

一、今日の人権意識からすると不適切と思われる語句や表現があるが、時代背景や作品自体の独自性を考慮し、そのままとした。

［詩］

大杉栄

野獣

また、向う側の監房で、荒れ狂ふ音がする、
怒鳴り声がする、歌を唱ふ、
壁板を叩いて騒ぎ立てる。
それでも役人は、知らん顔をしてほうつて置く。

いくど減食を食つても、
暗室に閉ぢこめられても、
鎖りづけにされても、
やつぱり依然として騒ぎ出すので、
役人ももう何んとも手のつけやうがなくなつたのだ。

まるで気ちがひだ、野獣だ。

だが俺は、この気ちがひ、この野獣が、羨ましくつて仕方がない。
そうだ!!　俺は、もつともつと馬鹿になる、修業をつまなければならぬ。

野獣
初出――『近代思想』一九一三年九月
底本――『大杉栄全集』第二巻（ぱる出版、二〇一四年）

大杉　栄／おおすぎ・さかえ　一八八五年（明治一八）―一九二三年（大正一二）
香川県生まれ。父は陸軍軍人。名古屋の陸軍幼年学校を中退後、上京して東京外国語学校仏文科に入学。非戦論を主張する平民社に共鳴し、社会主義運動に傾斜。赤旗事件で入獄中だったため、大逆事件への連座を免れた。荒畑寒村らと『近代思想』『平民新聞』を創刊、アナルコサンディカリスムの運動家としてアナキズムを牽引した。日本社会主義同盟の発起人の一人。関東大震災のどさくさの中、憲兵隊に捕えられ、伊藤野枝らとともに虐殺される。主な著作に、『生の闘争』『労働運動の哲学』『自叙伝』『日本脱出記』など。

I

空中の芸当

小川未明

私が生活のために、いつの間にかこんな方にそれてしまってから、いろいろな労働者と交際するようになりました。けれど、何をしても、其《そ》れが職業となって、これによって生活しなければならなくなると、どんなことも苦痛になり、どうかして、少しの間でも其の苦痛から脱れたくなるものです。

私が真面目に写生をしたり、また素描にはげんでいました時は、路を通っても、てんで看板の絵などは、眼の中に入らなかったものです。寧《むし》ろ、其れを見ることすら、何となく芸術的の自負心を傷《そこな》われるような気がしました。而《そう》して、頭から其の労力などについて考えたこともなかったのです。

この頃、私は、店頭に並べられてある雑記帳の表紙に描かれた、ちょっとした絵や、また筆入の箱などの上に書かれた焼絵や、また活動写真館の軒下に掲げられた看板などを見て、深く其れに気を止めるばかりでなく、時には心を動かされることもあるのです。中には、これを専門に職業としている者もありますけれど、また中には、本当に志す芸術に取りかかることが出来ずに、いろいろな事情のために書いている者もあるからと思うのです。

しかし、私の思うことは、単に其ればかりでありません。私が、こんなような仕事をしないまでは思いもしなかった、苦痛というものが、どんな仕事にも、其ればかりつづけてしている時には伴うものだということを知ったのであります。

このことは、考えることや、筆の上の労働ばかりでなく、たとえば、頭を使わない手工労働者にとっても同じことです。恐らく、いかなる仕事でも、毎日繰返している時は、この苦痛は伴うことであろうと思います。

彼等は、どうかして、其の単調を破りたいと思っている。而して、仕事以外の何等かの手段によって金を儲けたなら、快楽が得られるだろうと考えはじめるのです。

日が蔭ると、この辺の場末の町には、急に人声が騒がしくなります。狭い屋内から出て、処々の露路《ろじ》の入口に置かれた涼台《すずみだい》の処に方々から、其の日の働きに疲れた人々が寄って来て、其れに腰をかけたり、またかけ切れない時分には傍に蹲《うずくま》って団扇《うちわ》を使いながらいろいろの世間話に時の経つのも知らず耽《ふけ》るのです。

其の時分になると、何処《どこ》から出て来るものか、まだ年のいかない八九歳頃の男の子の角兵衛獅子《かくべえじし》が二三人も太鼓を叩きながら氷屋の門口に立ったり、人の集っているような処を覗いて行くのでした。氷屋からは、赤い帯をしめた、襷《たすき》をかけている少女が出て、角兵衛獅子に銭をやっています。しばらくすると、三味線を弾いて、若い女が来かかりました。其の女は櫛巻《くしまき》に結って、背中には赤ん坊を負っていました。

「ちょっと意気な女じゃないか。」

「芸者上りだろうな。」

涼台に寄って話をしている者が、往来を彼方《あちら》に行き、此方《こちら》に佇《たたず》みして、三味線を鳴らして行く女を見て話をしていました。

毎日、こうして日は暮れて行きます。ある時は、二《ふ》た眼《め》とは見ることの出来ないような汚ない風をした醜い女が、しかも大きな腹を抱えて銭をもらって歩いている姿も目にとまったのであります。

「何んだって、楽な仕事というものはないさ。生きて行くということは、容易じゃない。」

「ほんとうのことだ。博奕《ばくち》をするか、相場でもするかして、儲けなけれや、真面目に働いているんじゃ、いつになったたって、楽なことはありゃしない。」

こんなことを話していると、他の一人が其れに口を入れました。

「俺が下谷に住んでいた時分に、近所に二十四五の娘さんが、いつもすばらしい風をしていた。たまに家の前を通るのを見ると、金鎖を胸に下げて、ちゃかちゃかしたやはり鎖のついた革の手提げ鞄をぶら下げて、草履などを穿《は》いてすまして行った。其の娘の家では、あんまりいい暮しをしている様子もないので、不思議に思ったが、女で相場をしているなんかという噂もあったんで、そうかと思っていると、ある時、朝早く、浜町を歩くと、待合から出た女の後姿がどうも似ているので、其の後を付けて、停留場から電車に乗るのを見ると、てっきり其の娘だった。だから、人というものは表面《うわべ》ばかし見たんじゃ分らない。」

「そんなことはざらにあることだ。男でも、女でも、すましている奴程、腹の底が黒いんだ。そうじゃないか。博奕だ、相場だって、いつも勝ったり、儲かったりするもんじゃない。いつも立派にしていられる筈《はず》がない。そう言やあ、相場が当って、急に貧乏人から、何十万という成金になったので、気が違って、自分の女房を殺したっていうことが、四五日前の新聞に出ていた。なんでも、善いことでも、悪いことでも、尋常からあまり脱線すると、とんだことになっちまう。やはり、こうして暮らしているのが、一番いいのかも知れない。」

他の一人が、こんなようなことを言った。其の男は、自分の言ったことに感心して、感慨に堪《た》えないような風でありました。

其の男が先《ま》ず其処《そこ》を去り、前に、娘のことや、金儲けのことを話していた男等が次ぎ次ぎに去って、夜店の支度にかかったり、湯にでも行くと、後には、鉄葉《ブリキ》工の長さんと、他に二三人が、まだ涼台の傍に残っていたのです。

「尺八ってものは、なかなか覚えられないもんだろうか。俺、笛を習いていもんだ。」と、仕事師の吉公が言いました。

「よしねえ、お前みたいな、無器用なもんはなかなか覚えられねえ。何んでも芸というものは、上手になるにゃ、二年も三年も稽古しなけれやならんぜ。」と、長さんは言った。

「長さんは、そんなら吹けるかい。」

「聞くことは好きだが、吹けねえだ。」

「自分が無器用な癖に、人のことを言う奴があるかい。」

「吹けなくても、ちゃんと分っている。笛なんか、お前だちに、上手になりっこはない。なかなかむずかしいもんだということだ。」

「じゃ、長さんは、何か他に芸が出来るかい。ああ、そうだ。お前は木遣《きやり》がうまいな。」と、仕事師の吉公は言いました。

「俺、逆立ちがうまい。」と、長さんは、口の周囲に微笑を湛《たた》えて言った。其の微笑には、何処か自慢するような趣きが見えた。顔の腫れぼったい、無口の長さんは、物を言う時も、黙っている時も、何となく滑稽味が感じられて、相手に悪い感じを起させなかった。

「逆立ちって、妙なもんが上手なんだね。」と、私は覚えず、其れに興味を感じて言いました。

この時、吉公も、其処に居合せた他の男も、また長さんまでが笑ったのであった。

長さんは、ある時、見せ物で女が逆立ちをしたのを見た。また、幅の狭い、長い板の上を危げもなく、しかもずっと高い処を渡ったのを見た。其れには、手品のように、種子《たね》というものがなく、全く熟練の結果から、こんなことが出来るのだと思いました。

「俺にも、これが出来ないことはない。」と、彼は考えたのです。其れ程、この時の印象は、いつまでも彼の頭に刻まれていたと見えて、仕事の合間に、板の間で逆立ちの稽古をしました。少なくも、其のことは、仕事の単調を破ったに相違ありません。僅かな休み時間に、食事の後に、彼は逆立ちの稽古をしました。

しかし、彼は、幾たび絶望して、其れを止めてしまおうかと思ったか知れませんでした。其れを止めずに、つづけて来たというのには、一つの原因がありました。恐らく、其れは、彼れ自身よりは知ることの出来ないものでした。其のことを長さんは、有りのままに話しました。

長さんを其れまで逆立ちの稽古に執着さしたのは、其時、見せ物に出て逆立ちをして見せた、やはり、其のまだ年の若い女でした。長さんは、其の女の顔が大好きでした。見ていて、いつしか知らず自分の心が其の顔に全部惹き付けられた程に好きでした。笑う時分に露《あら》われた、細かな白い歯、紅い唇、其れに底の知れない深みと秘密をささやく真黒な眼が長さんの心を不思議に捉えてしまったのであります。長さんは、其の女が好きであったために、其の女の姿がいつまでも、或は永久に、忘れられないがために、逆立ちに絶望した時もつづけてやる気が起ったのであります。

せめて自分が逆立ちが上手になることは、其の女を永久に記念するばかりでなく、もう二度と見ることがない、しかし忘れられない女に対して与えた称讃を奪い返すことであって、誰れ知らぬ自分の心の中で、其の女を苛《さいな》むに足る程の親しい快味を覚えたからです。

同様に、其の女が、極めて幅の狭い板を渡った其れも、自分は出来なければならぬと考えました。けれど、これは理論上から造作のないことのように思われました。長さんが言ったのを聞くと、こう其れに対しては、解釈を下していました。

「畳の黒い縁を、幅の狭い板と見るんだ。而して、黒い縁の左右は、幾十尺もある崖ときめるんだ。そう思って、縁を渡るんだ。もし其れが渡れて、実際の板の上を渡ることが出来ないという理由がない筈だ。渡れないのは、心が臆するから出来ないんだ。いつでも畳の縁を渡っているような気持で、実際に狭い板を渡ることが出来たなら落ちることがない。ただ、この心の持ち様なんだ。」

彼は、そう思って、また暇には、畳の黒い縁を渡る稽古をしました。其の時は、縁の左右は、幾十尺もある崖ときめて、いろいろ怖しい幻像を自から空想に描いて見たりしたのです。

其のうちに、逆立ちは、兎に角危げなく出来るようになりましたが、幅の狭い板を渡ることは、まだ

実際の場合に応用をして見る機会がないから、成功したか否かは分らないと言うのです。こう彼が物語った時、

「長さんは、女の軽業師を見て、妙なことに感奮したもんだね。」と、私が言うと、

「画描《えかき》だってそうでねえかい、何か見て綺麗だと思うから、一生懸命で描くだろう。俺は画に描けないから、其れを真似たんだ。何がおかしいことがあるもんか。」と、長さんは、むきになって言いました。私は、成程なと思った。

「長さん、一つ其の逆立ちをやって見せねえか。」と、吉公は、笑いながら、あたりを見廻して言った。

この露路の酒屋の壁板には夏の入日の余炎がうすれていました。而して、空には、一面に、輝かしく光りが、風に洗われてしまって、青い地肌がはっきりと地上から仰がれ、光沢気のない、五色の雲が散らばっていました。

こういわれると、長さんは、悪びれずに、

「一つやって見せようか。」

長さんは、両掌に唾《つばき》を付けて、涼台の上に前こごみになって、手をかけて揺《ゆす》ると、台はギイギイと鳴って、脚が小石の頭に乗っているのが、平らかでなかったために、其れを思い止って、彼は、大地の上に其の両掌を持って行って突いた。二三度足を上げては、また、もとの場所に落していたが、其のうちに、極めて無造作に二本の足を揃えて逆《さかさ》まに直立した。草履の裏が、夕空の澄んだ面を見詰めて、長さんの太い両《ふた》つの腕はやや彎曲なりになって、短かい体の重みを支えた。而して、青腫れのした顔は、もはや地につく程うす暗くなっているので、よく分らなかったのであります。

「長さん、うまいもんだ。」と、吉公は、初めて驚いたように言った。

吉公ばかりでなく、居合せた者は、思わぬ芸当がこの人に出来るのを不思議に思ったのであります。

これを見ていた酒屋の小僧や、近所の物好きの若者がこれを真似て、其の当座日が暮れると、露路や、店頭の往来で、白いシャツを着た姿で逆立ちの稽古をしていました。

この附近には、幾つかの鉄工場があった。長く勤続したものもあったが、多勢のことであるから、常に出たり、入ったりしています。其等の中には、これまでにいろいろの経験をして来た者も少なくなかった。彼等は、ある時は、自由労働者になり、ある時は工場につとめ、また礦山坑夫《こうざんこうふ》となったような者もないではなかったのであります。

ある日、私等がいつものように、涼台の処に集っていた時に、背の余り高くない、しかし何処かすばしこそうな男がやって来ました。見なれない男だなと思いましたが、聞くと、某鉄工場にこの頃入って旋盤工となったという旅の者で、この近所に下宿している者だということでした。

旅から旅へ渡って来た者だけに、話が上手というのではないが面白く、其れに直《じき》に皆なと親しくなって、仲間入りをする自然の技術に長《た》けていました。

また、皆なも、仕事の単調に倦《あ》いていて、常に何処か知らぬ土地に憧れているような者ばかりでしたから、この男から、其男の経験した苦しかった事実や、面白かった事実や、またある工場や、労働者の群の内幕や、また全くそういうことでなしに、一般の他国の人情、風俗について、男が口に委《まか》せて語るのを聞くことを喜びました。

小男は、眼を光らして、A礦山の地下労働について語った。

「第一の地下坑に達するには、百五十尺エレベーターで降ります。更に、百五十尺で第二層に達します。其れが十二層あるのです。最下層は、地熱で百度に近いのです。其処でも幾人かの人間が働いています。機械の力で常に上から空気を送って来ますが、息苦しいなどは全く想像の他と思わなければなりません。其処で八時間労働をすることは、ある意味に於《お》いて、青空の下で、血を流して戦争することよりも苦しいことです。

何しろ、すべて機械の力を頼りにしなければならないので、故障が生じないとも限りませんから、実際命というものが頼りにならないのです。後向きになって、トロッコを曳《ひ》いて、其処に止っている筈のエレベーターに礦石《こうせき》を移す時も、万一どんな間違でエレベーターが止っていなかった時は、礦石を載せたトロッコと共に幾百尺の地底に墜落しなければなりません。彼等は過労の結果、注意力が衰え切っています。礦山にいて、自分で仕掛けたダイナマイトのために、また過失のために、或は機械の故障から惨死する者が絶えずあるのです。

其処にいて働いている者は、仕事に気を取られることと、禍《わざわい》が自分の身の上でなくて仕合せだという喜びと、自分も今後気を付けなければならぬという、眼の前のことにより多く注意力を向けられるために、社会と自分等との生活の比較というようなことをいたしませんが、こうして、明るい大地の表面に出て、さまざまな眼に映る人間の生活を見ます時は、『彼等だって、同じ人間ではないのか。』という疑いが起るのです。

最近のように、労働問題が世間にやかましくならないうちから、礦山ばかりでなく、工場には、いくらも其の分子は入っていました。他のことでなく、自身の死活問題ですから、また容易にこのような主義は、みんなの心に入るのです。ただ何処にも臆病者はいるもんです。裏切者のために、何事も成功せずに終るのでした。この頃になって、いろいろな洋服なんか着込んだ男共が山にも入って来て、知ったかぶりに演説をしますが、彼奴等になんで俺達のことが分るもんですか。

労働者は学問というものはなく、書物にはどんなことが書いてあるか知りませんけれど、本物か、まやかし物か見分けるのに敏感な直覚力があります。本物なら、眼を通し耳を通して、直にぴんと胸に言葉が衝《つ》いて来ますが、中には、労働問題を食物《くいもの》にするような奴があります。そんな野郎は命は惜しし、名誉は取りたしというような卑劣な人間であって、何が俺達の頭に響くようなことが言えるもんですか。そんな野郎が一番憎いのです。この野郎打《ぶ》ちのめしてしめえ、谷の中へ叩き込んでしめえという気がむらむらと起ります。何といったって、実地其の仕事を毎日やっている人間でなくて、なんで其の仕事の苦痛や、不平が分るもんですか、其れがなければ、俺達のような苦しみを平常心の中に感じている者でなければ分るもんでありません。

何もむずかしい理窟はない。俺等も、お前達と同等の人間なんだぞ。お前達の奴隷に生れて来たのでもなければや、やっぱりこの社会の同じ分け前を受けなければならん人間なんだということを社会の奴等に知らしてやればいいんです。」

私は、其の男の言っているのを聞いているうちに、いつか其れが社会主義のプロパガンダになっているのを気付きました。

「この男は、社会主義者だな。」と、私は、心の中で思いました。

この男がしゃべっているうちに、皆なは果して分るのか、何《ど》うか知りませんが、兎に角黙って聞いていた。分けて、物に感じ易い長さんは、折々、其の論旨に同感するものがあるらしく、溜息すら洩らしていたのです。

私は、日の照る街の中を歩いていて、ふと立止ることがあります。其れは男から聞いた話を思い出したがためです。私には、よくそうした不安が感ぜられるからで、たとえば、鉄橋を渡っている時分に、汽車が突進して来たら何うしようかというようなことは、考えただけで胸がわくわくするのでした。

男は、地下に於ける廃坑のことの話をしました。もう其の坑は望みが無かったので、坑夫等はとっくに見捨てて他の坑に移って働いている。しかし電燈は、やはり、其の蛇のように曲りくねった坑内を照していています。たまたま坑の中を見物に来た者が、案内者を離れて、廃坑の中に踏み込むと、迷路に入ったようなもので、誰もいない、うす気味の悪い坑の中をうろうろしなければならない。而して、いくら声を立てても、地の下で、しかも、他の坑とは、どれ程とも分らない厚い壁の如くなっているので、もとより聞える筈がない。そうしてうろうろしているうちに、真暗な、エレベーターの通う幾百尺かの穴の底に落込んでしまうことがあると言った。其れを思い出すのでありました。

そういうことに対して、異様に神経の苛立《いらだた》しさを感ずる私は、ある光景を眼に描いて、いつまでも、いつまでも考え尽されない恐怖と不安のために心を捉えられて、茫然《ぼうぜん》としていることがあるのであります。

いくら単調でも、また金にならなくても、私は、命の安全な、自分の従事する職業を真に感謝する心が起ったのです。而して、思ったのです。

「何のために働くのだ。畢竟《ひっきょう》命を繋ぐためでないか。其れを命を賭けて働くということがあるものか、矛盾も甚しい。」

私は、よくそうした危険な職業に従事している人間があることを疑わずにはいられませんでした。

臆病な私には、命を賭けて、幸福を得ようとすることなどは、ちょっと考えが付かなかったのであるが、人生はこうした打算と、理論の上に、いつも立つものでなく、瞬間の幸福と快楽のために、全身を挙げて冒険するものだということを——後になって知った——其時は思わなかったのです。

いつの間に長さんは、其の小男と懇意になったものか、ある日、私が長さんの処をたずねると、店頭に男が来ていた。男は、私の顔を見ると笑って目礼した。

やがて男は、懐の中から、一枚の地図を出して、長さんの前に拡げた。

「ここですよ、ニコリスクは。友達が行っているので、来い来いと言って来るのです。私は、上州の山から東京へ出て来る時にも、青い空を見て考えたのです。どうせ東京へ行っても面白いことのある筈がない。いっそ遠く樺太か、ニコリスク辺へでも出稼した方がいいかも知れないと思ったんですが、また東京へ行けば、何といっても、物の分る労働者がいると思ってやって来やした。私は、ためになる話を聞くことが、生れつき大好きなもんですから、誰か、そんな話をしてくれる友達はないかと何処へ行っても探すのです。ですが来て見ると、やっぱり面白いことはないのです。何なら、直《すぐ》にはニコリスクへは行けませんが、北海道にでも行って、しばらく働いて、来年の春にでもなったら、彼方《あちら》へ渡って見ようかなどと考えています。」

男は、青い色で彩られた北方の海に突き出た陸の一角に指を置いたのでした。

「青い澄み渡った空の色を見ると、何処にいても心が落着きませんので、持病の放浪がしたくなる。」

と、男が言った。彼は、やがて帰って行った。

其あとで、しばらく二人は、黙然としていたが、

「俺にも、いっしょに行かねえかと言ったんだが、母親さえなけれや、何処へでも行くのだ。」と、長さんは言いました。

店頭にあった、黒い素焼の鉢に、朝顔の葉が凋《しお》れていました。

ほんとうに、見れば、見る程、青い空の色です。海岸に、黙々として連なっている砂丘の如く、黒い瓦葺《かわらぶき》の屋根が、この気味悪いまでに青い空の下に、愁しげに見えて、おし黙っていました。

其後、私は、この小男をば見なかった。大井の某工場へ行こうかと或る人に話したそうだから、或は、其の方へ移って行ったのかも知れない。さもなくば、北海道に行ったのであろう。而して、到る処で、彼一流のプロパガンダをしていることであろう。

「あんな男が、火を点けて歩くんだ。」と、私は思いました。

漂浪者の瞳の中は、いつも澄んでいます。彼等は、いつも遠い山を眺め、遥かな地平線に浮動する雲を眺め、青い無窮《むきゆう》の空に輝く星の光りを仰いで、時には、荒れ狂う寂しい暗い海の面を悄然として望むからであります。彼等は、自分のうたう歌に疲れを癒《いや》すことを知っています。

ザクセンの出稼人が、世界を胯《また》にかけて歩くように、愛と幸福が何処に行っても得られなければならぬというのが彼等の哲学であるのです。其れに較《くら》べて、この町に住む私共仲間は、何という冒険性に乏しい、単調な仕事を繰返して、生活に疲れた労働者であろうと思いました。

次のような事件が起るまでは――。

私は、ペンキ画をブリキ板の看板に描くことになっていたので、其れが出来た時分と思って長さんの処へ出かけました。

其の日は、風が少しもなく、夏も末に近かったけれど、まだ日当りに出るとなかなか暑かった。行って見ると長さんは、シャツ一枚になって、何か小さな光る鑵《かん》にハンダを附けていた。

「浅草の娘曲馬を見たことがあるかえ。」と、長さんは言った。

「まだ見たことがない。オペラは一度見たけれど。」と、私は答えた。

「浅草へでも行って見たいな。」と、長さんは、汗を拭いて、其の顔を上げた。

「浅草なら、わけがないいじゃないか。直に行って来られる。」と、私が言うと、

「金持は避暑になんか出かけるが、俺等は浅草へ行って見る暇がない。貧乏暇なしって全くこのことだ。」と、長さんは、口に言いながら眼には、この同じ時刻にも賑かである巷の光景を描くが如く、黙った顔に微笑をたたえていたのでした。

二人が、いろいろな話をしている時に、其処へ突然仕事師の吉公が入って来た。

「どうだ、暑いじゃないか、何か面白いことでもあるかい。」と、印半纏《しるしばんてん》を着た吉公が言った。

「吉さん、昨日の晩方、何処へ行ったい。」と、長さんは言った。

「ああ仕事が終えたもんで、両国の方へ涼みに行った。」と、吉公は其処に腰を下した。

「お前、あの紡績工場の煙突の上に登って見ねえかい、長さん。足場があるから、上るならいっしょに上って見よう。遠方がよく見えるぜ。」と、吉公は言った。

「この暑いのに。あの煙突の高さは幾尺あるえ。」と、長さんは聞いた。

「意気地がねえな。二百五十尺ある。」

「俺、子供の時分から、高い木に登ったもんだ。高い処へ上るのは平気なもんだ。」と、長さんは言った。

「じゃ、上って見ようよ。」

「お前も上るだろう。」と、長さんは、私に聞きました。

私は、ある会社の三階から、下を見た時に切石に日が当って、其の上が白く乾き切っていて、火の出るような光景を見て、若し其の上に落ちたなら、血が焼けた石を彩るのだろうと思って、眼の眩めいたことがあったのを思い出して、何とも返事をすることが出来なかったのです。

其時、吉公は、私の顔を見て笑いながら、

「ペンキで看板の絵なんか描くより、煙突を塗る方がずっと割がいいぜ、いっしょに上って見て置きなさい。」と、言った。

私は、たとい臆病でも、この際、煙突の上には怖しくて登ることが出来ないと言われなかった。

「僕も上って見よう。」と、私は、瘦我慢《やせがまん》にも、言いました。

其れから、しばらく経って、三人は長さんの店頭から出かけた。途中、氷屋へ立寄って、三人は氷水を飲んだ。其処を出て、町端《まちはず》れの塵場に建っている工場を指して歩き出すと、汗が一時に額際から流れた。

蟬の声が、鍋の中で、物を焙《あぶ》るように、耳に焼き付いています。三人は、青い、雲の漂った空に、突立っている煙突を眼の前に眺めた。其れには、蛇の巻き付いたようにまだ足場がかかっていました。もとより、煙は上っている筈がなかったのです。

「あれで、二百五十尺あるかい、ここから見ると、そんなに高いと思わないがな。」と、長さんは言いました。

「上って見ねえ、眼が暈《まわ》っちまうから。親方は偉いもんだ、あの上で、仕事を平気でなさるさかいな。」と、吉公は、とても自分には、まだ其の真似が出来ないといわぬばかりに言った。

煙突の下は、赤い煉瓦で基礎をしっかりと築き上げられてあった。三人は、其の下で上着を脱いで、シャツ一枚になった。而して、下駄をぬいで、両掌に唾《つばき》を付けて、粗末な、悪くすると壊れそうな足場を踏みかけながら、町の方を振向くと、青い日の輝く空の下に、屋根が黒く連なって、其処の生活は、すべて安全なものだというように感じられたのであります。

先頭に立ったのは吉公で、次が肥《ふと》った長さん、最後が私という順序に、其の梯子《はしご》を登り始めました。梯子は、一直線に架けられているのでなしに、螺旋状に、煙突をめぐっていましたが、細い横木は、柔かな足の裏に深く喰い入るように痛かったのです。

私は、まだ、初めのうちから、こんな気の弱いことではならぬと思った。しかし、二人が、ぐんぐん登って行くのに、私一人だけはだんだん後れてしまった。中途から上に達すると、登るのにも、降りるのにも容易ではないと思ったので、ただ、自分の手に入る力を頼りにして上って行きましたが、両足は、痛むというより、だんだん震えて来て梯子の横木に着いていても、体が浮き上るような不安を感じて来ました。

下にいる時は、全くなかった風までが、中空には吹いていたのです。而して、この危うげな足場が一段でも壊れて、足を踏み外したら、真逆様《まっさかさま》に墜落すると思うと、全身に冷たい汗が走りました。其ればかりでなく、掌に油汗が湧いて、横木を握ると、自《おのず》から滑るような感じがしたので、何か塵埃を掌に塗るか、もしくは、掌に湧き出た油汗を拭くかしたらいいと思っても、其れをすることが出来なかったのであります。

吉公は、真先に、煙突の頂上に登って、其の周囲に廻わされた、極めて幅の狭い板の上に立って、危なげな、低い欄干《らんかん》に片手をかけて四方の景色を眺めていました。つづいて、長さんが、其の傍に這い上った。

長さんは、吉公と並んで立って、やはり四方を眺めていたが、時々気になると見えて、後を振向きました。私は、上ってから知ったことだが、煙突の直径は、頂上でも六尺あまりあったのです。私は、やっと、後れて其処に辿《たど》り付いたが、両足が竦《すく》んでしまって、二人と並んで、幅の狭い板の上に立つことが出来ませんでした。しっかりと板の上に坐ったまま、欄干に摑まってがたがたと震えていました。

もはや、私は、二人に対して、外聞が悪いの、善いのということを気にかける念が消え失せてしまったのです。ただ、正直に自分というものを見せ付けて、憐れみを請う心が起りました。

二人も、平常なら、何とか言って、からかったのであろうが、いつになく、真面目な顔付をして、私のこの有様を見ても、何とも言わなかった。寧ろ、これが当然だという風に、私の有様を見ない振りをして、別に話しかけもしませんでした。

「海が近くなって見えるな、あれ見ない、電車がちょうど、虫の這うようになって見える。あすこが浅草の十二階の塔だな。」と、長さんは吉公に言っていました。

私は、ただ真直に下を見たのです。すると、足が坐っていても震えて、ただ頭が茫然として、眼が眩んだのです。其れでも、白い土の上に豆のように、黒くなって人の動いているのが分りました。其れを見ただけで、私の咽喉《のど》は塞《ふさが》って息苦しくなり、もはや、何処をも見るというような勇気が起りませんでした。浅草の十二階の塔も、また、海も、心にとめて眺めるという余裕すらなかったのであります。日が西に沈みかかることだけは分りました。而して、空を一面に赤く彩っているということが分りました。其れより、私は、何うして、あの長い長い足場を踏み外すことなく、二たび安全に地の上に降りることが得られようかという未来に対する不安と恐怖のために頭の中がいっぱいでした。

なんで、平常、あの平安な生活を呪ったであろうと、この時、私は、はじめて省《かえりみ》ると共に、感謝しなかったことを恥じ悔いたのであります。

煙突の大きな口は覗くと空虚で、真暗で、魔物のうなるように轟々と鳴りつづけて、二百五十尺の長身は、絶えず左右に微かながら動いているのを感じました。私は、はじめて直立している煙突が動いていることを知りました。また、なんでこんな処へ上って来たろうと思いました。もはや、過去のすべての記憶に存するものが取り返しの付かないような、一種の絶望的な気持すら感じたのであります。

この時、私は、びっくりするようなことを聞いたのであった。

「長さん、いくら何んでも、此処では逆立ちが出来まいな。」と、この時、一層、青腫れがして見えたような、長さんの顔を見ながら、半ば戯談《じょうだん》のように、半ば嘲笑するように、吉公は言いました。

長さんは、顔に笑いを浮べた。其れは、彼の足許にうずくまって見上げている私の眼には、うす気味が悪く映った。彼は、やがて前後を見廻していたが、

「何処だって出来ねえことはないが、手をかける場所がない。」と、言った。

足場の板は、踏むたびに撓《たわ》むのであった。而して、其の幅が狭くて、欄干が障るのであった。

「長さん賭けようか。もし逆立ちが出来たら、俺等一両宛《ずつ》出すことにしよう。」と、吉公は言った。而して、私の方を見た。

「なあ、オイ、一両出そうじゃないか。」と、彼は、私に問いかけた。

そんな危険な真似が、いくら負け嫌いな長さんにだって出来るものかと私は思った。間違ったら、全く命がないからだ。私は、ただ金を出してもいいというだけの意味で、黙って吉公に対して頷いたのであります。

「一両宛賭けるか、二両になれや、まあ一日の手間賃だなあ。」と、長さんの顔の色は動いた。

「だが長さん、間違ったら命がないぜ。其の代り骨は俺が拾ってやるよ。」と、吉公は頓狂《とんきょう》な笑声を立てた。

「間違ったら、命のないことは分ってらあ。ただな、手を懸ける場処がねえや。」と、長さんは言いながら、足許を見廻していたが、やがて其の瞳は、煙突の口の厚みのある鉄の上に止った。

真暗な穴の中を覗き込んで、

「すればこの縁でやるんだな。だが滑らないかな。」と、長さんは、鉄の面を掌で撫でて見た。

私は、一つ間違ったら、煙突の口の直径が六尺あまりあるから、彼の体は、もんどり打って二百五十尺下まで、穴の内に墜落するのだと思って、歯の根がガチガチとかち合った。けれど、もう声を出して、止めることも出来なかったので、じっと落窪《おちくぼ》んだ眼で見詰めているより仕方がなかった。

「俺、いつも逆立ちを稽古した時には、あの綺麗な若い娘が逆立ちをした時の有様を思い浮べるんだ。」

と、曾つて長さんが言ったことがある。

「一日暇があったら、浅草へ遊びに行くんだがなあ。」と、此間長さんが言ったのを、同時に私は思い出した。

長さんが、今、しようかしまいかと迷っている心の中には、この二つの幻像と、希望とがたしかに加わっているということを、私は体が震えながらも、頭の中で思ったのでありました。

「いいかい、二両賭けるんだぜ、俺、やって見せるから。」と、長さんは言った。もう顔には笑の跡がなかった。

「いいとも、だが長さん、おっこちたって知らないぜ。俺、まだ二百五十尺の煙突の頭で逆立ちしたもんがあったと聞いたことがない。」と、吉公もいつか真面目な顔付になっていた。

「おっこちれば、死ぬまでだ。」と、長さんは、やや絶望的に、他に対しても、また自分に対しても、どちらにということなく投げるように言いました。

長さんは、この世の見収めだといわぬばかりに、振向いて町の方を眺めました。恐らく、其れは意味のないことであったろう。日が西に沈みかかって、空には、美しい雲が断《ちぎ》れて飛んでいます。けれど、夕日に赤く彩られた煙突の上は、炎に照らされているように明るかった。長さんは、掌に唾を付けて、幾たびも油気を取るように手拭でふいていました。やがて手拭を欄干に懸けると、身を縮めて、両掌を煙突の口の鉄の上に突いて、しばらく昵《じっ》と轟々と鳴り音を立てている、真暗な穴の中を覗き込むようにしていました。二つの大きな眼は飛び出たようになって、短かい太い頸許《くびもと》には肉が隆起して、びくびくと腕に通ずる神経は戦《そよ》ぎ、五分刈頭の地肌からは、濡れたように汗が染み出ていました。

こうしている間にも、魔物のような煙突は絶えず左右に動いているのでした。

長さんは、出来るだけ両方の足を揃えて小さく縮めました。其れでないと、欄干に引懸かるからであります。而して、一度足を揚げたなら、二たびやり直しの出来ないことをも知っていました。一旦上げた足を後へも、前へも考えなしに、仕損って落したなら、前へ落した時は、真暗な内部へ、後へ落した時は欄干を越して外部へ、幾百尺となく体は墜落して粉微塵となってしまうからであります。

既に、長さんの足は板の上から離れて、二三尺も高く上ったのを私は見ました。もう気の弱い私は、注意して、この時の彼を凝視することは出来ませんでした。たとい凝視しようと思っても、恐怖のために眼が昏《くら》んでしまったのです。而して、気付いた時は、長さんの足は徐々に上へと伸びて、やがて二本の足は空に向って逆《さかさ》まに伸び切ったのであります。其時、安堵の予感は私の胸を走りました。吉公は、ちょっと長さんの足が、また徐々と縮んで、旧《もと》の空中に描いた線を辿って、板に復するのを眼を放たずに、ある懸念をもって見守っていました。足は巧みに、欄干に引かからずに避けて尚《な》お注意深く板の方に向っていました。この時、私は、はじめて長さんの顔を凝視すると飛び出た眼は瞬きもせずに、全身の力は二つの腕に籠って筋が太く腫れ上り、しかも頸筋《くびすじ》から、肩にかけて一種の痙攣《けいれん》が起り、頭髪がびっしょりと濡れているのを見ました。

何事もなく、逆立ちは無事に済んだ。けれど、誰も、直には声を立てる者がなかった。

長さんの飛び出た二つの眼は、其儘《そのまま》、しばらく大きく開いたなりになって、瞬きもせず虚空を見詰めていました。顔の色は死人のように青みすら失せて、ただ口許に自分の魂を嘲《あざけ》るような、冷たい暗い笑いが湛えられていた。

私は、この顔を見て、これと同じ笑いを忘れていた記憶から思い出した。其れについて、思っている時、吉公の声が耳に入った。長さんの声が耳に入った。——軌道工事をしている労働者が、電車路で、自動車に轢《ひ》かれかけて、危うく救われた時の顔であった。彼は、大きな花崗岩の敷石を抱えて、大きな眼を見開いたまま、口辺にうす気味の悪い笑いを湛えて、しばらく茫然として立っていた。其の自動車が走り去って、人々は歩き出してすべてのものが、もとの如く動きはじめた時でさえも、尚お、しばらく立っていた。——

次の瞬間に、私は、夕空を掠《かす》めて、飛んで行く鳥の黒い影を空に見ました。

吉公が先に立って降り、私が其の後につづいた。振向くと、長さんは、死んだもののようにまだ茫然として考え込んで立っていたのです。

空中の芸当

初出——『太陽』秋季増大号、一九二〇年九月

底本——『定本 小川未明小説全集』第四巻（講談社、一九七九年）

小川未明／おがわ・みめい 一八八二年（明治一五）—一九六一年（昭和三六）新潟県生まれ。本名・健作。旧士族のひとり息子として育つ。早稲田大学英文科で坪内逍遥や島村抱月らの指導を受け、「霰に霙」で文壇に登場する。卒業後は『少年文庫』『読売新聞』などの記者をしながら作品を発表、大正期に入ってからは社会主義的な傾向を強め、労働文学雑誌『黒煙』を創刊、日本社会主義同盟の発起人に加わり、雑誌『種蒔く人』にも参加。二六年、以後は童話に専念すると宣言し、『赤い蠟燭と人魚』をはじめ多数の童話集を刊行した。

琉球の武器

藤沢桓夫

カラテはその威力の故に大変有名になって来ました。京都大学の医学部では、何《な》んでも、最近、カラテの威力を学理的に闡明《せんめい》するために、わざわざその道の達人を琉球から招いて研究を続けていると言う話です。

人も知るごとく、カラテは琉球の生んだ特有の拳法です。得物《えもの》を持たないで、素手で、わが身を防禦《ぼうぎょ》し敵を倒す術です。

琉球出身の労働者運動の闘士は近年非常に多く現われて来ましたが、彼等のなかにはカラテの達人がなかなか少なくありません。心強いことです。片岡鉄兵さんの「強い男はいる」と言う小説のなかにも鶴見方面のカラテのよく出来る労働者が出て来ていたと記憶しますが、関東自由にも一人物凄《ものすご》いのがいます。集会などではオマワリの方でもちゃんとそれを知っていて、彼を検束するためにいつも十数人が用意されて来るのです。小柄で一見強そうにも見えない彼は、或る時、自由労働者仲間の荒くたい大喧《おおげん》嘩《か》に、助太刀《すけだち》かシカエシを引き受けて、ひとりでノコノコと二三十人の殺気立ったなかへはいって行って、瞬《また》く間にみんなノバしてしまい、それ以来すっかり男を上げ、今では喧嘩の仲裁になくてはならぬ男になっています。

カラテでポピュラアなのは、先《ま》ず、眼つぶし、睾丸蹴《きんたまけ》り、アバラ折り、などでしょう。眼つぶしと言うのは、手の指先を火箸のように真直《まっす》ぐに剛直させ、それで敵の眼を突きつぶすのです。睾丸蹴りと言うのは、足の小指に沿って踝《くるぶし》へ走る甲のところで、跳ね上る途端に敵の睾丸《きんたま》を蹴り殺すのです。そして、アバラ折りと言うのは、拳固《げんこ》の背のところで敵のアバラをゴンと行くのです。即座にアバラを折って敵を倒してしまうのもあります。が、達人になると、こいつは何日くらい生かして置いてから殺してやろうと、そのつもりでゴンとやって置くと、十日なり一月なり彼の予定した時間が経ってから、敵はまるで他の原因でのように自然に参ってしまうのです。

また、そう言う達人になると、ひらりと地を蹴って跳び上るや、瞬間的にではあるが天井へピタリと吸いついてしまうことも出来るのです。また、天井へ堅く引き緊《しま》った豚肉の大きな塊を高くぶらさげて置きます。すると、跳び上るたびに指の力で必ず一握《ひとにぎり》の肉をもぎ取って来ることも出来るのです。

尤《もっと》も、こんな達人になるためには、子供の時から一心に修業をしなければなりません。楔形《くさびがた》の木片《きぎれ》の一二尺のを土のなかに突き射して置いて、始終それを横から殴っては拳固を鍛えるのです。

話には聞いて知っていたものの、はじめてカラテを実際に見た時には驚いてしまいました。琉球出身の一人の労働者と、或る友人の家《うち》で落ち合ったのです。さきに書いた関東自由のとはまた別の人間です。カラテの話が出たのです。彼は、新しく口に啣《くわ》えたバットに火を点《つ》けるような顔をして、僕の前にあった燐寸《まっち》を差してある大型の瀬戸物の灰皿を「ちょっとそれを。」と言って手を差し出しました。僕は灰皿を彼の方へ押しやりました。彼はそれを彼の指先を拡げて自分の膝の前へ引きよせました。引きよせられた時、灰皿は粉微塵《こなみじん》に砕けていました。

「こいつはどうだ?」

友人は、僕たちの横にあった大きなチャブ台を示しました。食事をするやつです。

「これくらい——だけど、構いませんかね?」

彼は友人の細君《さいくん》の方を見て言いました。

「構いませんよ。やって御覧なさいな。」

半分はまさか大丈夫だろうと言う気もあったらしく、友人の細君は笑って答えました。チャブ台は二つに割れたのです。

「僕なんかこれでお話しにならないのですよ。これくらいのカラテなら誰でもやりますよ。」

と彼は言いました。

「では、記念に。」

その労働者は、帰りぎわに、そう言うと、玄関の壁に大きな穴をあけて行きました。

この嘘のような威力を持つカラテの起源については、面白い話を聞きました。琉球は昔から支那と九州の島津家と両方から迫害され強奪され続けて来ました。これらの抑圧者から抑圧されながらも自分を護《まも》るためにいろんな武器が発明され造られました。が、造られる尻《しり》からそれは掠奪者《りやくだつしや》によって没収され禁止されて行ったのです。あらゆる武器が奪われるのです。掠奪者は琉球をどこまでも武器のない島にしようとする。武器を持たないでどうして自分を護るか? こうして、必要がとうとう琉球に武器でない武器――カラテを発明させたと言うのです。

この話は僕を非常に感動させました。プロレタリア党が鋼鉄化して行く過程をあまりにもまざまざと聯想《れんそう》させるではありませんか。

カラテを育てる琉球の風習について、もう一つ美しい話を僕は聞いています。――琉球の家庭では、よく、父親が、食事のたびごとに男の子のあるいは女の子の頭を、軽く箸で打ち込むと言うのです。子が三つ四つの時分から。小さな子は容易に頭を叩かれます。父親はそれを毎日続ける。だんだん打ち込めなくなる。子が十六七になる頃には、どんなに隙を見て不意打《ふいうち》をかけても、どうしても打ち込めないようになると言うのです。

琉球の武器
初出――不明
底本――『傷だらけの歌』(「新鋭文学叢書」第五編、改造社、一九三〇年)
藤沢桓夫／ふじさわ・たけお　一九〇四年(明治三七)―一九八九年(平成元)
大阪府生まれ。漢学者の家柄で、大阪高校在学中より『猟人』『龍舫』などの同人誌で習作を発表する。一九二五年、『辻馬車』に掲載した「首」が新感覚派の横光利一、川端康成らに認められて文壇進出の端緒を開く。東京帝国大学入学の後、プロレタリア文学の影響を受け、学生運動団体「新人会」に加入、『戦旗』の同人となるが、健康を害して療養生活を余儀なくされる。三三年、大阪に戻って以降は新聞・雑誌の連載小説を多く書き、織田作之助や田辺聖子らと交流して、大阪文壇の中心的存在として活躍した。

綱渡りの現実

小熊秀雄

――綱渡りは公衆の面前に、真逆さまに墜落して横死した、この詩は彼のポケットにあつたものである

おお、愛する観客諸君よ、
遺書とは――結局死んでゆく人間の
最後の理屈ぢやないか、
しかもこの最後の理屈をいふことが
死ぬ人間にとつて
何といふ難かしいことなんだらう。
難かしい理由――それは死んでゆく者の
感傷性と理屈とが一致しにくいものだから。
――お父さん、さよなら。
――お母さん、さよなら。
　私は死んでゆきます
　先立つ不幸はゆるして下さい。
かう短かく単純に走り書して
死んでいつた沢山の民衆に私は敬意を表する。
医者の診断書から心臓痲痺《まひ》を、
新聞記事から神経衰弱が抹殺されて、
民衆の死因の
公平なる発表がされるのは

いつたい何時《いつ》のことだらう。
民衆の死因の単純化は
彼等の現実隠蔽の手段の一つ、
自殺とは大衆の現実への
もつとも消極的な方法による
もつとも積極的な抗議の仕方だから、
舞台の上で俳優が殺された、
田舎芝居では
赤い毛布をもつた男がでてきて
すぐ毛布で死骸をかくして引つ込めてしまふ、
図々しいのは良心のない都会の芝居さ、
倒れた俳優の腹をたち割り、
そこから赤い真綿を一米《メートル》突もひきだす、
観客は、生々しい死の姿を
いつまでも見せつけられて
――ああ、可哀さうに、可哀さうに。
田舎の芝居にはユーモアがある、
倒れた役者は

舞台下から吹つこむ寒いすきま風に、
ぶるぶるつ、と身ぶるひしながら横になり
相棒の女形を下からみあげて
――なんて、あいつの脛《すね》は毛だらけだらうと
つぶやきながら眼をあけたり閉ぢたり、
退屈になると袂《たもと》から
南京豆をつまみ出して、ボリボリ喰ふ
自分に都合の悪い死に方をした者は
直ぐ棺桶へ放りこむし
都合がよければ何時までも
毎日、毎日書きたてて
大衆に見せびらかしてをくジャアナリズム、
そいつをあやつる成り上り者、
彼等の社会政策は死者から始まる、
――生者に対する礼
おそらく、そんなものは遠い昔のことだらう。
ゴーゴリは死に際に言つた、梯子《はしご》を梯子を――と
モオパッサンは言つた、暗い、暗い――と

バイロンは言つた、進め、進め――と、
なんと三人共、
味のある遺言だらうね
諸君はこのうちの、どれが好きかね、
私は三つの内でバイロンの遺言が一番好きだ。
武藤山治は撃たれて倒れるとき叫んだ。
――火葬場問題だ、と
なんて慌てた政治家の遺言の通俗的なことよ。
将校は支那兵を撃つて
………身を支へながら絶叫した、
…………
………………………
私はかうした人の心理が判らない
その時戦地には、こほろぎが
コロコロコロと鳴いてゐた
――謎か、若しくは
コホロギの鳴く音こそ、
疑惑に対する似合ひの答、と歌つた

ウヰリアム・ブレイクの詩の一章を思ひだす、
戦地の血のしたたり、
無念――とさけび倒れる人は
いづれも今は…………、
………謎は、コホロギにきけ、
私の綱渡りは軽わざ小屋の大てつぺんから
観客が、アッと叫ぶ瞬間に墜《お》ちる、
地面にはげしく、たたきつけられて、
私の頭の皮ははげ
むきだしのザクロのやうに赤い
夕刊ではかう書くだらう、
――軽わざ師某は
　前夜少しく酒をのみすぎてゐたと。
この報告の単純化は
とんでもない嘘つぱちだ、
綱渡りの現実を知らない人間のために、
私はこの長詩をポケットに
何時も忍ばしておくのだ、

私たち綱渡りは最初みな経験主義者だつた
私たちは最初落ちることから教はつた、
低いところに綱を張つて
渡つては落ち、落ちては渡る、
フローベルといふ小説家が
エンマといふ人物の毒死を書くのに
自分で砒素《ひそ》をなめて味はつてみたやうに、
私達綱渡りは実験的用意から始めた
私にとつて現実とは
綱の上より他にはない。
綱の上を渡ることが生活の全部だ。
親方の鞭《むち》は、ピューピュー私の後で鳴る。
私の少年綱渡りたちは泣いた。
――現実を渡ることは
なんといふ神経の悩みだらう。
あの兄弟子たちは
見あげるやうな恐ろしい高さを

どうして危なげもなく
上手に渡れるんだらうね。
私は間もなく幾分高い綱を渡ることができた、
下から親方は私に向つて叫ぶ、
――そんな格好ぢや、落つこちるぞ、
姿勢を崩しちやだめだ、
危いっ――もつと突込んで、
もつと突込むんだ、
私は最初は親方のいふ
突込めといふ掛声の意味が判らなかつた、
――突込めとは
お前の生きた二つの眼で
綱を力いつぱい凝視《みつ》めろつてことだ、
綱渡り商売は
すべて現実主義者でなくちや駄目だ、
綱の上で惚れた女のことを
考へちやー真逆さまだぞ、
一度は落ちて腰をくぢいた

一度は額を割つた
なんて綱を渡ることの血まみれのことよ
ある日、親方の部屋へ駈《か》けこんで
——親方、
けふは一番てつぺんを渡らして貰ひませう、
と言うと親方はハタと膝をうつて
——おお、たうとうお前も
一人前になつたのか、
どうだ、綱が四斗樽のやうに
太く見えるだらう——。
——親方ほんとうに綱が四斗樽のやうに太く、
ああ、なんといふ不思議なことだらう、
血と肉と神経とを費して、
綱を渡つた
見おろす綱の下、空間は
私にとつては横たはる死であつた、
現実とは死の上に
かけられた一本の綱か

そして何といふ綱の細さよ、
生命の継続の飢ゑよ、
生と死との矛盾の見世物よ、
お客さん達は
私の渡ることよりも
私の落ちることを待ち構へてゐるやうだ
無事に綱を渡つて
高い竹梯子を降りてくると
お客は腹では残念がつて、
手ではカッサイした、
私は嬉しいよりも癪《しやく》にさはつた、
私はお客に向つて心に怒鳴つた
——お客よ、
靴屋よ、
お前の現実は
靴以外には無いくせに、
お前が靴の寸法を間違へたら
私が喝采してやらうか。

――お客よ
文士よ、
お前の現実は
原稿紙の枠を埋める以外にないくせに、
お前が駄作を書いたら
　私が喝采してやらうか。
綱の上の私をして間もなく
新しい生活が悦《よろ》こびを充満させた。
じつと綱をみつめてゐると
綱の細い輪郭はふくれ
しだいに太く見えだした。
四斗樽ほどにも太い連続に――、
そこへ一歩を踏みだすことが容易になつた、
現実の拡大か。
それとも現実からの
新しい現実のつまみ出しか。
とにかく、私は平地を歩るくやうな
安心さで、高いところの綱の上を渡る。

一粒の米をみてゐると、
こいつも味噌樽《みそだる》位の大きさに見える、
すばらしいぞ、
失業をしたら、一粒の米に、
般若心経二百六十二字を書いて
売つて暮らさうか――。
私はこの経験を兄弟子に語ると
兄弟子は眉をひそめながら私に言ふ
――可愛いタワリシチよ
おお、それは正しくない、
綱は決して四斗樽の太さぢやない、
綱はあくまで綱の太さに尽きる、
君の綱の見方は
顕微鏡的現実だよ、
君は正しいリアリストぢやないよ、
君は間もなく落つこちるだらう、
批評家、親方の――突込めの掛声に
うつかり乗つたら大変なことになるよ、

親方はまた私に言ふのだ、
――綱の上で、もつと愛嬌《あいきよう》をふりまくんだね、
あんなしかめつらでは
お客の人気が悪い
恐怖そのものだ、
私の生きた眼は顕微鏡になつたのだらうか、
ああ、しかも死の上の現実には
しかめ面《つら》以外に表情がないではないか、
それに親方は笑へといふ、
真珠釦《しんじゆぼたん》に、茶褐色筋入半ズボン
髪は鳶色《とびいろ》、青い靴下、
薔薇《ばら》の花を帽子にさして簪《かんざし》のやうだ、
幅広のカラーに
ゆつたりと結んだ桃色ネクタイ
これが私の服装、
オスカア・ワイルド風の
唯美派《ゆいびは》の道化服の手前、
綱の上で悲劇的なツラをすることが
調和的でないことを私は知つてゐる
だが別な批評家は私にいふのだ、
それで良いんだと――、
現実主義とはすべて悲劇的なツラであると――。
私もそれを正しいと思つた、
苦痛の中から
どうして笑ひをヒリ出すことが出来るか、
親方の私に要求する笑ひは
彼の営業政策からだらう、
それは先《ま》づいいとして、私は私自身で
綱の上から真実に笑ひたいんだ――。
観客に向つて、こぼれるやうな、
笑ひを伝へたい、
兄弟子は私に言ふ、
――君は、綱をもつと動かすんだね、
私は驚ろいて彼の顔を見あげた、
顕微鏡的眼ではなくて、
生きた眼で綱をみよう、

また綱を正しい綱の太さとしてみよう、
然《しか》し綱は危険にさらされてゐるのだ、
これは動かぬものとして考へる以外に
渡り方があらうか、
それに兄弟子は――
綱を現実を――更に動かせといふ
私はすべてを諒解《りようかい》した
ゆらり、ゆらり、と綱を動かして見た、
私はその動かし方を次第に強く
もつとも調和的な形で
綱を自分自身で牽制してみた、
すべてが、うまくいつた、
何といふ現実だらう、
おお、綱よ、私のものよ、
自由よ、
私は綱に勝つたのだ、
すばらしいことだ、私は綱の上で笑ふ
観客が一人一人はつきりと見える、

私は綱の上でげらげらと笑ひ、
観客に向つて叫ぶ
――理想が人間をとらへるんぢやない。
――人間が理想をとらへるんだ。
――綱がおれを動かすんぢやない。
――おれが綱を動かしてやるんだ。
――友よ、観客よ、靴屋よ、文士よ、
君等も君等の現実を
狼のやうに咬《くは》へてふりまはせ。

観客諸君――、
私は何時かこの綱の上から墜ちて死ぬだらう、
私の墜落はニュートンの引力の法則に依る、
だが友よ、
綱渡りが現実を踏みはずして落ちて死ぬ必然性を
私は頭から信じはしない、
ブハーリンならかういふだらう、
綱渡りが偶然に落ちることなどはない

みな必然的な理由によると、
彼氏一流の偶然性の否定をやるだらう、
だが私の綱渡りの経験では
困難な仕事には、
それだけ大きな偶然性も現れるのだ、
私の墜死を自殺として片附けてくれるな、
脱落者の心理を
理解し得ないものは
君もまた脱落者となる資格があるぞ――
私は落ちた――。
だが見給へ私の兄弟子や
たくさんの綱渡りたちは立派に
今でも依然として綱を渡つてゐる
事実に眼を向け給へ、
その方がずつと重要なのだ、
おお、私は綱と格闘しよう、
おお、更に私の綱に私の力を加へよう、
そして私の綱は小屋掛けをさへゆり動かす、

嵐はしだいに強く小屋をゆりうごかす、
私が綱とたたかふこと
それは私が嵐と闘つてゐることになる
私は笑ふ生活のために、
高い綱の上から諸君をながめながら。
観客の中でいちばん美しい娘さんに秋波《ながしめ》した、
私の浮気よ、
余裕綽綽《よゆうしやくしやく》たる私の現実、
小屋がはねて人々は去つた、
舞台の上のアセチリン瓦斯《ガス》は吹き消され、
巨大な獣の舌のやうな
赤い緞帳《どんちやう》がガランとした、
小屋の中に垂れさがつてゐる、
楽屋で私はオスカア・ワイルドの服をぬぎすてて、
外出しようと木戸口へ廻ると、
そこの暗がりに一人の若い女が立つてゐた、
ああ、それは私が生命《いのち》がけの綱の上で
娘に投げたかりそめの恋のながしめに、

娘は私を待つてゐてくれた
私は娘を抱いて熱い熱い接吻した、
おお、現実とはこのやうに素晴らしいものか

綱渡りの現実
初出――『現実』一九三四年五月
底本――『新版 小熊秀雄全集』第三巻（創樹社、一九九一年）

小熊秀雄／おぐま・ひでお　一九〇一年（明治三四）―一九四〇年（昭和一五）
北海道生まれ。樺太の高等小学校卒業後、さまざまな労働を経験し、パルプ工場での労働では右手指二本を失う。一九二二年、旭川新聞社に入社、文芸欄も担当し、詩、童話などの創作を開始。二八年、新聞社を辞し、妻子とともに東京に居を定める。プロレタリア詩人会に加わり、病と困窮のなか盛んに詩を書き、三五年『小熊秀雄詩集』『飛ぶ橇』を刊行。画論、画家論をも執筆し、「池袋モンパルナス」の画家たちと交流、自身でも絵筆をとり独特な絵を残した。『槐』『現代文学』の創刊に参加し活躍するが、肺結核のため死去。

〔川柳〕

近藤十四子

知ることの寂しさ今日も本を読み

冷やかに心を背き出た言葉

笑ひつゞけた顔のどこかに有る苦痛

耳をふさいでも聞えて来る嘲笑

あえぎつゝたどり着けば断崖

つぎはぎの衣服を脱いで素ツ裸

笑ひ顔にしてはその眼の淋しすぎ

大浪の寄するを知らず砂上楼閣

鬱勃と地軸に時を待つ熱火
行進だ行進だ黎明まで
轟然と象牙の塔の崩れ落ち
激憤の野火だ大地をなめずつて
暴虐の鞭に目覚めた血の唸り
苦闘また苦闘の道の幾千里
破滅するまでをボイラー燃えつゞけ
殺すなら殺せ芝居は無用だ
軽々と五尺の玩具弄び

血みどろの手がアジビラを撒いてゆく

踏ん張った手足が錠の中にある

奔流に鎖の堰が何になる

（『川柳人』『女人芸術』一九二九〜三一年）

近藤十四子／こんどう・としこ　一九一五年（大正四）―？
本名・冨貴子。幼少時に一家離散。陸軍技術本部の上司だった柳樽寺川柳会の中島国夫の手ほどきで一四歳から句作をはじめ、柳号「十四子」を名乗る。「川柳女性の会」に加わり作句を続けるが、エスペラント運動から非合法の労働運動に転じ、一九三二年、逮捕され特高から拷問を受ける。神近市子主宰の『婦人文芸』の編集に携わったのち、三八年に運動家の千葉成夫と結婚、四人の娘をもうける。『「死への準備」日記』で有名なジャーナリストの千葉敦子は長女。

II

セメント樽の中の手紙

葉山嘉樹

松戸与三はセメントあけをやっていた。外の部分は大して目立たなかったけれど、頭の毛と、鼻の下は、セメントで灰色に蔽《おお》われていた。彼は鼻の穴に指を突っ込んで、鉄筋コンクリートのように、鼻毛をしゃちこばらせている、コンクリートを除《と》りたかったのだが、一分間に十才ずつ吐き出す、コンクリートミキサーに、間に合わせるためには、とても指を鼻の穴に持って行く間はなかった。

彼は鼻の穴を気にしながら遂々《とうとう》十一時間——その間に昼飯と三時休みと二度だけ休みがあったんだが、昼の時は腹の空《す》いてる為めに、も一つはミキサーを掃除していて暇がなかったため、遂々鼻にまで手が届かなかった——の間、鼻を掃除しなかった。彼の鼻は石膏《せっこう》細工の鼻のように硬化したようだった。

彼が仕舞《しまい》時分に、ヘトヘトになった手で移した、セメントの樽《たる》から小さな木の箱が出た。

「何だろう?」と彼はちょっと不審に思ったが、そんなものに構って居られなかった。彼はシャヴルで、セメント桝《ます》にセメントを量《はか》り込んだ。そして桝から舟へセメントを空けると又すぐ此樽を空けにかかった。

「だが待てよ。セメント樽から箱が出るって法はねえぞ」

彼は小箱を拾って、腹かけの丼《どんぶり》の中へ投げ込んだ。箱は軽かった。

「軽い処を見ると、金も入っていねえようだな」

彼は、考える間もなく次の樽を空け、次の桝を量らねばならなかった。

ミキサーはやがて空廻《からまわ》りを始めた。コンクリがすんで、終業時間になった。

彼は、ミキサーに引いてあるゴムホースの水で、一《ひ》と先《ま》ず顔や手を洗った。そして弁当箱を首に巻きつけて、一杯飲んで食うことを専門に考えながら、彼の長屋へ帰って行った。発電所は八分通り出来上っていた。夕暗に聳《そび》える恵那山《えなさん》は真っ白に雪を被《かぶ》っていた。汗ばんだ体は、急に凍《こご》えるように冷たさを感じ始めた。彼の通る足下《あしもと》では木曽川の水が白く泡《あわ》を嚙《か》んで、吠《ほ》えていた。

「チェッ！　やり切れねえなあ、嬶《かかあ》は又腹を膨《ふく》らかしやがったし、……」彼はウヨウヨしている子供のことや、又此寒さを目がけて産《うま》れる子供のことや、滅茶苦茶に産む嬶の事を考えると、全くがっかりしてしまった。

「一円九十銭の日当の中から、日に、五十銭の米を二升食われて、九十銭で着たり、住んだり、篦棒《べらぼう》奴《め》！　どうして飲めるんだい！」

が、フト彼は丼の中にある小箱の事を思い出した。彼は箱についてるセメントを、ズボンの尻でこすった。

箱には何にも書いてなかった。そのくせ、頑丈《がんじょう》に釘づけしてあった。

「思わせ振りしやがらあ、釘づけなんぞにしやがって」

彼は石の上へ箱を打《ぶ》っ付けた。が、壊れなかったので、この世の中でも踏みつぶす気になって、自棄《やけ》に踏みつけた。

彼が拾った小箱の中からは、ボロに包んだ紙切れが出た。それにはこう書いてあった。

――私はNセメント会社の、セメント袋を縫う女工です。私の恋人は破砕器《クラツシヤー》へ石を入れることを仕事にしていました。そして十月の七日の朝、大きな石を入れる時に、その石と一緒に、クラッシャーの中へ嵌《はま》りました。

仲間の人たちは、助け出そうとしましたけれど、水の中へ溺《おぼ》れるように、石の下へ私の恋人は沈んで行きました。そして、石と恋人の体とは砕け合って、赤い細い石になって、ベルトの上へ落ちました。ベルトは粉砕筒《ふんさいとう》へ入って行きました。そこで鋼鉄の弾丸と一緒になって、細《こま》か細く、はげしい音に呪《のろ》いの声を叫びながら、砕かれました。そうして焼かれて、立派にセメントになりました。

骨も、肉も、魂も、粉々になりました。私の恋人の一切はセメントになってしまいました。残ったものはこの仕事着のボロ許《ばか》りです。私は恋人を入れる袋を縫っています。

私の恋人はセメントになりました。私はその次の日、この手紙を書いて此樽の中へ、そうっと仕舞い込みました。

あなたは労働者ですか、あなたが労働者だったら、私を可哀相《かわいそう》だと思って、お返事下さい。

此樽の中のセメントは何に使われましたでしょうか、私はそれが知りとう御座います。

私の恋人は幾樽のセメントになったでしょうか、そしてどんなに方々へ使われるのでしょうか。あなたは佐官屋さんですか、それとも建築屋さんですか。

私は私の恋人が、劇場の廊下になったり、大きな邸宅の塀《へい》になったりするのを見るに忍びません。ですけれど、それをどうして私に止めることができましょう！　あなたが、若し労働者だったら、此セメントを、そんな処に使わないで下さい。

いいえ、ようございます、どんな処にでも使って下さい。私の恋人は、どんな処に埋められても、その処々によってきっといい事をします。構いませんわ、あの人は気象《きしょう》の確《しっか》りした人でしたから、きっとそれ相当な働きをしますわ。

あの人は優《やさ》しい、いい人でしたわ。そして確りした男らしい人でしたわ。未《ま》だ若うございました。二十六になった許《ばか》りでした。あの人はどんなに私を可愛がって呉れたか知れませんでした。それだのに、私はあの人に経帷子《きょうかたびら》を着せる代りに、セメント袋を着せているのですわ！　あの人は棺《かん》に入らないで回《かい》転窯《てんがま》の中へ入ってしまいましたわ。

私はどうして、あの人を送って行きましょう。あの人は西へも東へも、遠くにも近くにも葬《ほうむ》られているのですもの。

あなたが、若《も》し労働者だったら、私にお返事下さいね。その代り、私の恋人の着ていた仕事着の裂《きれ》を、あなたに上げます。この手紙を包んであるのがそうなのですよ。この裂には石の粉と、あの人の汗とが浸《し》み込んでいるのですよ。あの人が、この裂の仕事着で、どんなに固く私を抱いて呉れたことでしょう。

お願いですからね、此セメントを使った月日と、それから委《くわ》しい所書と、どんな場所へ使ったかと、それにあなたのお名前も、御迷惑でなかったら、是非是非お知らせ下さいね。あなたも御用心なさいませ。さようなら。

松戸与三は、湧《わ》きかえるような、子供たちの騒ぎを身の廻りに覚えた。

彼は手紙の終りにある住所と名前を見ながら、茶碗に注いであった酒をぐっと一息に呷《あお》った。

「へべれけに酔っ払いてえなあ。そうして何もかも打《ぶ》ち壊して見てえなあ」と呶鳴《どな》った。

「へべれけになって暴《あば》れられて堪《たま》るもんですか、子供たちをどうします」

細君がそう云った。

彼は、細君の大きな腹の中に七人目の子供を見た。

セメント樽の中の手紙

初出――『文芸戦線』一九二六年一月

底本――『葉山嘉樹全集』第一巻（筑摩書房、一九七五年）

葉山嘉樹／はやま・よしき　一八九四年（明治二七）―一九四五年（昭和二〇）

福岡県生まれ。早大高等予科除籍後、カルカッタ航路の貨物船に乗船。その後、室蘭―横浜航路の石炭船の三等セーラー、鉄道院職員、学校事務員、セメント会社工務係、名古屋新聞記者などの職を転々としながら労働運動に関わるが、一九二三年の名古屋共産党事件で投獄される。獄中で書いた「淫売婦」が『文芸戦線』に掲載され注目される。「セメント樽の中の手紙」「海に生くる人々」はプロレタリア文学を代表する作品。三四年に長野県に移住し、鉄道工事や農業に従事しながら創作を続ける。四五年に開拓団員として旧満州に渡り、敗戦後、帰国途中の列車内で病死した。

誰かに宛てた記録

小林多喜二

前書——

小樽の地理が分っている人は、迎陽亭の前の花園橋を渡って、水天宮山の鳥居まで突かけてゆくと、左に、そこからすぐ妙見町に下りる少し斜めな坂があるのを知っている筈である。七、八間そこを下りてゆくと、堺小学校に入ってゆく道のそばに、小学生相手の文房具店がある。その前で自分はその紙片を拾ったのである。自分は、そこで辷《すべ》って転んだという単純な、そんな偶然な理由でそれを拾ったことをつけ加えておく。勝手な臆測は無用だと思う、そのためにだけでも、このことは云われなければならないと思っている。

用紙は小学生の使う綴方《つづりかた》用のザラザラした安西洋紙で、一番上になっている一枚は、自分が拾う前に何度も誰かの足駄《げた》の歯にふまれたり、馬橇《ばそり》が通ったりしたために、何時間も丁寧に手入れをしたりして調べてみたが、然《しか》し殆んど字が分らずに終ってしまった。自分は残念でたまらなかった。何故なら、その一枚目に当人の名が書いてあり、誰かに宛てたその人の名前も書かさってあったからである。

自分は一字も訂正することなしに、これをここに載せるであろう。何故か。それは読んで貰えれば分ると思う。ただ全部鉛筆で書かれているために、所々薄くなって字体がはっきりしないところとか、全然字が抜けていたり、又反対に重複しているところなどでは、自分が筆を加えたということをはっきりさせるためにすべて括弧に包んで挿入して置いた。

文章には殆んど句読点がないと云っていいのである。然しそれは非常に読みづらくさせることでしかないので、自分が（自分流に）句読点をつけて置いた。会話の場合のカッコも同断である。

最後に、自分は本当のところ、これはこのまま——印刷になどはせず、見て貰いたい気がしている。この用紙と、たどたどしい字を一字、一字、それ独特な字にふれながら読むのでなくては駄目だと思う。然し勿論それは出来得ないことであるが。


んで行きました。みんな一れつにならんで、おいしゃさんのいるところへ、一人つづつめ（て）行きました。おいしゃさんははだかぬぎになった生徒のむねをこつこつたたいたり、うしろ向きにしてはきかいをあてたり、目をひっくりかえしたりして、そばにいる人に何かいっていま（した。）私のばんにきました。私はあかくなって、からだがふるえて、こまっていました。わたし、なんだかはずかしくて、はずかしくてならなかったんでし（す。）

私ははだかになるのがどんなにいやであったか分りません。先生のおはなしを聞いていながら、からだじゅを、なんびきものしらみが走ってあるいているのが分ります。わたくしはそっと、ふところの中に手をいれてやって、手さぐりでけんとうをつけて、おさえる（ん）です。そして、一生けんめいゆびのさきで、なんべんもなんべんもこすって、つぶすんです。すると、又からだのほかの方で、ざわざわと走りだすんです。私はそれで、じぶんではだかになるときに、からだにしらみがついているのではないか、とおもい（六字不明）しません。いつかのたいかくけんさのとき、私のまえにならんでいた人のくびに、しらみがやはり歩いていたのをみました。そのとき、それがちょうどじぶんであって、よその人にでもみられた時のように、私はまっかになった（の）です。

そればかりでなくて、じゅばんがぼろぼろしているし、ほかの人たちとならんでいると、じぶんのからだが、ほ（以下二行ほど不明）おいしゃさんはなんべんも、あたまをふったりしては又そうします。ほかの人よりくわしくみるんです。わたしはむねがどきどきしてきて、かおが赤くなったのが分るぐらいでした。もう、おいしゃさんの（不明）わからないし、なきたくなってきました。

おいしゃさんは私をわきの方へおして、そばにいた人になにか云いました。私はそれをきこうとおもっていました。が、あんまりどきどきしてい（た）ので分らなかった。（た）ところが、それから私に、みんなおわってから（ら）じぶんのところへきなさいと云いました。

おいしゃさんは、あとで私にいろいろなことをききました。一日のうちに、ごはんをたべるのが一回あったり、なかったりしてあとはいつもかぼちゃかいもだと云いましたら、おいしゃさんはびっくりしたかおをしていました。そして（五字不明）んで、とききました。私は「二人います。」とこたえると、「お母さんが二人もかい。」と、びっくりしてききかえしました。「お母さんが二人、へんだなあ。」って。「ほんとうのと」と私がいいかけると、「ほんとうのと、うそのかい。」と云うんです。私はあたまでうなずきました。おいしゃさんはだまって、しばらく私のかおをみていたが、「もらわれたんだね。」と、そして「どうだね、うそのお母さんはしんせつにしてくれるか。」

「お母さんはいつでも早く大きくなれって云っています。」私はそだてのおやをわるく云うものでない、と云われていました。

「ほお、なんぼそうでも、一日一回ぐらいしかごはんをたべさせなかったら、だめでないか。」

「お母さんは、そして大きくなったらやくに立つようにって、いつでもうたをおしえてく（れ）るんです。」私はどうしてかせきこんでいました。

「うた（?）」

私はうなずきますと、

「なんのうた、どうようかい。」

私はそこでつまって、だま（不明）いてゆくおいしゃさんが、ひどくにくたらしくなりました。私はだまって、おいしゃさんのかおをみながら、ひとにわる口でも云うように、

「やすぎぶしやおけさ。」

「へえ、そしておまえうたえるのかい。」

私はなお、つっかかるように、「なんぼでも。」と云いました。おいしゃさんは二度、「へえ。」って云いました。

しかし、おいしゃさんがうたってみれ、と云っても、私はうたわないつもりでいました。よほどまえ、私がほんとうのお母さんのとこへいって、そこに（い）る弟の健二（と）あそんで（で）いながら、し

らないで、しらないうちに、ひくいこえで、「月はよるでて、あさかえる（……）」と、うたっていま（した。）私はなにかで、うしろをみたら、はんぶんあいたしょうじのところによりかかって、お母さんが、じっとこっちをみていた。私は、お母さんの目に（な）みだ（が）いっぱ（ぱ）いにたまって、ひかっ（っ）ているのをみました。はっと、私はした。「お前は、おまえは（……）」私をみると、お母さんは何か云いました。が、どもって云えないんです。（不明）きのかおがわすれることができません。「どうして、そんなうたがためになるかなあ。」とおいしゃさんはひとりごとを云いました。私はだまっていました。

「そのうそのお母さんはどんな人（?）」

私はなおだまっていました。お母さん（義母のこと――小林註）はいつでも私が大きくなると、売るといっています。私はそういわれるたびになきました。私はそれがどんなことであるか分りません。けれども、きっと、それがおそろしいことであることだけは、分っています。お母さんはいつでも早く大きくなれ（っ）て云います。私はそれがどんなにおそろしいか。そして、そのときに、私が売られるときに、そのうたがやくに立つ（ッ）て、お母さんはいっています。

「お父さんは（?）」こんど、お父さんのことをききました。私は「何人も。」って（答）えました。けれども、云ってしまってから、いわなければ、とおもいました。おいしゃさんはびっくりして、いろいろなことをききにかかりました（た。）が、私はひと言もいわずに立っていました。が、そのうちに、なんだかかなしくなって、私はとうとうないてしまいました。おいしゃさんは「よしよし、なかんでもいい。よしよし」といいました。

先生トハ、モウオ別レデス。デスカラ、私ハナンデモ云イマス。オイシャサンニ、イエナカッタコトデモ云イマス。私ハホントウノトコロ、ジブンニハオ父サンガナンニンイルンデショウ。オ母サン（養母のこと——小林註）ノトコロヘハ、マエバンノヨウニ、チガッタオ父サンガキテ、サケヲノンダリシテ、オ母サンヲダキアゲタリ、ツットバシタリ、ソレニヨッパラッテルオ母サンヲナグッタリスルオ父サンモイルンデス。ナンボ、ナンデモ先生ニデモ云エナイヨウナコトヲ、オ母サンモシャベレバ、オ父サンモドナル、ソシテ、ソレバカリデナシ（この次五、六行不明）エマセン。ソシテアサカ、オヒルゴロニカエッテユキマス。ハジメテノオ父サンハイツデモ、オバサント云ッテイルカクマキヲキタ人ニツレラレテキマス。コノマエナド、オマワリサンガ入ッテキテ、オ母サントオ父サンヲツレテ行ッタキリ、一シュウカンモカエッテコナイトキナドアリマシタ。

（不明）バシャヤノオ父サンガキテイタト（キ）、私ニイツデモオミヤゲヲモッテキテクレルフネノオ父サンガキテ、大ケン（ク）ワニナリ、オ母サンモタタカレテ、ソレカラ三日バカリカオヲ青クハレラカシ、ネテシマッタコトモアリマシタ。私ハトナリノウチデフルエテアリマシタ。（オリマシタ。）私ハ、ソコノウチノオシ入レノ前ニ立ッテ、トナ（リ）デ、モノノコワレルオトガシタリ、オ母サンノナキゴエガキコエタリスルタビニ、ジブンデ、コエヲダシテナキマシタ。

オイシャサンハ、アトデ私ニ手紙ヲモタシテカエシテクレマシタ。「オ母サンニ見セルンダヨ。」ト云イマシタ。私ハドッチノオ母サンカトオモイ、ミチミチカンガエマシタ。ガ、モラワレテルオ母サンニハ見セルキガセズ、ホントウノオ母サンノトコロヘモッテ行ウトカンガエマシタ。シカシ、ソレデモ、ホントウハ、マダ私ハ分ラズニイタノデス。

ホントウノオ母サンノ所へユクノニ、私ハイツデモ、ナンドモナンドモカエルノデス。（カンガエルノデス。）オ母サンハヨロコンデクレマス。ケレドモ、一ショニイルオ父サン（この女の子から見れば義父——小林註）ノコトヲオモウト、私ハキモチガワルクナリマス。オ父サンハ私ガユクト、ダマッテイマス。私ハドウイウワケカ、ソウヤッテルオ父サンヲミルト、カラダ中ガフルエテキマス。ドウシテ一言モ云ワナインダロウ。ココロガヒャッコクナルヨウデス。（私）モヘンニナッテシマエマス。スルト、ソレガミンナ、チ（ヤ）ントオ母サンニワカリマス。オ母サンハミテイラレナイホド、オロオロしだしマス。私ハキョネンコロマデハ、ソンナコトチットモ分ラズニイマシタ。オ母サン（養母のこと——小林註）ガ二日モカエラナイノデ、ハラガヘッテドウニモデキナクナッタトキ、ヨクオ母サン（本当の母親——小林註）ノトコロヘユキマシタ。私ハオ母サンヲウラノ方ヘヨンデ、コッソリソウ云イマス。デモ、オ父サンガイルト、オ母サンハ何ントカ、カントカ云ッテ、私ヲムリヤリカエシマシタ、ナン（ン）ニモワカラズ、私（ハ）ウチマデ、シャックリシャックリカエッタモノデス。ソンナトキ、ドンナニホントウノオ母サンヲニククオモッタカシレマセン。

一度、コンナコトガアリマシタ。私ガイツモノヨウニ、ウラデ、オ母サンニオナカガスイテキタコトヲ云ッテイマシタ。オ母サンハウロウロシテ、ウチノナカノ方ヲキニシタリシテイマシタガ、オビノ間ニ手ヲイレテ、一生ケンメイニサガスト、五センガ一枚デテキ（マ）シタ。ソレヲ私ノ手ニニギラシテクレマシタ。ソノトキ、イキナ（ナ）（リ）オ母サンノヨコッツラヲナグッタンデス、イツノマニキテイタカ、オ父サンガ。ソシテ、ソレカラオ母サンノカミノケヲツカンデ、ウチノ中ニ引キズッテ行キマシタ。オ母サンハドンナニフンダリ、ケラレタ（タ）リシ（テ）モ、ジットシテイマシタ。ソノ時、オ母サンノカオノイロハマッ青デシタ。私ハ、モラッタ五センヲなげだすと、オ母サンノカラダニカブサルヨウニ、ダキツイテ、大ゴエデナキダシ（シ）テス（シ）マイマシタ。

ソシテ、ソレカラ私ハナンニモカモ分ッテシマイマシタ。私ハナルベクオ母サンノトコロヘハキテハイケナイ、ソウナンベンモ、ナンベンモカンガエマシタ。

シバラクタッテカラ、ユウガタ、オモテデ、トモダチトアソンデイルト、ダレガ（カ）カタヲタタイタノデ、フリカエッテミルト、オ母サンデシタ。ウチノオ母サン（養母のこと――小林註）ニミラレタラ、タイヘントオモッタノデ、ビックリシマシタ。オ母サンハ「ハラガヘッタロウ。」ト云ッテ、カクマキノナカカラ、マダユギ（ゲ）ノタッテイルイモヲダシテ、ソレヲ私ニクレルト、カエッテ行キマシタ。ソレカラトキドキコンナコトガアリマシタ。


　私はおいしゃさんのわたしてくれたてがみを（を）もって、ふじかんの方にあるお母さんのうちにゆきながら、お父さんがいなければいいとおもっていた。いたら、よらないでかえろうともおもっていました。ところが、いなかったのです。私はこころがたんというほどほっとしました。ながいあいだこなかったので、お母さんははんぶんなきながら、よろこんでくれました。そしてあすあたりもって行ってやろうとおもって、とっておいたのだといって、みかんとおまんじゅをだしてくれました。それから私とお母さんはそのてがみをもって、となりのうちに、よんでもらうに行きました。となりの大きい兄さんが、よみながら、私のかおをみて、「たいへんだ、みっちゃんがえいりょうふりょうだから、うちでじようになるものをたべさせるようにすれって、かいてある。」そう云います（し）た。きのよわいお母さんは、わけは分らないが、もうおろおろして、私の手をぎっちりにぎりながら「えいりょうふり

ょう」って何かってききました。なかなかお母さんには、その「えいりょうふりょう」というのが云えな

（この次に続かなければならない何枚かがどうしても見つからないのは、残念である。仕方ないことである。しかし兎に角抜けた分が一枚位であってくれればいいと思っている。――小林註）

　わかりません。どこでも、いきなり「だめだめ」って云います。「おきゃくさんのじゃまになるんでないの。きのうも、おとといもきたくせに。うすぎたない。」しかし、私はまえばんあく、（る）かなければならないのです。私は、こころではそう云われるたびに、うろうろしながら、たっているのです。お客さんのうちでは、しらんかおをして一生けんめいびいるをのみながら話してる人や、きぶんがわるくなったなんて、こそこそいっている人や、あります。

　先生、わたしこんなことをかきながら、ひとりであかくなっています。でも、かきます、みんなかくつもりです。

　私はひとりひとり「おじさん、ちりかみをかって下さい。」と、てえぶる（る）によってゆきます。ま（二字不明）じょきゅうさんは、きれいなかお（十二字不明）こまったように、「となりへ行ってみれ、おれはだめだ。」と云うんです。それでもねたると、「こまった、かねがない。」と云う。私はおもわずてえぶるの上のごちそうがみらさるんです。私はそれとおきゃくさんのかおを何度もみているうちにさびしく、はずかしくなってきます。お客さんはふところからさいふをだして、てえぶるにたたいて

みせるんです。次のてえぶるにゆくと、よったおきゃくさんは「ばかあ」ってどな（な）るんでし（す。）「うるさい、うるさい、行け行け。」

それでも（二十二字不明）お客さんでかえってゆくときに、五、六えんもはらって、一えんぐらえもてえぶるにのこして行くのを、私はなんどもみたことがあります。私はひとばん、あさの二じごろまで小樽中をあるいても、一えんになることなんかありません。先生は私がなぜえねむりをしたか、今わかって下さるとおもいます。

なかには、「さいふの中がどうかばかりでおもいから、ひとつ買うかな。」と云ってくれるひともあります。私はほっとしてそとへでます。しかし又すぐ次のばあやかふえがあるんです。入っていって、ほかの、やっぱり、おなじようにまわってあるいている人といっしゃ（ょ）になることがあります。私ははっとおもうと、かおがまっかになって、いそいでにげてかえるのです。

私がそうやってまわってあるいているうちに、いろいろなおなじひとをし（し）りました。かんごくべやからきたという、いつでもあしのぷるぷるふるえてる、はんてんをきた人や、私よりも小さい男の子や女の（子）などもいるのをしりました。はんてんの男はおかねやたばこをもらってあるいて、それが終ると、ていしゃばのいすにねるのだ、といっていました。つじうらを売ってあるいている小さい男の子が、ふぶきのばんに、手がしゃっこい、しゃっこいとなきながらあるいているのを、私があごのしたに入れて、あっためてやったこともあります。それから、ちょうどばあのまえで、ほかの女の人と一しょになったとき、その女が「おまえが入ったらぶんなぐるど。」と云って、私をいきなりゆきのなかにおしこんだこともありました。

一人の男の子が、こんなことを話したことがあります。つじうらを売っていました。あるとき、かふえに入ってゆくと、お客さんが「このほいと（乞食のこと――小林註）」といった。男の子はむっとして「どこがほいとだ（？）」と口をかえしました。お客さんは「ばかやろう、金をもらいにきたくせに。」男の子はところが、いきなりじぶんのもっていたつじうらを、そのお客さんのかおにぶっつけると、「だれが、おまえに金ばくれった。」といって、お客さんの足にかじりついた。あとで、さんざんなぐられて、ゆきのふっていたそとになげだされたそうです。私はこのはなしをきいているうちに、からだがふるえて、なみだがでてきました。

　私はどうしてじぶんたちがこんなくらしばかりしなければならないのか、いろいろちがったりっぱな、お金のあるくらしをみせられるたびにかんがえます。が、私にはまだちっともそのわけがわかりません。いつか分るときがくるでしょう。きっと。先生、私はませているかもしれません。ませまいとしても、こうやってなんでもみせられたり、させられたりするんです。それに、きっと私ひねくれているかもしれません。

　ふぶいていたばんでした。十二じすぎて、そとはだれも歩いていません。ゆきとかげ（ぜ）はまるでまちのなかをぐるぐるはしってあるいて、まえからふいてきたとおもって、うしろむきになると、又まっしょうめんからふいてくるというようでした。ふぶきで、そとにつけてあるでんとうも、みえなくなったりしました。かぜがおそろしいうなりをたてていました。はらがへり、それにさむさではんぶんなきながらかえってくると、お母さんが、だれかとさけをのんでいたが、私をみて、「おまえの健二がしにそうだから、すぐこいって云ってたど。」としらせました。私は、はじめお母さんがなにを云ったかわからないように、ぽかんとしていました。それから私は急にあっあっとこえをだすと、そとへ走りでました。私はにどもすべりころんだ。しかしすぐおきあがりながら走りました。少し行くと、ふところにいれてあった、うりのこりのちりかみがおちたのにきづきました。わたしはそれをひろって、う（ふ）ところに入れると、又はしりました。ところが、ちょっとゆくうちにまたふところからおちました。私はめくらになったように、むちゅうで、それをゆきのなかからさがしだすと、ふところにぐじゃぐじゃにおしこんで走りました。ゆきやぶの中にのめり（り）こんだり、下のからからなところでは、すべりころんだりして走りました。そして、たえず、あっあっとこえをだしてないていました。

お母さんや私はただ健二をあてにしているんです。健二が大きく

（ここで自分が拾った全部はつきている。これが小説的なしめくくりで終っていないからという不満に対しては、私自身読者と同じである、ということをことわって置きたいと思う。――小林）

（一九二八・一・一―三）

誰かに宛てた記録

初出――『北方文芸』一九二八年六月

底本――『小林多喜二全集』第一巻（新日本出版社、一九八二年）

小林多喜二／こばやし・たきじ　一九〇三年（明治三六）―一九三三年（昭和八）秋田県生まれ。四歳のとき、父の病により一家で小樽へ移住。小樽高等商業学校時代には校友会誌に詩や短篇などを発表。北海道拓殖銀行小樽支店に勤め、葉山嘉樹、ゴーリキー等の影響でプロレタリア文学運動へと向かう。一九二八年の「一九二八年三月十五日」、二九年の「蟹工船」は翻訳もされ、プロレタリア文学の旗手として注目を浴びる。二九年に発表した「不在地主」によって、拓銀を解雇。翌年上京し、文学運動に専心するも、三三年二月二〇日、特高警察により逮捕、築地署内で拷問を受け死亡した。

便所闘争

府川流一

通信用紙には書ききれないから。

工場の便所に書かれてある落書をお知らせする。少し古いが二年前のから書く。二年前の夏誰かが白墨で「精神修養という滋養物を強制的に腹一杯食わされて胃傷病にかかった職工」「精神修養の押売」「〇部の部長は部長としての資格のないぼんくら部長である」と落書をした。

工場には従業員の互助会があって、その会則の中に「会員は精神修養の為に明治会へ入会するものとす」という一条がある。だから私も明治会とはどんな会なのか少しも知らない内に入会させられた。本雇に成ると誰もが互助会に入会するのだ。

工場では一週間に一度、仕事が終ってから食堂で、従業員の演説会があった。今はない。精神修養の、明治会の演説会である。その演説会に残る者が尠《すく》ないと云って、三度ばかり札掛場に監督の弟や事務員が居て、一人も帰らさなかった事があった。だから「精神修養の押売」の落書がされたのだ。その落書の反響が随分大きかった。落書された間の演説会で一人の幹部職工が「あんな落書をする奴は、共同精神のない奴だ。落書した者は大体解っている」と云った。監督は「あれは左傾思想の人間が、此《こ》の演説会を無くして仕舞おうと思ってあんな事を書いたのだ」、それからくどくどしく国体主義をとき、労働組合をこきおろした。「善い事は殴りつけてもさせる」とさえ云った。その明《あく》る日監督や幹部が、平職工の筆跡しらべをしたが――されなかった者もある――誰の落書か解らなかった。

其後一ケ所であった便所が二ケ所に成った。私は仕事場の都合で南の方の便所、新《あらた》に建てられた便所へばかり行った。落書はワイセツな事ばかりしか書かれなかった。処《ところ》が今年の五日頃から、便所闘争が始った。

天上天下唯我独尊

ナンマイダナンマイダ

是が最初に書かれた落書である。釘で書いたのだろう。監督を諷刺《ふうし》した落書だ。此の落書だけで、どんな監督であるかが解るだろうと思う。

「××主義研究会を――」あとが解らない。だからその横へ「ハッキリカケ」と書いてある。

「弱き者よ、汝の名は労働者なり」

「弱い者でも団結すれば強くなる」

「此の横暴、此の迫害、吾等は何時迄屈しているのか。ああ団結せよ」

「吾々は牛馬じゃないぞ」

「産業の合理化とは何んぞや」

「宗教とは何んぞや」是が書かれて数日後に、

「おお神よ、吾に金と女を与え給えーだ」と横へ書かれた。するとすぐ、おお神よを消して「愚民○○商売なり」と書かれた。更に、

「偽瞞と搾取を事とする存在に過ぎない」と書かれた。

「毎朝毎朝泥人形の様に踊らせるのもたいがいにしろ」是は毎朝点呼の後にラジオ体操をさせられる不満だ。

「泥人形とはケッサクだ。泥人形の上の奴がアヤツリ人形だ。資本家のアヤツリ人形だ」

資本家のアヤツリ人形とは幹部職工の事だ。

「ダラ幹や黄金のえさにひっかかり」

「幹部諸君御身等も被搾取階級の一人なるぞ」

此んな事を書かれても、一言でも反駁《はんばく》をこころみようとする幹部がいないのだ。

「一九三一年型ＲＡＤＩＯダンス」

「八十余名のダンサーが、名監督の命令の下に、酔どれみたいなぐにゃぐにゃダンスをする、Ｎリム工場オン・パレードの一場面」

「社界科学研究会」と書いて消してある横へ、

「ケシタリスルナ」と書いてある。

南の方の便所に此んな落書がされたから北の方はどうかと思って這入《はい》ってみた。尠なかったけれど矢張り落書がされてあった。

「資本家や不景気不景気としぼりとり」

「吾々は賃金×隷じゃないぞ」

「職工共もっと強くなれ」

「諸君赤綿に進め」綿は書き間違いだろうと思う。

此の落書が九月に入ってから遂に数名の者の策動と成って現れた。だが策動中に露見して仕舞った。職工の中に監督のスパイが居る様に思う。

首謀者の一人は首に成った。首謀者は二人だ。策動が露見してからは便所闘争はぴったり止んだ。だから次の闘争は如何《いか》なる方法によってなされるか残っている首謀者の一人だけが知っているだろう。

初出――『ナップ』一九三一年一一月（「読者通信」欄に掲載）
底本――初出に同じ

府川流一
Nリム工場勤務。経歴不詳。

テガミ

小林多喜二

此処を出入りするもの、必ずこの手紙を読むべし。

君チャンノオ父ッチャハ、工場デヤスリヲトイデイルウチニ、グルグルマワッテ居ルト石ガカケテトンデキテ、ソレガムネニアタッテ、タオレテ家ヘハコバレテキタノ。オイシャハ氷デヒヤセト云ウケレドモ、氷ガカエナイノ。オ母ッチャハワザワザ三町モアルイドニ、四ドモ五ドモ水ヲクムニユクノ。ソノイドノ水ガイチバンツメタイノ。君チャンノオ母ッチャハ、ナンデ今フユデナイカト云ッテ、泣イテバカリ居タノ。

オ父ッチャモ泣イテルノ。ムネイタイノ、ト君チャンガキクト、イヤト頭ヲフルノ。アトニナッテ、又ムネイタイノ、トキクト、ダマッテ目ヲツブッテ、ソレカラムネナンテ何ンデモナイ、ト云ッテ、君チャンノカオヲ見、何ンベンモソットナミダヲフイテルノ。

オ母ッチャモヤセテ、目ガヒッコンデ、カミノケガヌケタノ。ミンナハラガヘッタノ。ウチノナカガジトジトシテ、アルクト足ガタタミニネバル。工場ノ人ガクルト、クサイクサイト云ウノ。ソレモハジメノウチデ、工場ノ人モダンダンコナクナッテ、死ンダトキニハ、ミンナハモウ君チャンノオ父ッチャノコトヲワスレテシマッテイタノ。オ父ッチャハ半トシモネテ、ウチノ中ニ何ンニモナクナッタトキニ死ンダノ。

　トコロガ、オ母ッチャハソノツギノ日カラネテシマッタノ。死ンダオ父ッチャヨリモヤセテ、カミノケガヌケテ、ネテシマッタノ。工場カラスコシオ金ガキタケレドモ、足リナイノ。ソレデ、フルイ、マガッタ大キナ家《ウチ》ノ三ガイノ一バン上ノ小ッチャイトコロヘ、ウツッタノ。ソコヘ上ルノニ、トチュウデ何ンベンモヤスンデ、イキヲ入レナケレバナラナイノ。ソノウチニハ何十人トイウ人ガ、ゴジャゴジャ住ンデイテ、ヤカマシイノ。ヨナカニケンカガオコルト、ウチガユキユキトユレルノ。

　君チャンノオ母ッチャハネタキリデ、目アナガウントヒッコンデ、ダマッテミテイルト、イキヲスルタビニウゴイテイタフトンガ、ダンダン分ラナイグライニナッテキタノ。アル日、オ母ッチャガ、君チャンニ、マイバン目ヲサマシタラ、オ母ッチャヲユリオコシテミテクレ、イツソノママ死ンデルカ分ラナイカラ、ト云ッタ。ソレカラ、君チャンハヨナカニ目ヲサマスト、ブルブルフルエナガラ、何ンダカオッカナクテ、オ母ッチャトコエモ出セズニ、ソート手ダケヲノバシテヤッテ、ユスルノ。クラヤミノナカデ、オ母ッチャノコエガスルト、ヤットアンシンスルノ。シンデナカッタ。君チャンハホットシテ、ネガエリヲウッテ、足ヲチヂメテ、ネルノ。ソレガマイ日ナノ。

　トコロガ、君チャンノオ母ッチャハ、ナカナカスグニヘンジヲシナクナッタノ。マイバンユリオコシテイルウチニ、君チャンニハオ母ッチャノカラダガダンダンホネバッテユクノガ分ルノ。ヨウヤク目ヲサマスト、オ母ッチャハ、アーアーモウ長クナイヨ、ト云ウノ。

　アルバン、君チャンガ何カニビックリサレタヨウニ、フト目ヲサマシタノ。イソイデ、オ母ッチャノ方ニ手ヲノバシテヤッテ、ヨナカニコエヲ出スノガオッカナイノデ、ハジメダマッテユスッテイタガ、オ母ッチャハナカナカ目ヲサマサナイノ。ソレデモ、シバラクダマッタママ、少シズツ大キクユスッテイタノ。君チャンハ、シマイニオ母ッチャ、オ母ッチャトコエヲ出シテヨンダノ。コエダケガヨナカニヒビイテ、オ母ッチャハウゴカナイ。

　君チャンハ急ニ、キャットサケンデ、ハネオキルト、ソトヘトビ出シタ。ソシテ、ソノママ足ヲフミハズシテ、ヒドイ音ヲタテナガラ、マヨナカノ高イカイダンヲコロゲオチテシマッタ。君チャンノオ母ッチャハ死ンデイタノ。

　ソレデ君チャンヤ弟ヤ妹バカリノコサレテシマッタ。ソレニ、カイダンヲオチテ、ウチドコロガワルクテ、君チャンガネコンデシマッタノ。ソウシキハソコノウチノ人ガタクサンアツマッテ、ドウニカヤッテクレルコトニナッタノ。ソコノウチノ人ハドレモミンナビンボウ人バカリナノデ、ビンボウナモノハミンナヨリアツマラナケレバ、カワイソウナモノダ、ト云ッテイタノ。

　トコロガ、オツウヤノバンニ、キテイタ人ガオソクナッテカラ目ヲサマシテミルト、ホトケサマノ前ニソナエテイタモノガ、ドレモコレモ一ツノコラズナクナッテイタコトガ分リ、大サワギニナッタノ。ネコヤネズミノシワザデハナイ。ドウシタンダロウ。

　ソノトキ、私モオツウヤヲシテイタノデスガ、ナニゲナク君チャンタチノネテイルトナリノヘヤニ入ッテイッタトキ、私ハットシテ立チドマッテシマッタノ。マアー、コトモアロウニ、ジブンタチノ死ンダオ母ッチャニアゲタモノヲ、君チャンヤ弟ヤ妹ガ、ムチウニナッテ、タベテイルデハナイノ。私ハオモワズ、コエヲ出シテシマッタノ。ソレデ、ミンナガ入ッテキタノ。ドウシタ、ドウシタッテ。コノトキ、私ニハドウシテモ、君チャンタチハオソロシイ、ノドマデクチノサケタオニノヨウニオモワレタノ。

ミンナハ君チャンニワケヲキイタノ。君チャンハ青イカオヲシテ、ダマッテイタノ。ソシテ、急ニワットナキ出シテシマッタノ。泣キナガラ、君チャンガ云ッタワ。君チャンタチハ、オ母ッチャガ死ヌ四五日モマエカラ、何ンニモタベルモノガナク、目マイガシ、ムネガヒクヒクシ、ペッタリネタキリダッタノ。長イアイダ、タベモノヲ見タコトモナカッタトコロへ、ハジメテソウシキノオソナエモノヲミルト、モウ矢モタテモタマラズ、目ガクラクラットシテ、ソレニ小サイ弟ヤ妹ナノデ、死ンダオ母ッチャニワルイトオモイナガラ、スキヲネラッテ、ミンナデムチュウニナッテタベテシマッタンダッテ。

ナガヤノ人タチハ、ソレヲキイテイルウチニ、一人一人ミンナモライ泣キヲシテイタノ。

今デハ君チャンモモウ長イコトガナイノ。ソレデモトキドキ私ニコンナコト云ウノ。ビンボウ人ッテ、ミンナコウヤッテ、オ父ッチャガ死ニ、オ母ッチャモ死ニ、ジブンモ死ナサレテユクモノダナンテ、何ントイウコトダロウ。カラダガナオッタラ、＊＊＊＊＊＊＊＊＊ニナッテ、＊ヲ＊＊テアルキタイナアッテ。

テガミ

初出――『中央公論』一九三一年八月

底本――『小林多喜二全集』第三巻（新日本出版社、一九八二年）

小林多喜二／こばやし・たきじ

わかもの

中野重治

このごろ私は次ぎのような手紙を手に入れた。なにかの参考にもと思ってここに並べてみる。この手紙は一人の友達あてに書かれているが、その相手方からの返事のほうは手にはいらなかった。なお——読めばわかるように——これは二人の文通の一部分である。だから「第一の」手紙が「最初の」手紙なのではない。「第一の」はここでだけ「第一の」なのだ。番号は私がふった。手紙はあるときはペン、あるときは鉛筆、紙も文章もまちまちに書かれている。

第一の手紙

おまえの手紙読んだ。

決心したとなれば一日も早いほうがいい。この手紙着き次第準備に取りかかれ。一日二日でできることでないだろうが、万事このまえ書いたとおりにやればいい。それで駄目ならどうやってみても駄目なのだ。だが、万に一つも駄目なことはなかろう。

そこでおれは、おまえがそっちにいるうちに、ここの様子を（浅田のほうでも書くはずだが彼は今ちょっと留守だ。）できるだけくわしく書くことにする。その暇が出来た。

暇はおれが寝ついたために出来た。寝ついて暇の出来たことは癪《しやく》の至りだが、永久に暇の出来るやつが積んで腐るほど出る世の中だからぶつぶついうにも当るまい。

医務の若僧のことは前にも書いたが、やつがいくら同情してくれたところで仕方はない。

「それは君、伍長のほうがよっぽど間違ってるよ。僕が話しとくから今日は帰りたまえよ。」

そういわれておれのうれしかったことに間違いはないが、おれのおかしかったことにはもっと間違いがないて。

おれはにやにやッと笑って見せることによってお礼に代えた。しかしとうとう負け惜しみが負けた。

このまえ書いたのは青山の葬式の日だったが、あの翌々日だからもう二週間になる。帰って来て梯子《はしご》段《だん》をあがりかけたとたんに上《あが》り口のところへもろにひっくり返り、それなりずっと亀の子ばあさんの世話になっている。

その日は塗り場がくそやけに溜り、おれたちは親の仇《かたき》でも討つようなつもりで（馬鹿な話だ。）積みも積んだり四インチ管を十二段までせり上げた。十二段は立って手を差し上げなければとどかない。

積みのすむころおれはもう大分へたばっていた。腰をぐーッと伸ばすとぐらぐらッときそうにあった。

「ひと風呂あびたらよかんべ。」

積みがすむとおれはくるくると裸になり、そうしてチンポをかかえて走った。

風呂場は右の隅の鋳物部と修繕部とに挟まれてある。十二段積みをやった第四工場は左の隅だから距

離は相当のものだ。（図面参照）

だがここへつかり込むことはもっと相当のものだ。そこへつかるごとにおれはいつも、むかし学校で習った「ヒダのタクミとクダラのカワナリ」のなかにあった「臭気鼻をつくがごとし。」という言葉を思い出す。なんしろ一坪の湯のなかへ八百人のまっ黒がどぼんとつかり込むのだ。一番わるい石炭の煤《すす》、コールタール、ダン車の孔からふき出した藁縄の灰、鉄錆、汗、膏《あぶら》、やけどでぺろりと剝げた皮、ふけ、かさぶた、血、はな汁（朝鮮の連中が湯槽のなかでよく手ばなをかむ。こんなこと言いたくないが事実だから仕方ない。）……そんなものが、八百人分どろどろに溶け込んでる。そのなかへおれたちはカイツブリみたいに顔を突っ込む。……おまえカイツブリを知ってるか。お濠《ほり》やなんかにいる。……つまり「ひと風呂あびる」のだ。

それは衛生にわるい。しかし誰だって、笑わなきゃ裏表のわからないような顔で通りを歩きたかない。

おまけにこんなことがあった。

ここへはいってまもなく、はじめての四時の早出で、定時が来るとおれは一散に駆け出した。日のあるうちに帰るのは初めてなのだ。

見ると門に人だかりがしている。見るとガキをしょったオッカ連で「わあわあという騒ぎ」だ。

「……甘え面しやがって！」

「ふむ、ふむ……そりゃ、ま、よかったな。」

「ちょっと、おまえさん。あんなこと黙って行っちゃっちゃ困るじゃないか。」

これは女房連が弁当を持って来たのだ。定時に帰ることのめったにない亭主たちにオッカ連がかかさず弁当を持って来る。

　ちょうどおれの眼の前へそういうオッカが一人来た。彼女は持って来た弁当を背中の子供にわたして、顔を後へ捩《ね》じまげ――それでも足りなくて口までまげた――前かがみに揺《ゆ》すり上げながらしきりに子供に教えている。「ほおら……お父ちゃんに、さあッて……さあッて……」

（わざわざこんなことするのは、おれの考えによれば、赤ん坊と亭主と両方にたいする愛の表現なのだね。）

　すると、背中では子供が、弁当を持った手を縮めたなり、いっこうお父ちゃんにわたそうとしない。そして「お父ちゃんは？　……お父ちゃんは？」といってきょろきょろ見まわしている。

　お父ちゃんはちゃんと眼の前にいるので、やつは自分の鼻さきへ人差し指を持っていって、「ほうら、お父ちゃんはここだよ。」というし、女房は女房で、「お父ちゃんじゃないか……ほおらよッ！」と揺り上げるのだが、子供は相かわらず「お父ちゃんは？　……お父ちゃんは？」を繰り返すだけでちっともわからないのだ。

　とうとうおふくろがおこっちまった。

「馬鹿だね、この子は……お父ちゃんじゃないか！」

　子供もおこってベソをかきはじめた。

「お父ちゃんでねえよう……帰ろうン……」

　これは何ごとにもよらずそうであるように子供より親が悪かった。なにしろおやじは鍋のけつみたいな顔でぬうッと出たのだからね。とどおかみさんが捨てぜりふで下《さが》って行った。

「手でも洗っといで。」

衛生には悪かろうが、おやじの顔が子供にわからないとあっては困るからね。いきおい一風呂あびざるを得ないのだ。

とにかく、おれは一風呂あびた。どうやら気持ちもしゃんとした。おれは着物を着ようと思って、手袋やなんかを抱えてタンク横の鉄管の上へあがろうとしたが……胸がヘンテコになりやがって、ひとりでに胸が前の方へまがって、なにか生ぬるいものがツラナリになって咽喉《のど》もとへこみ上げてきやがったので、持ってた手ぶくろで口にふたをしたが、出てきたものはそこで手ぶくろにいっぱいになり、それからぼたぼたと下にこぼれた。その赤い色を見ておれはしゃがんじゃった。

「おい、どしたい。」

だれかがそういって摑ましてくれたそいつの手ぶくろも、みるみる桑の実みたいに濡れふくれちゃった。これがその日の顚末《てんまつ》だ。

ついでにいっとけば、喀血《かっけつ》そのものはたいして不愉快じゃない。吐いた後なぞはからだがキヨラカになった気持ちだ。

とにかくそれから医務室にしばらく寝て、だいぶたってから亀の子ばあさんのところへ、ちゃんと自転車にも乗って帰って来た。そしてひっくりかえったのだ。

あくる日になると元気はだいぶ盛りかえしたが、自分でも心配になるし、ばあさんもしきりにすすめるので、神田のヤソの病院へ見てもらいに行った。ばあさんはどういうわけかあれでヤソなのだ。

打診をやり、エッキス光線でも見てもらったあとで、モーニングコートを着たおじいさんの医者とだいたい次ぎのような意味のことを問答した。

「御職業（御職業ときたね。）は何ですか。」

「工場で働いています。」

「何の工場です。」

「鉄工場です。」

「どういう仕事ですか。」

「鉄管切工です。」

「何時間ぐらい仕事をしますか。」

「定時は十時間ですがたいてい夜業をやりますから……」

「いちばん長く仕事をする時は何時間ぐらいですか。」

「三十六時間です。」

「三十六時間？　一日ですよ。」

「ええ……」


もちろんおれは、この親切なじいさんに三十六時間労働の説明はしなかった。二十四時間の一日にどうして三十六時間働けるか、それは資本家の知ったことでカミサマの知ったことじゃない。で、このおじいさんのいうところによれば、「なに、喀血したからといって格別心配することはありません。喀血するほうがしないのよりいい場合もある。とにかく仕事を休んで絶対安静にしなければいけない。むろん薬はあげるが薬よりも保養である。それにはよろず心配をせずノンキにしてなければいけない。そして滋養の多い消化のいい食物をとらなければいけない。」

神様は、そうしてエッキス光線料一円、薬価一週間分一円五銭、合計二円五銭というものを巻き上げた。それ以来おれは寝そべっている。

いつかもいったように、ここで少しでも気のきいたふうに仕事ができれば死んでもかまわないとおれは考えていた。しかし半年たたないうちに咽喉《のど》から血が出ようとは思ってもみなかった。「吾嬬町《あずまちよう》」にいたころの無理が「隅田川」へ来て出たのだろうと思う。いずれにしてもここしばらくは休む。

以上、ここの様子をくわしく書く暇が出来たことの悲しむべき理由だ。勘定日にはおれの首が間違いなく飛ぶ。ごくわずかの手当が取れる。そうしておれは職場を見捨てて行かなければならない。

註　工場の地図はなかった。第九の手紙と第十の手紙とから推して考えると、この手紙にある「青山の葬式の日」とは一九二九年三月十五日の渡政《わたまさ》・山宣《やません》労働者農民葬である。

第二の手紙

前の手紙に忘れた結論。

おまえは東京へ出て来る。おれは首を切られる。（六月には徴兵検査に帰るのでどうせ切られる。）一方浅田のほうの口はまだはっきりしない。そんならいっそ「隅田川」へ来ておれと入れかわってはどうか。おれはここにいなくなるのに浅田はずっと向うにいる。おまえにとって向うへ嵌《は》まるほうのいいことはわかりきったことだ。しかしせっかくおかみさんも乗り気になったところだから、一日も早く出て来ることが肝腎なのじゃないか。早いという点ではここのほうが早い。あとで浅田のほうがきまればその上でかわってもいい。どうだ、そうしちゃ。

第三の手紙

どっちにするか返事まだ来ないがここの工場の簡単なスケッチを送る。

資本系統

もと清川という男が工場主だったのを前のパニックに久保田というものが買いとった。久保田は大阪にいて尼ケ崎に同じ工場を持っている。（そこは従業員約三千。）この久保田なるものが他の大財閥とどんな関係にあるかはちょっとわからない。おれ一個の考えでは単独のものと思う。株式会社だ。

従業員

八百、そのうち約二百が朝鮮人、残りのうち三十人ばかりが女、日本人労働者と朝鮮人労働者とは別に仲がわるいとはいえない。しかし、日本人労働者が朝鮮人労働者をひどく軽蔑している。塗り場のコールタール壺だとか土落しだとかいう苦しい仕事や危険な仕事を無理に押しつける。

教育は尋常科卒業が最高。新聞はこのごろルビなしになって非常に読みづらがっている。（今のところおれの知ってる読者は六人だ。その六人がこの調子だから、あとはもっとひどい。）たいてい農村から来ている。東北地方や新潟方面が多いとみえてあの辺の言葉が多い。

八百のうち約三百は家《うち》を持つなり下宿するなりして工場付近にいる。夫婦ものはたいてい家を持っている。大きさは——小ささは、かね。——三畳に六畳に台所、六畳に夫婦と子供と住み、三畳を人に貸す。借り手は多くここの労働者だ。ひとりものは、こういう家や、工場付近の駄菓子屋、飯屋なんかに下宿する。駄菓子屋や飯屋に下宿すると、三畳の紙天井に三人から四人押し込めて二十一円は取る。夫婦ものの部屋を借りるほうはずっと安い。だいたい、女房に飯をたかしていくらかにでもさしてもらうという調子だから。

労働時間

早出　午前五時――午前七時

定時　午前七時――午後五時

居残　午後五時――午後八時

終夜　午後八時――午前五時

これを全部やって（二十四時間）そのうえ翌日の定時（午後五時まで十二時間）をぶっとおすものがいる。合計三十六時間だ。この場合は翌日休む。徹夜の翌日はたいてい夕方まで休む。（それを休まないものもだいぶいる。おれは休むほうだ。三十六時間は一度しかやらない。）昼やすみは三十分。一日、十五日、定休。正月元旦やすみ。（ただし出て来れば二日分くれる。）

労賃

定時（十時間）――一円三十五銭

歩増《ぶまし》は早し遅しなしにずっと一率だ。ただし歩増のつくのは常傭《じようやとい》だけで、雑役夫《ざつえきふ》ときては徹夜にもつかない。それには彼ら雑役が「どの職場にも属していないから」という「立派な」理由がある。で、「どの職場にも属してない」彼らはどこで働いているか。彼はツツキリ場で働いている。水圧で働いている。運搬で働いている。土落しで働いている。熔解炉で働いている。塗り場で働いている。要するにすべての職場で働いている。彼らの属しているのは一つの職場でなく全部の職場なのだ。それがいけない。すべての職場に属しているが一つの職場に属していない。つまりどの職場にも属していない。おまえに歩増はやらぬ……まったく天子様みたいに立派な理由だ！　常傭の歩増はツツキリだけが各工場（一から七まで七つ）単独請負であとは全部請負。ここの工場では死人やけが人がうんとこさと出るので、平生人《へいぜい》をたくさん入れておき、これを——常傭もくそもなしに——伍長の腹ひとつでいつでも雑役にまわしてしまう。

「今夜残ってもらえるけえ。」

伍長が下っ腹へ手をつっこんで常傭のところへやって来てそういう。常傭には常傭の誇りがあるから、だれだって「へえ、そうですか。」た言いたかねえ。で、いやな顔でも見せたが最後「帰ってもらおうか。」ときやがる。

勘定は二十五日から翌月九日までを十五日払い、十日から二十四日までを三十日に支払う。もし九日にストライキにはいれば十五日の勘定を押えられるし、三十日にストライキにはいれば二十四日以後の五日間をまるまる取られる。

ついでに勤怠表《きんたい》に書いてあるスローガンを挙げておく。

表　時間尊重。

裏　なまける者は失業します。

このカードは毎日遊ばせぬようにしましょう。

今日一日働いた。明日もまた。

勘定袋には、

一　外で使えば家庭でけんか、うちで使えばえびす顔。

二　あせを流して取ったる金は、むだに使わずためましょう。

組合関係

関東製鉄労働組合（総同盟）。もと融和会と建国労働組合とがあった。それが「会社のきもいり」で合同してこれが出来た。会社の前に活動小屋があってその隣りに建国会向島《むこうじま》支部の事務所がある。会社では否定しているが、そこに会社のものが二、三人泊り込んでいる。もちろん合同以後の現象で、合同に関してはあとで書く。

仕事

第一工場	一一〇〇（インチにあらず）から一〇〇インチ	二〇本
第二工場	一〇インチ	六（七）〇本
第三工場	六インチから八インチ	三一〇本
第四工場	四インチ	三〇〇本
第五工場	三〇インチから四〇インチおよび無頭管	四〇本
第六工場	三インチから四インチ	三〇〇本
第七工場	三インチから六インチ	一四〇本

第七工場はもと「逓信省《ていしんしょう》」というのを三千本くらい出していた。逓信省のマーク入りで、もうけが七割あったというところをみれば久保田と逓信大臣とは相当くさい仲らしい。

設備

風呂、例のがある。早く火を落すので居残りの連中は岡湯につかる。脱衣所は「脱衣所」という木札がかかっているだけで実物はない。みんな積み上げた鉄管の上で脱いだり着たりする。

食堂、なし。

通風設備、なし。

八百人の鉄工所に煙突が一本もない。対岸の東京ガスは角《かく》の大煙突を五本持ってる。うらやましいね。夕方空気が重くなってくると、臭いとも臭いやつが屋根から地面へ、それから隅田川の水面へ舞いながら垂れて来る。そのなかでおれたちはきりきり舞いをする。「通風設備はないが風通しはある。」というわけだ。大川に面した側は――そこから鉄管をコロで船に積み込む。――ろくすっぽタレもかけてない。三階のトタンはとくの昔にめくれたままだ。冬は川づらからかけて錐《きり》のようなやつが揉《も》みこむ。そこを北海道という。春は白鬚《しらひげ》橋から春かぜが舞いこんで来る。鼻のなかで馬糞と小砂とがコチコチに固まる。ダン車の内側は百度でぶっ倒れるし、三階のグレンではハンドル屋がふらふらッと眼をまわす。おまえのほうなぞ何といったって、府立とか市立とかいうのだから比較にゃならない。第一おまえなぞは、おなじ労働者とは言い条いわば一種のお役人なんだからね。(おこるなよ。)

闘争の経験

残念なことにこれがわからない。当時の連中がいくらか残ってるらしいけれど話を聞く機会をつかめない。二回ストライキをやって惨敗したことだけはわかってる。第一回は久保田が清川から買いとったとき。買収と同時に三割値下げをやったのでそれに反対して立った。旧評議会系が指導したが裏切り者のためにしてやられた。裏切りの張本人は長茂一《ちょうもいち》という男で、これが、現在組長をやっている。長は去年のお花見に「ドショウ骨の折れるほど」のばされた。（だからみんなお花見を待ちこがれている。この十五日だからもう目のさきだ。おれはもちろん出かけて行く。メドはついてるのだ。）第二回のは総同盟の指導で、暮れの苦しさから起きて惨敗した。しかし両方とも正確でない。なおよく調査しておく。

最後にスパイ網をあげると次ぎのようになる。

工場長
- 組長
  - 伍長
  - 検査工
- 監督
- 純粋スパイ

工場長は小笠原という。大阪弁をつかうところをみるとこれは久保田の直接派遣なのだろう。組長は裏切りの張本、例の長茂一。検査工はたいがい工業学校程度だ。このなかにはいいのもいる。純粋スパイというのはおれたちと同じなり恰好《かっこう》をしてぶらりぶらりと歩いている。仕事は何もしない。工場長は日に三、四回顔を見せて何かしらどなりつけていく。

できたら尼ケ崎のほうを調べておいてくれ。こんなものを書くと疲れてくたくたになる。これから自転車で新聞を取りに行く。

註　新聞というのは、この手紙および第十五の手紙からおして『無産者新聞』であろう。当時『無新』はルビなしで出していた。

第四の手紙

手紙見た。浅田も帰って来たのでさっそく逢って話した。彼もそのほうがいいという。そうきめよう。

昨夜《ゆんべ》はひどい嵐で夜中に眼がさめた。スウィッチをひねったが電気がともれない。ちょうど咽喉《のど》もとへ例のやつがこみ上げて来て、おれは手さぐりで部屋の隅へ這って行った。外では電線がゴーゴーと鳴っていた。ものの折れる音や飛ぶ音がきこえ、まっくらで、壺に手はとどいたがあまりいい気持ちではなかった。大きな蠅が一匹いてどうにも逃げない。まっくらのなかで壺のなかのものをぴしゃぴしゃ嘗《な》めるように思われて薄気味が悪かった。

それはともかくおれたちの仲間はみな元気だ。今度新聞の説明ビラみたいなものを出す。ヤスリを買う金がないのでそれを積み立てる。どこかに中古《ちゅうぶる》でもあって安く譲ってくれないものかと思う。

今日は、(今日はどうも元気がないのだよ。)御用組合のことを書こう。

ある日(やはりはいってまもなく)四〇インチの上で弁当を使ってると、門のところが急に騒ぎになって旗かげがちらついた。へへえとおれは駆け出した。そしてカーキ色に白だすき、菊水白抜きの赤旗を見つけてがっかりしちゃった。

建国会といえばおなじみだ。去年の靴争議には詫状を取ってつまみ出した覚えがある。しかしここの工場に何があったんだろう。いったいきゃつらは工場にたいして日常何をやってるのだろう。するとイキナリ一人の男が鉄管の上へ飛び上ってうたい出した。

…………

なんとかで
こーここに起《た》ちたる建国会……

そこへ刑事が来て「そんなものうたうんじゃない！」といってその男を連れてっちまった。おれたちはまた仕事についたがおれにはわからなかった。そこでちょっとしらべてみた。ちょうどその一カ月ばかり前、ここの工場長が建国会の賛助会員になったという噂が立った。

「ほんとけ、そりゃ。」

「だとよ。馬鹿にしてやがらね。へえれへえれって無理に入れたな、やつじゃねえか。」

「おりゃ建国会にするよ。なんでえ、融和会、融和会ちったたって何にもしやしねえじゃねえか……」

するとニ、三日たった朝、門衛わきの掲示板に振仮名つきの貼出しが出た。

　私が建国会の賛助会員だということを言いふらす者があるが、それは嘘です。私たちには立派な融和会があります。この会社の人で他の組合や会にはいるような人たちには、会社にいていただくわけにはいきません。力をあわせて私たちの融和会のために尽しましょう。　工場長

これを貼り出させたのは専務だ。専務は一方では工場長にこれを貼り出させ、一方では建国会加盟の百三十五名を呼び出して「建国会を脱会しろ。さもなけりゃ首だ。」とおどしつけた。百三十五人のうち百三十二人が即座に脱会し、頑張ったあとの三人はその場で首になった。この三人を首切るのに、工場長が建国会の賛助会員では具合がわるい。で、あれが貼り出されたのだ。

　さて会社では、工場長はじめ融和会の幹部どこを集めて一ぱい飲ました。この幹部どもが、融和会のガチャ張りを三十人ばかし集めてまた一ぱい飲ました。

この三十人が、お神酒《みき》のまわったところで建国会向島支部へなぐり込んだ。

建国会はこの三十人を、器物破毀、家宅侵入、傷害で訴えた。そして菊水の旗を立て、三名の解雇取消しを要求してきた。「こーこに起ちたる建国会」がそれだ。

建国会からも融和会からも、血だらけが二十人ばかり引っぱられていた。そこへ専務が出て行って切りだした。

「建国会といっても融和会といっても、お互いの融和をはかるという点に変りはない。ならば、両方で争うのは愚な話だろう。なにかとイキサツもありましょうが、ひとつ両方手をつなぐことにしてはどうだろう。そうなれば、警察のほうは会社から掛け合ってみてもいい……」

融和会も建国会も一も二もなく承知した。

まもなく融和会と建国会の合同大会が開かれた。……という段取りだ。

会社としてこれはうまかった。もう先《せん》から融和会はさんざ不評判で、かといって建国会に独立にのさばらせるわけにはいかず、そこで工場長をつかって双方イガミあう機会をつくり、かませておいて一つにしたのだ。

この御用組合は月二十銭の組合費を取って同封のニュース(?)を「不定期に」発行する。残りは会社の出す金といっしょにして幹部どころの飲みしろになる。

会社は成功した。融和会と建国会との合同で両者の反目が消えたから。だが会社は失敗した。労働者の対融和会および対建国会の不平が対関東製鉄労働組合の不平として全工場的に盛りあがってきたから。

穴で聞くと(穴というのはボール盤のところが掘り下げてある。四〇インチを床の上で立って扱うとすると、四インチを扱うにはしゃがまなければならない。しゃがむかわりに穴を掘って、その穴のなかで立って仕事する。二、三人ならすっぽりとはいるクッキョーの穴だ。）満々たる不平だ。ここにはちかちかする左翼意識なんてものはない。そのかわりに濡れた海綿みたいに全体がふくれてる。

註　関東製鉄労働組合のニュースは私の手にはいらなかった。

第五の手紙

いつか約束した朝鮮人の話は中絶だ。

彼とおれは風呂場で知合いになった。彼は巌石のような肩をしていて、その上に熔鉄の飛ばっちりでぺろりとやられた白い跡があった。それが大なますの形をしていたので非常に印象がふかい。

彼は神奈川の方へ出かけたまま帰って来ない。神奈川では、朝鮮総同盟と相愛会との武装闘争があった。相愛会がめちゃめちゃにたたっ切られ、総同盟も相当の重傷者を出した。いずれにしてもあの話は当分保留する。

今日は別の朝鮮人と浅草へ行った。彼の話によると、

「朝鮮では、土地会社、工場主、警察が協力してしばしば数カ村落を焼き払う。部落民は釜山に出かける。釜山で彼らは身元調査を受ける。相愛会引受けの者だけが内地に渡れる。神戸、大阪、名古屋の駅頭にドテラ姿の親分が迎えに出る。親分は、女たちを別にして、そのなかから例えば五人を引っこぬく。そのなかの四人を売り飛ばしてその身代金《みのしろきん》で妾《めかけ》にした残りの一人に着せたり食わせたりする。飽きがくると妾も売り飛ばす。それを繰り返す。女は娘でも女房でもかまわない。盾つけば悲鳴をあげてもやら

れる。釜山の波止場でワーンと泣いてた声が今でも聞える。彼らがどうなったか知らない。おそらく死んだろう」うんぬん。

二人は安来節《やすぎぶし》にはいった。

かけあいになって女が二人出て来た。一人は胸から長い袴をはいている。

「あんたなかなか美人やな。」

「美人や。」

「そうやって袴はいたるとこ朝鮮美人や。」

「朝……なんや、あほ。」

「朝鮮いかんか。」

「いかん。」

「そんなら朝鮮やない。」

「朝鮮やない。」

「ほんまにない。」

「ない。」

「支那や。」

おれたちは不愉快になって外に出た。

第一回のときか第二回のときか知らないが、朝鮮人労働者がストライキ破りをやったという話を聞いた。例の長茂一が手引きして、常平生のこともあり、朝鮮の連中が一ぱい乗った由。どんな事情も裏切りを合理化しはしない。だが、日本人労働者の日ごろのふるまいが、ストライキに際して、朝鮮人労働者をこの恥ずべき裏切りに追いたてたのだとすれば（どうもそうらしいんだよ。）その態度こそまさに恥ずべきだ。恥は結果になく原因にある。全従業員八百のうち二百を占める朝鮮の兄弟を、何かのとき、全員の最も勇敢な部分とすることができないで、どこに労働者の誇りがあろうぞ！

長年の悪影響のため、話しかけても軽く乗ってくれないことの多いのは淋しい。しかしすべて根気よく、すべて闘争によって。

彼らは朝鮮総同盟と相愛会とはよく知ってるが朝鮮の共産党のことはほとんど知らない。

それから二人は「忠次旅日記」を見た。これはおもしろかった。

彼忠次が自分の運命を知っていて、不必要な係累をつくらぬよう細心の注意を払ってる点。逃げることがどうしても必要となると斬って斬りまくって絶対に逃げおおせる点。この二点を感心した。ただ彼の落ちて行く姿は落葉のように寂しい。彼はうしろ姿で吹かれて行く。最後に彼はお縄を「神妙」に頂戴して現法の擁護者に堕落する。テラやカスリで食っているものの必然の運命だろう。おれたちは違う。おれたちはバクチ打ちじゃない。しかし大剣をギッチョに提げて、きゅーッと出て来るとこは、いいね！

註　いつか話した朝鮮人の話というのは何かわからない。

第六の手紙

西淀川に朝鮮人が少ないというのは嘘で、多いというのがほんとうだ。しらべてみろ。

今日はちょっとした用事で工場へ行ってきた。

牛めしのねえちゃんのところで落ち合う約束だったが行ってみると牛めし屋がない。自転車置場の横で、おれたちはいつもそれを食った。十五、六のねえちゃんがいて鼻を拭いた手でカケをくれる。このねえちゃんは鶏《とり》の足みたいな手をしている。ここの工場で女といえばこのねえちゃんとヨナゲ場の女たちだけだが、どっちも女といえる代物《しろもの》じゃない。そのねえちゃんがいない。ねえちゃんばかりでなく牛めし屋そのものが影を消してしまった。会社へ家賃（?）を溜めて追い払われたのだそうだ。どこまで欲張りの会社か。

「じゃ、も、食えねえんかい。」

「いんや……四工場の裏へ追い出されて、こっち側の板囲いに穴をあけてそッから出してる。」

四工場の裏へまわってみるとなるほどであった。親愛な鶏の足のねえちゃんがそこから鉄条網——鉄条網が張ってある。——越しに手を出していた。

註　第三の手紙の「尼ケ崎工場の調査をたのむ」という言葉、およびこの手紙の受取人のいる工場が「府立とか市立とかいう」という言葉と、第十一の手紙にある「工業試験所」という言葉とを合わせ考えると、この手紙の西淀川は大阪市西淀川区であって、この手紙の受取人は当時西淀川区大仁《だいに》町《まち》の大阪市立工業試験所にいたものだろう。

第七の手紙

今日おれは空びんをかわいがってやった。はじめおれが寝ころんで口笛を吹いてると、それに合わせるものがある。不思議に思ってしらべてみると、それは部屋の隅っこに立ってる一本の空びんだった。

おれはその横腹をぴしゃりとくらわすことによってそいつを愛してやった。

それからおれはネチカーエフ団の規約と綱領なるものを読んだ。「自己に対する革命家の任務」の第一条に次ぎのように書いてある。

「革命家とは運命の決定されたものである。彼には彼自己の利害関係がない。彼自己の事業も、彼自己の感覚も、彼自己の愛着も、彼自己の財物も、彼自己の名まえすらもない。彼におけるいっさいは単一絶対の利害関係、唯一の思想、唯一の熱情――革命――によってのみ充たされている。」

おれは三人の仲間のことを思い出した。彼らは三人とも死んじまった。その死ぬのをおれはこの眼で目撃した。

一人はボール盤のメーンシャフトに巻き上げられて死んだ。彼のからだは鼠しか通れない天井とのあいだをばたばたッとくぐり抜け、スウィッチを切ると同時にだらりと垂れさがり、一旦とまったと思った瞬間に仕事着の切れっぱしをベルトにからませたままどさりと落ちてきた。肋骨が折れて突き出ていた。

一人はグレンのはこんできた鉄管で死んだ。ハンドル屋がへとへとに疲れてたのだ。そのためその三〇インチ管は約一尺進み過ぎた。ソケットのところが背中にぽーんと当ったと思うとそれなりつうーとのびちゃった。

も一人はドイツから来た新しい機械の荷上げの時に死んだ。なにも知らない監督の野郎が――工場のなかのことは知ってても、水の上のテンマのことなんか知りっこないんだ。――依怙地《いこじ》を張ってロープに無理をしたため、船は顚覆《てんぷく》するし機械は沈没した。機械は六時間かかってあがって来たが、そのときウチワみたいに平べったくなった彼の屍骸《しがい》がいっしょにあがって来た。監督に殺されたも同然だ。

おれたちは二十銭ずつ香奠《こうでん》を出した。おれたちはそれを、おれたちからとしておれたちの名で送ることにきめていた。そこへ伍長が来て、それを給料から差し引いて会社がまとめて出すと言いわたした。おれたちは反対したけれども負けた。会社のやつはあれを会社が出したような顔をして出したのだろう。もしかするとおれたちの給料から差し引いたものを傷害手当の一部にあてたのかも知れない。

三人とも立派な労働者だった。彼らは頑丈で、おれの知らないことをたくさん知っていた。

「吾嬬町」を追われて以来ここへはいるまでにおれは相当の苦心をした。はいってからは伍長の前に極力瘰癧玉《かんしやくだま》を抑えてきた。歩増《ぶまし》なしの雑役にも黙って廻った。ヒビの切れる北海道で徹夜もした。そのあいだじゅう、一定の時間をおいてぱーッぱーッと燃え上る熔解炉の火がどんなにおれの胸を躍《おど》らしたろう!

こうして寝ていると、あのガーンガーンという工場全体のひびき、重く垂れてくる臭い煙、三階から吊りさがったグレン、熔鉄のどろどろの表皮、ボール盤、トロッコ――なによりもあの乾燥室の熱い熱い熱気が実に魅惑的に思い出されてくる。

そこにはまだ新聞もろくすっぽはいっていない。関東製鉄労働組合がのさばっている。日本人労働者が朝鮮人労働者をあなどっている! しかるにおれはそこを出て行かねばならぬ。立派な三人の労働者は死んだが、おれたちは香奠をおれたちの名で送ることもできなかった。そうしておれはめがねじるし肝油を飲んでるのだ。

形が出来て黒みを塗られた鉄管はまずテスト・ハンマにかけられ、そこでスフィンク、ガンバラ、スアナ、マガリなどがバラされ、テストを通ったものは水圧にかけられ、駄目なやつはそこで破裂してすべてヨナゲ場に捨てられる。革命は明日にも彼女のテスト・ハンマをおれの肉体の上に振りかざすかも知れない。そのときおれの肉体が、ガンバラでなく、スフィンクでなく、スアナでもマガリでもなしに首尾よく水圧を通るかどうか。

こうして寝ているとタコやマメが見る見る消えていきやがる。くずれた指紋が恢復《かいふく》していきやがる。胴体のなかで骨格めがしゃがみこみやがる。おれの肉体はおれの運命を決定されたものとするために不足なのかね。

第八の手紙

左翼社会民主主義者た何だい。

「そんな薄着をしていると風邪をひくぞ。」

「ひきやしないよ。」

「ひいてから泣くな。」

「勝手にしやがれ。」

そして少し風邪をひいたので、「みろ、いわないこっちゃないんだ。」と得意になったが、みるみるけろりなおっちまったので、

「ええ、癪！　風邪をひいて、ひきじまいに死んじまやいいに！」

そこでこっちがむかっ腹を立って、「そんならひいてやるから驚くな。」などといって風邪をひいたら

コトだて。

今日は勘定日で予定どおり首だ。ただし明日《あす》の花見には行ける。薬を飲んだり卵を食ったりするのでやりきれない。からだはわりかたいい。ただ亀の子ばあさんは――親切このうえなしなんだが――「薬を飲んで知らないんですからね。」だから、病人にたいする彼女の親切はトンチンカンでときどき腹が立つ。

第九の手紙

四月十五日の太陽が東京の空へきらきらとのぼると、隅田川製鉄所の労働者たちはぱっちりと目を開けた。彼らは非常な元気で寝床の上に撥《は》ねかえり、それから長い長い一年ぶりの伸びをした。

午前九時、彼らは四つの方面から集まって来た。第一は工場の足もとのごみごみした一郭から、第二は川むこうの浅草方面から白鬚橋《しらひげばし》を渡って、第三は淫売町の玉の井から、第四はまだ出来上らない隅田川公園の方から川っぷち伝いに。

彼らはみんな――めずらしいことに――小ざっぱりとしたなりをしていた。男とも女ともつかない黒っぽいシロモノであったヨナゲ場の女たちも、髪をあげて着物をちゃんと着たところは立派なおかみさんであった。

あたり一帯の工場地帯はもう午前の活動にはいっていた。対岸の東京ガスの角煙突《かくえんとつ》をはじめ、一方は本所から深川へかけて、一方は浅草から日暮里《にっぽり》、三河島《みかわしま》へかけて、大小無数の煙突が競争で煙を吹きちらしていた。そして煙突のあるところではどこでも、煙突に負けまいとするように、大小の汽笛が金切り声やうなり声やおどしつけるような声をしっきりなしにあげていた。

煙や汽笛の声はもう高い空までのぼっていた。それはその下の都会が完全に眼をさました証拠であった。そのためにしかし空は曇って、太陽はいつのまにか薄ぼんやりと小さくなっていた。で誰かが、「都会というものは眼を覚したときにもう疲れている。」と考えたかも知れない。

しかし隅田川製鉄所だけは別だった。つめかけて来る労働者たちは誰も彼も――あおい顔はしてたけれど――元気で笑い顔を見せていた。きのうは彼らに勘定日であった。きょうは年一回恒例のお花見なのであった。

隅田川製鉄所では、毎年一回四月の中ごろにお花見をやるのであった。今年の主催は御用組合の関東製鉄労働組合で、会社はそれにたいして、そこの労働者のつもりつもったグチや痼癪やそのほかのものを発散させるため、一年間に搾りあげた金の何万分の一かを投げ出すのであった。それが今年は次ぎのようなものになっていた。

月桂冠二合びん　一本
三矢サイダー　一本
折りづめ　一個
花見手ぬぐい　一本
ダルマ船代
運動会費

みんなぞくぞくとやって来た。一人ものは一人で、二人ものは二人で、家族を持ってるものは家族づれで。

誰も裏表のわからない墨のような顔をしているものはなかった。女たちはおしろいをつけてるし、娘たちのなかにはタケナガをかけたものさえまじっていた。そして朝鮮人労働者は縁日の笛吹きのように三角にした手拭を頭にのせていた。

彼らは自然と工場構内の広場に集まった。彼らは早く出発したがっていたので、たすきをかけた会社の専務や組合の幹部が来てかわるがわるやった、いろんな演説は何をいっているのやらわからなかった。彼らは口笛を吹いたり、娘っ子に色眼を使ったり、飲まないさきからもう酔っぱらったり、なにか楽しげな相談をしたり、二次会の打合せをしたり、伍長その他の一味をのばす手はずをきめたり、肝腎の相手が今日に限って来ないことをとめ度もなくくやしがったり、そしてむかっ腹を立てて、腹いせのため友達と組打ちを始めたりしているのであった。

定刻が来ると、彼らはいくつもの「分隊」に分れてそれぞれダルマ船に乗り込んだ。

わーッという歓声があがったと思うと、その長いダルマ船の行列はもうポンポン蒸気に引かれて動き出していた。

先頭の船に乗り込んだおやとい楽隊は陽気な調子で鳴らし始めた。

けンむりもみえずッ
くンももなくッ……

声自慢のものはうたい始めるし酒好きの者は飲み始めていた。黒い水の色も一種特別のそのにおいも気にかからず、そこらをアメン坊のように漕ぎまわる身軽な学生どももいつものように小生意気には見えなかった。なかでも不思議なのは、船のなかから見上げると——岸のほうが水の上よりも幾分高かった。——河岸《かし》の屋並みや工場が夢のように浮きあがって見えて、あの大きなつらい労働がそこでのたうちまわっているとはどうしても思えないことであった。にぎやかなさざめきは水の上にだけあって、空も地上もしんかんと音なしでいるようにさえ思われた。

まさか自然が資本家の身方をして労働者に魔法をかけたのではなかったろう。しかし労働者たちはたしかに、次第に酔っぱらい、風や楽隊に吹かれてうつらうつらとなっていった。彼らの胸のなかで、伍長や組長にたいする日ごろのウラミ、はてしのない労働にたいする泣き出したいようなノロイ、貧乏人らしい悲しみ、労働者らしいたくましい計画が薄れていった。もし次ぎのようなことが起らなかったなら、労働者たちのその日の計画——それをもうひと月がかりで立ててきた。——がオジャンになったかもしれなかった。だが労働者は地上いたるところに充満している。彼らは機会あるごとに、ないときはそれを創り出して、その充満した姿を見せ合おうとする。そしてそれを見ると彼らは、眠りこけていたものは眼をさまし、衰弱していたものは恢復し、倒れていたものも起ちあがる。

ちょうど船は日本車輛の前へさしかかっていた。日本車輛の労働者たちは昼めしをすましてたばこを吸っていた。あるものは女の話をし、あるものはむかしのストライキについて大論争をしていた。そのとき誰かが大声でどなった。

「見ろや！」

たちまち彼らは騒ぎ出した。

「へへえ、お花見だな。」

「どこだい、工場ぁ。」

「『隅田川』よ。」

「荒川だぜ。」

「こっち見て笑ってやがら……フフ。」

すると誰か別の男がどなった。

「どなってやろうか。」

もう彼らは駆け出していた。彼らはかたまりを転がすように岸へ転げて行き、そこへ黒山にたかって、手を振り、帽子を振り、それをほうり上げ――ほうり上げるとき、岸と反対の方を向いてるものがだいぶあった。――それから声を揃えてどなった。

「わーッ!」

「しっかりやれえッ!」

船はびっくりした。

百以上も実をつけたその大きなくだもののそれぞれの房がいっせいに岸を向いた。そのツブツブの実がお互いに自分のからだをもぎ取ろうとし、飛びあがり、旗や小旗を振り、口を開けて笑い、あるものは空びんを水のなかへたたきつけた。

「よおーッ!」

「いよおーッ!」

「ありがと、ありがと……」

「たかくたてえあかはたを……」

そのためどの船もぐらぐらッと揺れた。そのうねりが岸のほうへ伝って行くのを見ると彼らはもう一度歓声をあげた。もし船が一定の方向へ――岸を向いてる彼らの眼と直角に――進んでるのでなかったら、彼らはざぶざぶと水のなかへ踏み込んだに違いない。

やがて船は鐘紡《かねぼう》へさしかかった。そこでもやはり昼めし休みだった。彼女らは無論たちまちのうちに見つけた。

「お花見よ。」

「うまくやってやがら。」

「どこだろうね。」

「『隅田川』だよ。」

「どなってやりましょうか。」

彼女たちは一散に駆け出して来て叫んだ。

「わあーッ！」

「わあーいッ！」

まだ年若でからだも小さい彼女たちは揃いの白服を着ていた。なによりも彼女たちは女だった。彼女たちは女の声で叫んだ。

それから船は日本製靴をよぎって行った。

日本皮革をよぎって行った。

火力電気をよぎって行った。

これらの工場は川の右側にあったが左側にはどんな工場があったか。

まず日本紡績があった。

次ぎに合同毛織があった。

次ぎに南千住製作所が。

次ぎに富士製紙。

次ぎに魚肥料……

もう止《や》める。うまく書いてやろうと思ったが書くほどまずくなりそうだ。要するにおれたちは、この思いがけない歓迎にうれし泪《なみだ》をこぼした。なるほど魚肥料はくさかったし、南千住は出てくれなかったし、火力は十人くらいだった。だが彼らはそれぞれ何かワケがあったのだ。

出てくれた諸君よ、ありがとう。出られなかった諸君よ、諸君の事情はよく知っている。諸君の好意には必ずむくいる。今日のことは決して忘れない。われわれの時代は近いのだ……

おれたちは荒川堤へ着いた。松葉の門に造花の額がかかっていた。おれたちは運動会にとりかかった。

資本家の野郎がこのお花見で、労資協調の実《じつ》をあげたけりゃ勝手にあげるがいい。わが全従業員が何艘《そう》の船に分乗して、荒川堤の桜の木の下で歌をうたったり綱引きしたりすることはなんと愉快か！

あっちには常務以下検査工夫まで。

こっちは七工場に雑役を入れて全家族まで。

おれはしかし大失敗した。あんまり騒いだのと飲めもしない日本酒をらっぱ飲みしたのとですっかり酔っぱらって、今日の計画の実行されるころは草の上に寝っころがっていなければならなかった。ほうほうのていで帰って来ると、亀の子ばあさんに「病人のくせに！」と叱られた。しかし花見そのものは確実に成功した。明日はさっそくその連中の集まりをやる。

第十の手紙

おまえのほうの支局はどうだった？
おれがお花見の報告がてら朝七時ごろに行ったとき浅田はもうやられていた。そこいらにごろごろ張ってて危くてしようがないので、ずっと雑司ケ谷の方へ飛んで二、三軒まわってみた。はっきりしないが第三次の検挙らしいと。おれのほうの工場は何ともない。

註　第九の手紙とこの手紙とからおして、「第三次の検挙」というのは一九二九年のいわゆる四・一六事件をさすものと思われる、したがってこれらの手紙は四・一六を前後する時期のものであろう。

第十一の手紙

何をいうんだ。そんなことは絶対にない。
いったいおまえはグズだよ。工業試験所たいったいなんだい。それは資本家の直接の機関だ。だれかが何かいい発明をする。それを資本家が買い上げる。買い上げてもうかるかどうか試験所へさげて検査を頼む。そこでソロバンが取れるとなるといよいよ買い上げる。新しい工場が建つ。新しい搾取が始まる。

だからこそ工業試験所は、あらゆる種類の工場とあらゆる種類の労働者とを持ってるのだ。労働者は熟練工ばかしだ。その工場は直接商品を生産するのではない。労賃はわりにいい。で、そこには階級対立がないかのように見える。労働者はみんないい年をして、かかあや子供を持って、出世をあきらめたかわりには余生を安穏《あんのん》に暮したいと考えている。ストライキ悪化の新聞を見ると外套《がいとう》のボタンをかけようという手合いなのだ。そんなとこにいてどうするんだい。三十五年もかかっておまえのなかに眼を覚したのは労働者じゃなかったのかい。

おまえは頑丈なからだを持ってる。三十五にもなればもう肺病にもかからぬ。おまえは旋盤工で、製図工で、石工《いしく》で、鋳造工で、飛行機のことまで知ってる。おまえは東京、大阪、長崎、木曾福島、羽田、津田沼を知ってる。おまえは各地の各種の労働者を知ってるのだ。労働者にとってそれは最大の武器だ。で、おまえは、その武器をかついで逃げようってのかい。こう言いながら、「武器だけは飛切りだ。」人を馬鹿にするのもいい加減にしろ。

第十二の手紙

手紙見た。前便取り消す。しかしおまえが悪いんだ。もっと手紙を上手に書け。

第十三の手紙

おやじが死んだ。

おやじは、二年まえまで岡山県の山奥で小学校の教師をしていた。二年まえに腹膜《ふくまく》で寝つき、とうとう死んだ。おふくろと妹と残っている。おやじは背中と足のふくらはぎが腐って、半気違いになって死んだそうだ。

村役場から金をくれるので、そのために必要な委任状を電送せよといってきた。おふくろが字が書けないので妹が書いてきた。この妹にはもう十二、三年も逢わない。検査までまだひと月はこっちにいるつもりだったがどうなるかわからぬ。それで、ここは大丈夫だから（おれがいなくなる時は知らせる。）すぐそっちの用意をせよ。わからないことがあったら、亀の子ばあさんに頼めば工場の適当な人間に逢わしてくれるだろう。

第十四の手紙

明日《あす》の朝帰る。

今日は仕事の引きつぎを兼ねて送別会をやってくれた。

それがすんでからおれは一人で工場の横を一まわりしてみた。六インチ管のソケットのあるほうとないほうとを互い違いに組み合わせた天下無類の塀をもう一ぺん見なおした。

愛する工場よ！　久保田という資本家のやつがおまえを私有してるが、おれたちにはおまえが、おれたち以外の誰かのものだとはどこをどう考えても思えないで……

それからおれは本所公会堂へまわった。去年十二月、労働者農民党大会の時それは吠えた。

おれは建物の前へ行って言ってやった。

「やい丸天井！　おまえを有名にしてやったのはおれたちだぞ。おまえは知るまいが、いまおれたちは苦しいんだ……」

おれの眼に泪《なみだ》が出てきやがった。

ばあさんも工場のなかも準備はいっさい出来た。おまえは出て来さえすればいい。

浅田はまだ帰って来ないが、これはおまえが来てからみんなと共同で（一人でやってはいけない。）連絡をつけてくれ。浅田は女房を持ってる。その女房の顔を見たらおまえは驚くだろうが今は忙しいから書かない。

ここの部屋代の一部（三円あまり）と質屋の利上げを頼む。（通《かよい》は机の右の引出しにはいっている。）——そのかわりに机と本をすこし置いていく。——電報は高いばかりでうまくいかず、まごまごしてると旅費もなくなりそうだ。帰ってからどうなるかまだわからない。

第十五の手紙

長いあいだ失敬した。反動の嵐のなかに東京は再び立ちあがりつつあることと思う。

ここは山陰ざかいにちかい奥地の寒村で陸軍の牧草地だ。

おやじの葬式もすみ、犬のくそほどの扶助料《ふじょりょう》も取れた。

おれの妹はなかなか別嬪《べっぴん》になっていた。

検査はまだ。（おれは不合格にきまっている。）——子供のときの友達みな（小作人の小倅《こせがれ》）が三人ほどいっしょに行くので集まって話をしている。しかしどうしていいのかわからない。宣言書を出して入営するのもわるいとは思わないがあれだけでは駄目だと思う。日露戦争の時、日本へロシヤの俘虜《ふりょ》がたくさん来た。ボリシェヴィキはこれに宣伝するためいろんなことをやった。アメリカに帰化して、フィリッピンにいる医者があったが、彼はフィリッピンで在日ロシヤ俘虜慰問会をつくり、慰問品の中へ宣伝文書を入れて日本に送った。日本の陸軍省がそれを俘虜に分配した。この宣伝ビラは、ジュネーヴからアメリカへ送られ、アメリカからフィリッピンへ送られ、それから日本へ送られたという話がある。これにくらべるとおれたちの入営兵にたいするやり方はまだまだ素人細工だね。元来われわれはひどい素人細工屋で、素人細工しか知らなかったといわれても仕方ないくらいだったのだ。たとえばおれたちの工場についてみると、おれの関係した範囲では新聞の読者が六人あって救援会の会員が六人ある。それが同じ六人なのだ。これでは仕方がない。山田の死んだときなぞ、あの香奠《こうでん》問題をつかまえてなんとか一般救援の問題を起すべきだったと思う。それを関東製鉄にたいして要求すべきだったと思う。しかし山奥でブツクサ言ってても仕方がない。おれも早くよくなって――(だいぶいい。)――出て行く。これは今、配達の少年に待っててもらって書いてるので、書きたいことたくさんあるがこれでよす。

健闘を祈る。

ほかの連中からもおれに手紙を書くようういってくれ。

労働者の握手をもって。

作者付記

この手紙の筆者のいた工場がどこだろうとは、私の長いあいだの興味だった。ある日私は東京の地図をひらいて、そうして出かけて行った。するとその工場（と思われる工場）がたしかにあった。手紙のなかにある「ソケットのあるほうとないほうとを互い違いに組み合わした」鉄管の塀もちゃんと立っていた。それは明らかに「隅田川製鉄所」にちがいなかった。その位置を示せば次のようである。

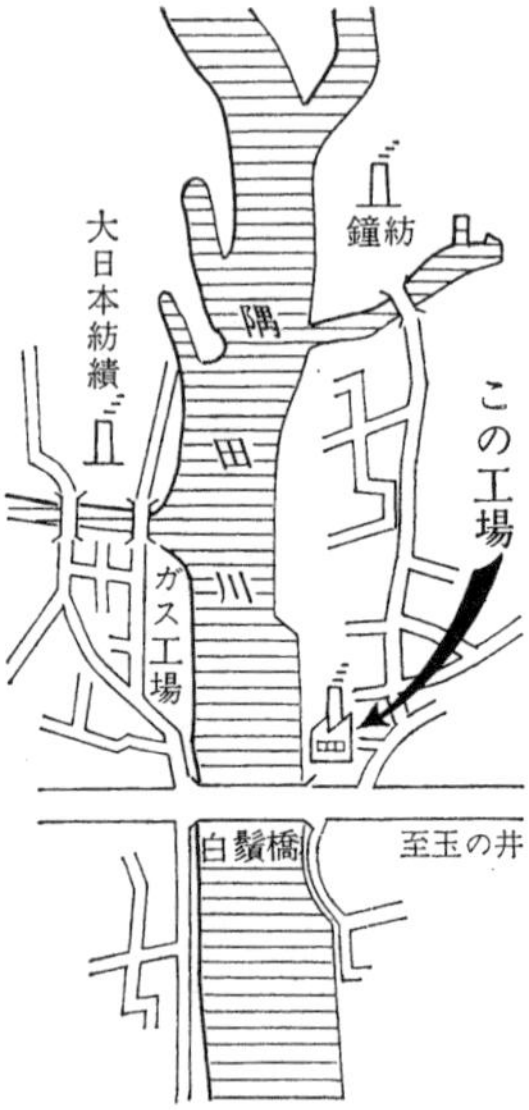

私はそのとき、なんとかして工場内部をしらべてみようとしたが、成功しなかった。しかるにその後、今年の三月末になって、私は昨年の終りごろこの工場でストライキがあったことを知った。それが『産労時報』一九三〇年三月号のストライキ統計にあがっていたのだ。そのストライキの原因、闘争の経過、およびその結果については、今のところ私は何も知らない。この小説の読者のなかに右工場の労働者がいたなら、ぜひそれを作者に知らせていただきたい。

（一九三〇年五月十七日、京都にて）

わかもの

初出――『戦旗』一九二九年九月

底本――『中野重治全集』第一巻（定本版、筑摩書房、一九九六年）

中野重治／なかの・しげはる　一九〇二年（明治三五）―一九七九年（昭和五四）福井県生まれ。東京帝国大学独文科卒。在学中に窪川鶴次郎や堀辰雄らと『驢馬』を創刊。プロレタリア文学運動の理論的指導者の一人として、詩、小説、評論などを活発に発表。一九三二年に治安維持法違反容疑で逮捕投獄。「転向」を余儀なくされ、後に論争を呼ぶ。その後「村の家」「汽車の罐焚き」「小説の書けぬ小説家」を書き抵抗を貫く。戦後は「五勺の酒」「むらぎも」「甲乙丙丁」などを発表、さまざまな論争を巻き起こす。

［川柳・コマ絵］

竹久夢二（幽冥路）

三年振手のない父に抱かれて寝

かゝる世に勇士の妻は納豆売

おお神よあすの酒代をたまわずや

人はみな死ねば命がないものを

廃兵を父に持ちける御代の春

廃兵の破れし恋をきく夜かな

詩のような恋を語りし日もありき

人間僅か五十円程とりたがり

『光』1906年2月20日

憂き世なり裸身でねると風をひく

かゝる世についでに生きて見たりけり

幸ひに手足がついて舌がある

化椿首つりによきうねり哉

波濤万里海賊とこそ寝たりける

(日刊『平民新聞』一九〇七年)

日刊『平民新聞』1907年3月8日

竹久夢二／たけひさ・ゆめじ　一八八四年（明治一七）―一九三四年（昭和九）

岡山県生まれ。本名・茂次郎。早稲田実業学校在学中の一九〇五年、荒畑寒村の紹介で平民社の『直言』にコマ絵が掲載されたことを契機に、『光』、日刊『平民新聞』などに川柳や風刺画を寄せ、社会主義に傾斜していく。妻のたまきをモデルに「夢二式」のスタイルを確立して以降、画集や詩画集を続々刊行し人気作家となり、装丁や挿絵なども多数手がける。彦乃、お葉といった女性からインスピレーションを受けた美人画をはじめ、千代紙、便箋、封筒、半襟、浴衣などの日用品、さらには雑誌の広告まで、幅広くデザインを行なった。

Ⅲ

「ラッパ節」替え歌の変遷

ラッパ節（添田啞蟬坊）

〽わたしやよつぽどあわて者
蟇口《がまぐち》拾ふて喜んで
家へ帰つてよく見たら
馬車にひかれたひき蛙　トコトットット
〽畳叩いてこちの人
悋気《りんき》でいふのじやないけれど
一人でさした傘ならば
片袖ぬれよう筈はない　トコトットット
〽親の財産あてにすりや
薬罐《やかん》天窓《あたま》が邪魔になる
入れておきたい火消壺《ひけしつぼ》
おこるたんびに蓋《ふた》をする　トコトットット
〽倒れし戦友抱きおこし
耳に口あて名を呼べば
につこり笑ふて目に涙
万歳唱ふも口の内　トコトットット
〽やがて屍《かばね》の上に照る
月を仰いて戈枕《ほこまくら》
忽《たちま》ち聞ゆる砲《つつ》の音
敵の夜襲か小ざかしや　トコトットット

〽降り積む雪はしんしんと
障子あくれば銀世界
さぞや彼地は冷たかろ
思へば涙が先に立つ　トコトットット

〽ものに動《どう》ぜぬ保昌《やすまさ》が
節も妙《たえ》なる笛の音に
靡《なび》く芒《すすき》のひらめきや
斬りつけかねたる袴垂《はかまだれ》　トコトットット

〽元これ尾張の一土民
叩きや音《ね》の出る智恵袋
関白太閤秀吉と
響く朝鮮支那の果　トコトットット

〽たぐひ稀《まれ》なる英雄も
たてし叛旗《はんき》の色褪《あ》せて
剣折れ弾《たま》尽き馬斃《たお》れ
消ゆる城山《しろやま》松の露　トコトットット

（添田知道『演歌の明治大正史』岩波新書、一九六三年）

社会党ラッパ節

（『光』紙上の読者投稿による替え歌）

◎大泥棒はゆるされて
小さな泥棒はしばられる
さすが東洋第一の
文明開化の日本国　永子

◎あはれ車掌と運転手
十五時間の労働に
車のきしる其《その》たんび
我れと我が身をそいでゆく　同上

◎高島炭坑の惨死人《ざんしにん》
一人あたまが五十円
塵《ちり》やあくたと棄てられる
人の命は安いもの　同上

◎つらい勤《つとめ》も金《かね》ゆゑの
車掌や旗ふり運転手
月給はいつも居すわりで

高くなるのは株ばかり　一読者
◎轢《ひ》けばひいたで罪を着る
止めれば止めたで遅くなる
どちら向いても攻撃の
中に車掌は板ばさみ　同上
◎人民保護の名目も
巡査は辛い役ながら
命がけでも苦労でも
つとめにや濡らせぬヒゲの下　同上
◎警八風《けいはちかぜ》も幌馬車の
影には乙《おつ》な吹きまはし
渋い顔して待合の
門《かど》に巡査が不眠《ねず》の番　同上
◎働くちからも無いくせに
威張《いばり》くさつた卑《さ》げ言葉
下女や下男がよく出来た
朝の御飯は誰が焚く　同上
◎あぶらも汗もしぼられて
果《はて》は機械に巻きこまれ
足もちぎれる腕も折る
可愛《かあい》や妻子《つまこ》はのたれ死《じに》　同上
◎稼ぐに追付く貧乏の
神は此世《このよ》に無けれども
華族金持《かねもち》地面持《ぢめんもち》
稼ぐそばから取つて行《ゆ》く　同上
◎ロッキー山下《さんか》の民主国
奴隷解放をしたといふ
然《しか》し見たまへ賃銀の
奴隷でないもの今あるか　横浜曙会
◎華族金持何物ぞ
彼等が此世に居《を》ればとて
何の役にも立たばこそ
食つて飲んで垂れるより能はない　同上
◎食つて飲んで垂れるばかりなら
社会の居候《ゐそろ》とあきらめて
飼殺《かひごろし》にもしよけれど

いやに威張るので棄置《すてお》けぬ　同上

◎熱き血潮のくれなゐの
ソシアリズムの旗の下《もと》
愛の甲《よろひ》に義の剣《つるぎ》
つどへ世界の労働者　同上

◎華族のめかけのかんざしに
ピカピカ光るは何ですえ
ダイヤモンドか違ひます
可愛《かあ》い百姓の膏汗《あぶらあせ》　ポンポコ歌作替

◎大臣大将の胸先に
ピカピカ光るは何ですえ
金鵄勲章《きんしくんしやう》か違ひます
可愛《かあい》い兵士のしやりこうべ　同上

◎お金持衆のさかづきに
ピカピカ光るは何ですえ
シヤンペーンか違ひます
可愛《かあい》い工女の血の涙　同上

◎なぜにお前は貧乏する
訳を知らずば聞かせうか
華族金持大地主
人の血を吸ふダニが居る　鉄扇子

◎浮世が儘《まま》になるならば
車夫や馬丁や百姓に
洋服着せて馬車に乗せ
当世紳士《たうせいしんし》に引かせたい　滔天氏の外題付作替

◎シルクハットを取つて見りや
紳士の頭に角がある
くはへたパイプは金の牙
二十世紀の閻魔《えんま》さま　地震鯰

◎満期放免で出て見れば
腹はへつても飯やくへず
と云ふて働く口もなく
今ぢや牢屋《らうや》がなつかしい　ドブロクスキー

◎強盗、窃盗、詐欺取財
誰が道楽でするものか
貧《ひん》といふ字に責められて

苦しまぎれの糞度胸《くそどきよう》　同上

◎あれ見よあれ見よ血が滴《た》るる
めぐる機械の歯車の
間にはさまる労働者
死んでしまふまで絞られる　雨の子

◎塩や砂糖に税をかけ
それでも飢饉は救はれず
八十万の失業者
文明開化が笑はせる　野蛮人

◎待合茶屋に夜あかしで
お酒がきめる税の事
人が泣かうが困らうが
委細かまはず取たてる　一日仏

（『光』第一三号、一九〇六年五月）

社会党ラッパ節（添田唖蟬坊による替え歌）

〽華族の妾《めかけ》のかんざしに
ピカピカ光るは何ですえ
ダイヤモンドか違ひます
可愛い百姓の膏汗《あぶらあせ》　トコトットット

〽当世《たうせい》紳士のさかづきに
ピカピカ光るは何ですえ
シヤーンペーンか違ひます
可愛い工女の血の涙　トコトットット

〽大臣大将の胸先に
ピカピカ光るは何ですえ
金鵄勲章《きんしくんしやう》か違ひます
可愛い兵士のしやれこうべ　トコトットット

〽浮世がままになるならば
車夫《しやふ》や馬丁《ばてい》や百姓に
洋服着せて馬車に乗せ
当世紳士に曳かせたい　トコトットット

〽待合茶屋に夜明しで
お酒がきめる税の事
人が泣かうが困らうが

委細かまはず取立てる　トコトットット
〽お天道《てんと》さんは目がないか
たまにや小作もしてごらん
なんぼ地道《じみち》に稼いでも
ピーピードンドン風車　トコトットット
〽名誉名誉とおだてあげ
大切《だいじ》な倅《せがれ》をむざむざと
砲《つつ》の餌食《えじき》に誰がした
もとの倅にして返せ　トコトットット
〽子供のオモチャじやあるまいし
金鵄動章や金米糖《こんぺいとう》
胸につるして得意顔
およし男が下《さが》ります　トコトットット
〽あはれ車掌や運転手
十五時間の労働に
車のきしるそのたんび
我と我身をそいでゆく　トコトットット

（添田知道『演歌の明治大正史』）

足尾銅山ラッパ節（永岡鶴蔵による替え歌）

◎欲と云ふ字に眼が潰れ
人たる道を踏み躙《にじ》り
平民《たみ》の歎《なげき》の叫び声
知らぬ振りする穀潰《ごくつぶ》し
◎古河さんか御主人か
イエイエあいつは違ひます
弱き我等をふみ倒す
義理も情も知らぬ鬼
◎足腰立つ内やコキ使ひ
病気や怪我をした時は
南京米《なんきんまい》が二升五合
御主人呼《よば》はりシャラくさい
◎あはれ撰工《せんこ》の女工さん
朝は早くて晩は五時
長い時間を働いて
貰《もろ》ふたお金銭《あし》は十二銭

◎風は冷たし腰は冷え
指はちぢむし皮は剝《は》げ
爪はなくなる肉が出る
撰工女《せんこうおんな》はつらいもの
◎役人さんや監督は
手足あたため腰を掛け
寒き痛さは知らぬとも
少しは女工を思ひやれ
◎腹が立たぬか坑夫さん
年が年中はたらいて
盆や正月来たとても
何時《いつ》も変《かは》らぬボロ着物
◎人夫引等《にんぷひきら》にだまされて
来て見て喫驚下飯場《びつくりげはんぜう》
荷物も皆々預けられ
飛ぶに飛ばれぬ籠《かご》の鳥
◎籠の鳥なら食物《くひもの》を
能《よ》く能く吟味をするけれど
我等掘子《ほりご》の食物は
塩のまぜたる空《から》つけつ
◎毒と知りつつ製錬で
臭《くさ》き煙に責められて
死ぬほど稼いで三十二銭
之《これ》がほんとの生地獄
◎上席好い顔せん為《た》めに
我々共をコキ使ひ
飯啖《めしく》ふ時間もやかましく
今に見てをれ此犬《このいぬ》め
◎好《すき》で淫売《だるま》をするでない
嫁に行かれず、飯啖へず
と云《いふ》て仕事もない故に
涙こぼしての此《こ》の苦労
◎淫売《だるま》すれども心まで
まさか淫売《だるま》になりません
思ふ殿御《とのご》があるなれば
必ず操《みさを》を守ります

◎我々此の歌うたふのは
面白《おもしろ》をかしでするでない
心のそこに血の涙
割つて見せたい腹の中《うち》
（日刊『平民新聞』第九号・第一〇号、一九〇七年一月二七日・二九日）

四季の歌（第二次）・鐘ヶ淵紡績女工の歌

四季の歌（第二次）（添田唖蟬坊）

〽秋の夕べに　製糸工場を抜け出てみれば
雨か涙か草の露
親が招くか芒原《すすきはら》
月も曇りて雁《かり》の声
〽ねぼけ眼《まなこ》で　朝の五時から弁当箱提げて
工場通ひのいぢらしさ
娘盛りを塵《ごみ》の中
晩にや死んだよになつて寐《ね》る
〽死んでしまをか　甘い言葉につい欺《だま》されて
来てみりや現世《このよ》の生地獄
出たくも出られぬ鬼ヶ淵（鐘ヶ淵にかけてある）
どうせ生かしちや帰すまい
〽これじやたまらん　物価騰貴の今日此頃に
朝の五時から夜の六時
十三時間も働いて
たつた三貫五百文
〽正直一途《いちず》に　一年三百六十五日
汗水流してあくせくと
稼ぎつづけて貧乏する
コンナ馬鹿気たことはない

〽あれ見よあれ見よ　たらりたらりと生血《なまち》が滴《た》るよ
めぐる機械の歯車の
間にはさまる労働者
死んでしまふまで絞られる

〽汗を絞られ　油を絞られ血を吸ひとられ
骨までしやぶられて吐き出され
まだ目が覚めぬか労働者
人のよいにも程がある

〽こんな工場は　早く地震でガラガラとつぶれ
寄宿舎なんぞがみな焼けて
社長も意地わるの監督も
チョイトペストで死ねばよい

〽闇の浮世や　月に二百両三百両で
飼はれる犬さへあるものを
人の命は塵芥《ちりあくた》
チョイト餓死にのたれ死に

〽はへば立てまた　立てば歩めと教へた親が
ころべころべと圧制《おしつけ》て
左団扇《ひだりうちわ》に長煙管《ながぎせる》
チョイト得意のヱビス顔

〽当世女に　恋も情も何あるものか
添ふも切れるも金次第
男の玩弄物《おもちゃ》になることを
チョイト覚悟の厚化粧

〽夏の日盛り　休む間もない人さへあるに
妾権妻《めかけごんさい》引き連れて
箱根塩原日光と
チョイト浮かるる人がある

〽夏の都会を　見やれ風さへ寝てゐる真昼
笠も冠らぬ定斎《じょうさい》売り
足をひきずる配達夫
チョイト流るる油汗

〽秋の夕に　結びかけたる露営の夢
迷ふ故郷の山と川
吟声「人、人を殺さしむるの権威ありや
人、人を殺すべきの義務ありや」

ひびく喇叭《らっぱ》に目をさまし
見れば淋しい月の影
（添田知道『演歌の明治大正史』）

鐘ヶ淵紡績女工の歌

一

あれ見よ　あれ見よ《こ》　たらりたらりと生血がたれる
廻る機械の歯車に　間にはさまる労働者
死んで終《しま》うまで搾られる（ヒヤヒヤ）

二

寝ぼけ眼《まなこ》に朝の五時から　弁当箱さげて
工場通いのいぢらしさ　娘盛りをゴミの中
晩にゃ《夜は》死んだ様になっている（ヒヤヒヤ）

三

死のか生きよか　甘い言葉についのせられて
来てみりゃ此の世の生地獄《いき》　出るにゃ出られぬ鐘ガ淵
どうせ生かしちゃ帰すまい

四

こんな社会《ママ》なら一層「ダイナマイト」で「ザンガラガン」と打壊し
神戸刑務所火事で焼け　巡査も看守も裁判官も
皆な「ペスト」で死んじまえ
（西尾治郎平・矢沢保『日本の革命歌［増補改訂版］』一声社、一九八五年）

鐘ヶ淵紡績女工の歌

（一九三〇年五月の大争議の際に歌われたもの）

（一・二番同じ）

三

〇〇いやだよ　食堂に入ればナッパのこうこ
それに御飯は舶来南京米　これで体が続くなら
ちょいとやせます骨と皮ヒヤヒヤ

四

こんな会社なら　早く爆弾でガンガラガンとこわし
〇〇工場を焼き払い　門番も工場長も重役も
皆ペストで死んでしまえヒヤヒヤ

五

弱い労働者の　真の味方は労働組合
今迄苦しめてきた奴を　労働組合へ入会して
一致団結ヤッツケマショウヒヤヒヤ

（西尾治郎平・矢沢保『日本の革命歌［増補改訂版］』）

演歌集

添田啞蟬坊

あきらめぶし

〽地主金持は我儘者《わがままもの》で
役人なんぞは威張る者
こんな浮世へ生れてきたが
わが身の不運と　あきらめる

〽お前この世へ何しに来たか
税や利息を払ふため
こんな浮世へ生れてきたが
わが身の不運と　あきらめる

〽苦しからうがまた辛かろが
義務は尽さにゃならぬもの
権利なんぞをほしがることは
できぬものだと　あきらめる

〽たとへ姑が鬼でも蛇でも
嫁は柔順《すなお》にせにゃならぬ
どうせ懲役《ちようえき》するよなものと
何もいはずに　あきらめる

〽借りたお金は催促されて
貸したお金は取れぬもの
どうせ浮世は斯様《こう》したものと
わたしや何時《いつ》でも　あきらめる

〽長いものには巻かれてしまへ
泣く子と地頭にや勝たれない
貧乏は不運で病気は不幸
時よ時節と　あきらめる
〽あきらめなされよあきらめなされ
あきらめなさるが無事であろ
わたしや自由の動物だから
あきらめられぬと　あきらめる

ああわからない

〽ああわからないわからない
今の浮世はわからない
文明開化といふけれど
表面《うわべ》ばかりじやわからない
瓦斯《ガス》や電気は立派でも
蒸汽の力は便利でも
メッキ細工か天ぷらか
見かけ倒しの夏玉子
人は不景気不景気と
泣き言ばかり繰返し
年が年中火の車
廻してゐるのがわからない
〽ああわからないわからない
義理も人情もわからない
私慾《よく》に眼《まなこ》がくらんだか
どいつもこいつもわからない
なんぼお金の世じやとても
あかの他人はいふもさら
親類縁者の間でも
金と一言《ひとこと》聞くときは
忽《たちま》ちヱビスも鬼となり
鵰眼《くまたかまなこ》をむき出して
喧嘩口論訴訟沙汰
これが開化か文明か
〽ああわからないわからない

乞食に捨子に発狂者
スリにマンビキカッパラヒ
強盗窃盗詐欺取財
私通姦通無理心中
同盟《どうめい》罷工《ひこう》や失業者
自殺や飢死《うえじに》凍《こご》え死《じに》
女房殺しや親殺し
夫殺しや主《しゅう》殺し
目もあてられぬ事故《こと》ばかり
むやみやたらに出来るのが
なぜに開化か文明か
〽ああわからないわからない
金持なんぞはわからない
贅沢三昧仕放題
妾をかこふて酒のんで
毎日遊んで居りながら
金がだんだん増えるのに
働く者はあくせくと

流す血の汗あぶら汗
夢中になつて働いて
貧乏するのがわからない
貧乏人のふえるのが
なぜに開化か文明か
〽ああわからないわからない
賢い人がなんぼでも
ある世の中に馬鹿者が
議員になるのがわからない
議員といふのは名ばかりで
間ぬけで腑ぬけで腰ぬけで
いつもぼんやり椅子の番
唖《おし》かつんぼかわからない
〽ああわからないわからない
当世紳士はわからない
法螺《ほら》を資本《もとで》に世を渡る
あきれ蛙の面の皮
あつかましいにも程がある

そのくせ芸者にふられたり
弄花《はな》に負けたりする時は
青くなるのがわからない
〽ああわからないわからない
今の坊主はわからない
殊勝《しゅしょう》な面でごまかして
寐言《ねごと》念仏ねむくなる
女をみだぶつ法蓮華経
それも白髪のぢいさんや
ばあさんたちが巾着《きんちゃく》を
はたく心がわからない
〽ああわからないわからない
耶蘇《やそ》の坊主もわからない
飯も食へない人たちに
アーメンソーメンうんどんを
食はせるなればよいけれど
聴かせるばかりで何になる
何も食はずにお前らの
まづい説教がきかれよか
〽ああわからないわからない
威張る役人わからない
なぜにゐばるかわからない
ただムチャクチャに威張るのか
彼らが威張れば人民が
米搗《こめつ》きバッタを見るやうに
ヘイヘイハイハイピョコピョコと
お辞儀するのがわからない
〽ああわからないわからない
今のお医者はわからない
仁術《じんじゅつ》なんぞといふけれど
本職はお止《や》めでたいこもち
千代萩《せんだいはぎ》ではあるまいし
竹に雀の気が知れん
貧乏人を見殺しに
してゐる心がわからない
〽ああわからないわからない

弁護士なんぞもわからない
おだてて訴訟をおこさせて
原告被告のなれあひで
何をするのかわからない
勝つも負けるも人の事
報酬貪ることばかり
何が義侠かわからない
〽ああわからないわからない
なぜにわれわれ人間は
互にかくまで齷齪《あくせく》と
朝から晩まで働いて
苦しい目に遇ひ難渋の
事に出遇ふて死ぬよりも
辛い我慢をしてまでも
命をつづけてゐるのやら
どう考へてもわからない
何を目的《めあて》に生存《ながら》へて
ゐるのかさつぱりわからない

わが身でわが身がわからない
〽ああわからないわからない
善悪正邪《いいもわるいも》わからない
ますます闇路に踏み迷ひ
もだえ苦しむ亡者殿《もうじゃどの》
お前はホントにわからない
権利も自由もわからない
経済問題わからない
いつまで迷ふて御座るのか
〽ああわからないわからない
生存競争わからない
鉄道電気じゃあるまいし
針金細工の綱渡り
こんな危いことはない
こんなバカげたことはない
死んだがましかもわからない
ああわからないわからない

ああ金の世

〽ああ金の世や金の世や
地獄の沙汰《さた》も金次第
笑ふも金よ泣くも金
一も二も金三も金
親子の中を割《さ》くも金
夫婦の縁を切るも金
強欲非道と譏《そし》らうが
我利我利亡者《がりがりもうじや》と罵《ののし》ろが
痛くも痒《かゆ》くもあるものか
金になりさへすればよい
人の難儀や迷惑に
遠慮してゐちや身が立たぬ
〽ああ金の世や金の世や
希望《ねがい》は聖き労働の
我に手足はありながら
見えぬくさりに繋がれて
朝から晩まで絶間なく
こき使はれて疲れはて
人生《ひと》の味よむ暇もない
これが自由の動物か
〽ああ金の世や金の世や
牛馬に生れて来たならば
あたら頭を下げずとも
いらぬお世辞を言はずとも
すむであらうに人間と
生れた因果の人力車夫《くるまひき》
やぶれ提灯股にして
ふるひをののくいぢらしさ
〽ああ金の世や金の世や
蠟色ぬりの自動車に
乗るは妾か本妻か
何の因果で機織《はたおり》は
日本に生れて支那の米
綾や錦は織り出せど

残らず彼等に奪はれて
ボロを着るさへままならぬ
〽ああ金の世や金の世や
毒煙燃ゆる工場の
あやふき機械の下《もと》に立ち
命を賭けて働いて
くやしや鬼奴《おにめ》に鞭《むち》うたれ
泣く泣く求むる糧《かて》の料《しろ》
顔蒼ざめて目はくぼみ
手はみなただれ足腐り
病むもなかなか休まれず
聞けよ人々一ふしを
現代《いま》の工女が女なら
下女やお三《さん》はお姫《ひい》さま
〽ああ金の世や金の世や
物価《もの》は高くも月給は
安い弁当腰に下げ
ボロの洋服破れ靴

気のない顔でポクポクと
お役所通ひも苦しかろ
苦しからうが辛かろが
つとめにや妻子のあごが干《ひ》る
〽ああ金の世や金の世や
貧といふ字のある限り
浜の真砂と五右衛門は
尽きても尽きぬ泥棒を
おさへる役目も貧ゆゑと
思へばあはれ雪の夜も
外套一重《ひとえ》に身を包み
寒さに凍るサーベルの
束の間眠る時もなく
軒端《のきば》の犬を友の身の
家には妻がひとり寐る
煎餅蒲団《せんべいぶとん》も寒からう
〽ああ金の世や金の世や
牢獄《ろうや》の中のとがにんは

食ふにも着るにも眠るにも
世話も苦労もない身体《からだ》
牛や豚さへ小屋がある
月に百両の手当をば
受ける犬さへあるものを
サガッチャコワイよ神の子が
掃溜《はきだめ》などをかきまはし
橋の袂《たもと》や軒《のき》の下
石を枕に菰《こも》の夜具
飢ゑて凍《こご》えて行路病者《ゆきだおれ》

〽ああ金の世や金の世や
この寒ぞらにこの薄着
こらへ切れない空腹《すきばら》も
なまじ命のあるからと
思ひ切つてはみたものの
齢《とし》とる親や病める妻
飢ゑて泣く子にすがられて
死ぬにも死なれぬ切なさよ

〽ああ金の世や金の世や
憐れな民を救ふべき
尊き教への田にさへも
我儘《わがまま》勝手の水を引く
これも何ゆゑお金ゆゑ
あああさましの金の世や
長兵衛宗五郎何処に居る
大塩マルクス何処に居る

〽ああ金の世や金の世や
互に血眼《ちまなこ》皿眼《さらまなこ》
食ひ合ひ奪《と》り合ひむしり合ひ
敗けりや乞食か泥棒か
のたれて死ぬか土左衛門
鉄道往生首くくり
死ぬより外に道はない
ああ金の世や金の世や

当世字引歌

〽「空前絶後《くうぜんぜつご》」とは「タビタビアルコト」で
「スグコワレル」のが「保険付」
「大懸賞」とは「バカモノツリ」で
「マネゴトスル」のが「新発明」
〽「恋愛」とは「ダマシテカネトル」ことで
「厭世《えんせい》」とは「ヒジテッポークッタ」こと
「初婚の処女」とは「デモドリヲンナ」
「容貌普通《ようぼうふつう》」は「オバケヅラ」
〽「本紺染《ほんこんぞめ》」とは「オハグロゾメ」で
「大安売」とは「タカイコト」
「正直者」は「ジセイニアハナイバカ」で
「才子」は「ユダンノデキヌヒト」
〽「賃銀労働者」は「ノーゼイドウブツ」
「紳士」は「アソンデクラスヒト」
「小間使」とは「ナイショノメカケ」
「美人」とは「ミナゲヲシタヲンナ」

〽「ヤスクカッテタカクウッテモウケル」のは
　「商人」
「アブラウル」のは「怠惰者《なまけもの》」
「ミヲウッテオシリヲウル」のは「娼妓」
「イノチウル」のは「労働者」
〽「馬匹改良《ばひつかいりょう》」は「トバクノショウレイ」
「福引」は「ヨクバリヲダマスモノ」
「名誉」とは「オカネヲタメコム」ことで
「坊主」は「オキョウノチクオンキ」

労働問題の歌

〽あちら立てればこちらが立たぬ
両方立てれば　身が立たぬ
社会の風潮　日に荒《すさ》む
労働問題研究せ　研究せ
〽物価が高いから賃銀増してくれと
いふてる間に　物価がまたあがる

社会の風潮　日にすさむ
労働問題研究せ　研究せ

〽手をつなぐ手をつなぐみな手をつなぐ
つなぐ労働者の　手と手と手
社会の風潮　日にすさむ
労働問題研究せ　研究せ

〽労働者の力は大したものよ
寐ていてこの世を　闇にする
社会の風潮　日にすさむ
労働問題研究せ　研究せ

〽資本家の腹のなかどのくらい黒い
工場のけむりより　まだくろい
社会の風潮　日にすさむ
労働問題研究せ　研究せ

〽会社そまつに身を大切に
以心伝心　サボタージュ
社会の風潮　日にすさむ
労働問題研究せ　研究せ

〽犬が吠えるとて魚の骨投げて
投げてごまかす　温情主義
社会の風潮　日にすさむ
労働問題研究せ　研究せ

底本――添田知道『演歌の明治大正史』（岩波新書、一九六三年）

添田啞蟬坊／そえだ・あぜんぼう　一八七二年（明治五）―一九四四年（昭和一九）

神奈川県生まれ。本名・平吉。一八八五年、上京して船員や肉体労働をしていたが、九〇年に街頭で歌われる壮士節に感銘を受け職業演歌師となる。日清戦争前後に地方を巡演するなかから民謡調のメロディを自作にとりいれるようになり、九九年、横江鉄石と共作した「ストライキ節」が最初のヒット作となる。日露戦争下に作った「ラッパ節」が大流行し、自身の「社会党ラッパ節」をはじめ、様々に歌い替えられながら全国に流布した。「あきらめぶし」「ああ金の世」「増税節」など、痛烈な風刺をユーモアで包み、軽い曲調にのせて歌うことで、信条とする社会主義を大衆に伝導した。

工場閉鎖

「文戦」責任創作（鶴田知也・青木壮一郎・里村欣三）

一　寒い陰気な夜（１）

破れた硝子窓から、壁板の罅間《かかん》から、容赦なく夜更けの凍った風は、この古ぼけた染工場に吹き込んで来て、傘のない埃だらけの三つの電燈を絶えず揺ぶった。

その黄色い電燈の真下からルーラーの取外しにかかっていた職工の一人が、コンクリートの土間の上に跳び降りた。

「冷めてえ、自棄糞《やけくそ》に！」

自棄糞に、彼はスパナアを土間へ叩きつけて叫んだ。

「これア指じゃねえ、海老だ。畜生！　どれも皆脊中ア曲げてやがる！」

彼は、炭火が青っぽい焔をあげている石油鑵に、かじかんだ掌を突込むようにかざし、股を拡げた。

他の三人の職工も待ち構えていたとでも云う風に、我先にスパナアを抛《ほう》り出して集まって来た。油や染料でべとべとに汚れた手袋が焙《あぶ》られた。靴を焼くような臭いが凄じく涌いた。「火薬うどん」をでろでろっとやり度い気持が、皆の心に起った。

併《しか》し、工場長の常川は、もう汽鑵場《きかんば》からその細長い顔を突き出したのだ。彼は「敷島」を啣《くわ》えて急ぎ足でローラ場に入って来た。

「いや御苦労!」彼は腕時計を黄色い電燈の方へあげて見た。「すっかり済んだな……や、どうしたんだ、二台分もまだ残っとる! あれだけ早くしろと念を押したじゃないか、え、これさえ片づけて終《しま》えば、今夜の残業は特別に一日分につけて置くんだ!」

気の弱いのが、まだ伸びきってもいない手にスパナアを拾いあげた。仕様はない。職工連はのろのろと石油箱の足場を足で直したりルーラー台に這い上ったりした。

又も、工場長は、腕時計を見た。一寸《ちよつと》目を離せば彼は油を売る職工共を見張る必要を感じた。が、いきなり嚔《くしやみ》が出た。彼は気忙《きぜわ》しくハンケチで鼻を拭《ぬぐ》い拭い硝子窓の破れに近づいて表の暗がりへ叫んだ。

「平野! おい平野! 手がすいていたら、すいていなくともいい、直《す》ぐ皆此方へ寄越せ。トラックはもう来て待ってるんだ!」

「けえッ!」と背の低い職工は、ボールトをゆるめていたが癇癪《かんしやく》を起して、ハンマアでフレームの小面をぶっ叩いた。「えげつない番外仕事やないか、それになんや、権式張ってけつかる!」

暖い事務所へ行こうとした工場長は、又も嚔をして立停った。彼はその馬面を此方へ振り向けて云った。

「今の誰れだ、カンカンやったのは? 気をつけてやれ。船来ルーラーだ、捨値でも一本二百円からの代物だ。」

職工達は自棄糞な寒さに震えながら、二人ずつ組んで、ルーラーを「丸十」組のトラックに運び込んだ。「一たい何の為めに、二百本からのルーラーを運び出すんだろう？　此夜更けに？」此疑問は職工達の頭にこびりついてはいた。併《しか》し誰も進んでそれを聞いてみようとはしなかった。工場長はひどく権式張った奴だし、寒さは厳しかった。

「丸十」組の若いのが三人乗込むとトラックは動き出した。人通りの絶えた夜更けの乾いた通りが、ヘッドライトに照し出された。職工連はガソリンの臭いの中に立って黙って見送った。

寒い陰気な夜であった。

二　寒い陰気な夜（2）

職工達は、この夜更けのルーラー持出し作業が終ると、皆、何かが癪《しゃく》に触るような気がした。

「雪でも降るかな？」と一人が云った。

併し、皆は執拗《しつこ》く黙り込んで、ガランとしたローラ場をぬけて、修繕場《しゅうぜんば》に入って行った。

「あん畜生、残業手当を一日分につけとく云いよった！」と背の低い痼癪持が板草履《いたぞうり》で土間を蹴って云った。「口はロハや思うて、愛想のええことぬかしよった！」

「ほんまや！」

「先月の勘定が半分残ってるぞ！」

「番外の夜なべやないか！　火薬うどん一杯も出したらどんなもんや！」

「常川はんは、ほんまに物の判った人やったに……」と、会社創立以来二十年間働いて来た中年の職工が屑煙草《くずたばこ》を煙管《きせる》につめながら云った。

「「やっ、た」話ならあん畜生も只の赤子やったがな！」

するとき汽鑵場から、石鹸だらけの顔をつき出して職工木谷が怒鳴った。

「おい、どうしたんだ、ボイラーの火が落してあるんだ。」

職工達はこの驚くべき言葉に吃驚《びっくり》して駈けつけた。油だらけの菜《な》ッ葉《ぱ》を脱いだままのも居た。彼等は焚き口を覗き込み、デレッキでアスを引掻き廻した。

「訝しい！」

「ルーラーは何処へ持って行きよったんやろう？」

「けったいやなァ！　畜生奴《ちくしょうめ》！」

「きっとそうだ！　俺ア初めから怪しいと思っとった！」と木谷が叫んだ。「ルーラーは売り飛ばしたんだ！　それとも隠しよったか、何方《どっち》でも同じこった！　俺達アその加勢をしたんだ、え！　こん畜生！」

「一本が二百円、二百本で四万円やで！」

「会社が潰れる！」この「不吉な」噂が立ったのはもう去年の暮からであった。併し、その当座、会社は大工やペンキ屋を入れて事務所のペンキ塗り替えだの板囲いの修繕をさせた。又社長の鷲尾は、従業員を集めて、会社には有力な資本家がひかえているから、妙な噂を信じないで「大船に乗った気持」で一意専心業務に精励するようにと云い渡した。会社は、併し、其《そ》の言い渡しを裏切って、この一月以来、二百七十八名の男女工を二部制にして片番交代で操業をつづけて来たのだ。

会社の借金の事や、債権者が工場を差押えると云う噂などが、しばしば伝わった。それに小さい資本の工場が方々で潰れている不況時代であった。身に差し迫っている「不吉」な予想で、職工達はおびえている矢先だ。「大船に乗った気持」で彼等は居たかった。又事実それが大船のような気もした。併し、その大船が腐ったぼろ船でないとは云えなかったのだ。

こうしちゃいられない、と、汽鑵場に集まった職工達は思った。がどうすればいいか？　誰にも、はっきりした事は判らなかった。彼等は、むざむざと、ルーラー運搬に居残ったことが腹の底から癪にさわりながら、何も知らずに寝ている多勢の仲間達の事を想って、いらいらした。

三　狼狽・山羊髯（1）

職工木谷は、「片番制」で、当然翌日は休みであった。併し、不安と焦立しさは彼を〔一字不明〕った。昨夜、彼は、彼の隣に住んでいる仲間の家を叩いたが、起きそうにもなかったので冷めたい床に就いた。彼は何かに吃驚《びっくり》してガバと身を起した。もう七時であった。寝過ぎたと思った。彼は会社へ急いだ。高架線のガードを潜ると直ぐ会社の門前の人だかりが見え叫び声が聞えた。彼は走った。

守衛溜りの側に掲示が出ていた。

木谷は、草でも分けるようにして進み出て読んだ。

「ええい、畜生！　馬鹿にしやがんねえ！」と彼は体中で怒鳴った。

「業務整理ノタメ無期休業ス。追而《おって》、未払給料及ビ積立金ハ整理済ミ次第支払期日ヲ通知ス。」

「馬鹿ア云え！」と彼はもう凝《じっ》としていられなくなって誰彼のかまいなく肩を叩いて叫んだ。「この不景気に、女房子をどうして食わせて行くんだ！　畜生だ、鬼だ！　一文の解雇手当も取れずに、俺達ア、一たいどうなるんだい、本とうに！　常川出ろ！　常川出て来やがれ！」

多勢の男女工達は、木谷の滅茶苦茶な怒声が、自分自身の心臓に直接触れてそれを熱くするのを感じてざわめき立った。

「わて等《い》二十年もここへ奉公してんのや！」と古顔の染職工が叫んだ。「二十年もここで、真面目に――」

「あんたもその一人やろが！」と突然女の金切声と共に木谷の胸にぼかっと拳《こぶし》が来た。包装部のお君《きみ》であった。「のこのこローラ持ち出しよったのは？」

「聞いて呉《く》れ、皆！」と木谷は、狂信者のような顔つきをして手をあげた。「俺ア、だまされて、ルーラーを持出したんだ！　まさか、こんな事にならうたア、実際、思はなんだ！」

「えらい模範職工やな！」とお君は激しい声で突っ込んだ。「社長はんに表奨《ひょうしょう》されまっせ、ほんまに！」

「冷やかさんで置いて！　会社のペテンが見破られる位なら、何も俺ア――ああ胸糞が悪い！」

「社長を出せ！」

「常川出て来い！」

「俺ア、工場に入って見て来たが――」と背の低い誰かが一生懸命に叫ぶのが皆に聞えた「事務所も工場も釘づけやで！　社長も工場長も夜逃げしたんやないか！」

憤激の声が渦巻いた。ブリキを引ッ切るやうな女工の、疳《かん》走った一生懸命のせっぱつまった声が走った。

「わて等、先月分の給料貰ってえへん！　それに、会社は——」

「鷲尾の茶瓶《ちゃびん》頭《あたま》割ったれ！」

貼紙が引裂かれた。

その時であった。顎鬚《あごひげ》のある背広の男が、事務所の鉄格子へ片手でぶら下りながら、演説を始めた。

職工連は、それが、S同盟の神林である事を次々に伝えながら静まって行った。彼等の心には、何でもいい、強い者に縋《すが》り度《た》い気持が沸き起っていたのである。

四　狼狽・山羊鬚（2）

何故、この手の人間が顎鬚を生やすのか、奇妙な事である。院外団長だとか田舎新聞の社長、或いは学生上がりの大道商人に「必要」なその山羊鬚《やぎひげ》が、どんなものだ、この「労働運動者」にくっついている。

併し、この染工場の労働者達は一度の運動の経験がなかった。中にはそのS同盟の組合員も三四名居るには居たが、それも単に、友人の義理合いかなんかで、組合費を納めていると云うに過ぎない程度であった。だから、この工場閉鎖の一撃に、腹の底から憤慨することは能《で》きても、どう為《し》なければならないかはまるで見当がつかなかった。彼等は不安に駆られた。怒りながら同時に狽《あわ》てた。そこへこの顎鬚が現れて「大日本帝国の臣民」に加えた、一営利会社の薄情な仕打ちを攻撃した。「出る所へ出て」正々堂々と戦う「義務と権利」を説いた。

百五十余名の職工達を引《ひき》つれた神林は、Y警察署と府特高課に、陳情に「押しかけ」た。神林は、皆を、府庁の広場に待たせて、気軽に、石段を昇って行った。

百五十余名は、幾度もその宏壮な石造建築を仰いで、同じ市に住みながらこんなに間近に寄って見たことがなかったとか、一たいこの立派な家はどれ位かかったろうかとかを口々に云い合った。風はビウビウ吹いて百五十余名を日向の方へ追いやった。だが日向は一層風が激しかったので、皆は「寒鮒《かんぶな》」のように集まった。そして石段を下りて来る、立派な人達の中に神林の顎髯が混ってはいないかと待ち構えていた。小便がしたくなった。しかし、一時も早く神林の吉報を聞こうとしている人々は辛抱しきれなくなるまでは辛抱した。

彼等は、ひどく陰気になった。仰ぐと、どえらい府庁舎が空に聳《そび》え立っていて、「権利」を持っている筈の自分達を、威圧している将軍のような気がした。

「あの話なら、こう永くなるんや?」と一人が到頭《とうとう》云った。

「寒くてかなわへんで！」

「俺等も中へ入ったらあかんのか？」

「顎髯が――あの顎髯が気に食わんかいな！」

「山羊髯の奴――陳情たら云うて……」

「組合は外《ほか》になんぼもあるでや！」

「そうや、そうや！」

「こんな所ア寒いばっかりだ。鷲尾の茶瓶頭に直接かけ合おう！」

「ほんまに、組合は外にあるでや！」

漠然としてはいるが、彼等の頭にも、去年の十月にS同盟の堕落幹部と戦って分裂したZ同盟や極左だと恐れられているZ評議会、その他にS聯盟やK同盟等々のある事が思い出された。

一体、そのどれが、本統《ほんとう》に正しい「労働者の味方」であるだろう？　染工達は、威勢よく「押かけて」来た自分達が、全部の希望をS同盟の神林にかけていた事を想った彼等は幾つもの団《かたま》りになってぼそぼそと話し合った。

彼等の心は、又も狽て始めたのだ。

五　狼狽・山羊髯（3）

俄《にわか》に、朝鮮の職工連は口々に喚《わめ》き出した。思い思いに固まっていた職工連は一斉に頭をあげた。すると、逞《たくま》しい劉炳達が、興奮の為めに、必要以上に声をあげて叫んだ。

「ぼく達、もう腹を立てたんだ！　S同盟の神林が何をするか知っている！　ぼく達は、Z評議会の応援を頼みに行く。賛成の者、皆来て呉れ！」

「S同盟は、労働者を食い物にするんだ！」とつづいて権成澤達が叫んだ。

劉も権も、東京の私立大学の苦学生であったが、廻り廻ってこの会社に来ていたのだ。もともと、この工場は、機械染色で技術の熟練をさして必要としないところから、多数の朝鮮人職工を入れていた。この二人が、その同国人職工間で信用があったのは、その学問と腕力との為《た》めであった。

気の早い劉は、もう先きに立って歩き出していた。混乱が来た。半ばは、無意識にぞろぞろと引ずられて行く者もあった。女工達の一群も続いた。

「待って呉れ！　早まるな！　割れたらあかんやないか！」と吉田が叫んだ。「頼むから行くなら行くで、相談してからにして呉れ！」

彼は、ずっと以前、組合に属していたことがあったし、Z同盟の高木とは古い友人でもあったのだ。彼は、神林に引連れられて此処《ここ》に来る途中から、高木の所へ相談に行ってみようと考えていたのであった。

三四人の者も、一緒になって、行くなら行くで、神林の報告を待ってからでも遅くはないと云った。

S同盟の組合員である中年老年の職工達は一たん神林に任せた以上、義理にでもそんなことは能《で》きぬと云った。しかし、何よりもこの動揺を神林に知らせなければならぬと思った。併し、何だか、あの立派に洗われた石段を昇って庁舎の中に入って行くのに、怖気《おじけ》づいてまごまごした。

「山羊髯だ！」と女工が叫んだ。

劉も権も、流石に立止まって振返った。

神林は、石段の半ばに立って、此方を見た。彼は、何故だか笑って手をあげた。職工達は、彼の方へ走り寄って行った。すると、神林は、こう皆に云った。

「さア、今度は、警察署へ行こう！」

「報告をしろ！」と劉が真先に叫んだ。

「うん。非常に、我々に同情して呉れているのであります！」

「糞でも食いやがれ！」

「山羊髯、ひっこぬけ！」

「ダラ幹——ダラ幹の玉子！」

この弥次《やじ》は、職工達に対してよりも、神林その人に強く響いた。彼は、弥次の方に顔を突き出して威厳を示してやろうとしたが、「横着者」が案外少くないのを見てとると、俄《にわか》に顔色をかえて、やっとこう言った。

「兎に角、警察へ行こう！」

「そんな報告があるかいな！」と叫んだのは女工のお君であった。

六　二人の指導者（1）

夜。霰《あられ》が降っていた。

「此争議の勝敗は先《ま》ず統一戦線の可能か不可能かにかかっている！」

Z同盟の高木は染工場への道を急ぎながら胸の中でそう呟《つぶや》いた。

寒いだけだった陳情の帰りに、吉田が先頭に立って高木の組合にやって来た。三十二名の職工と協議によって、大体の目算は立っていた。併し、二百七十八名の全職工は、三つの組合の応援を求めている。一つは、つい最近分裂したばかりのS同盟であり、他はこれも分裂策動にかけては札つきの極左翼Z評議会であった。これが、全く経験のない意識の低い職工達を率いるよりも、この争議の前に横たわる第一の困難であった。

「統一戦線の最も必要な時に、統一戦線を最も勇敢に主張する者が叩き出される」——悲しいかなこれは事実であった。S同盟とZ同盟との分裂にしても矢張りこれに変りはなかった。勿論、分裂の直接的な原因は、S同盟一部の堕落幹部のダラ幹振りを高木達がものの見事に大衆の面前に暴露してのけた点にもあったが、根はもっと深かった。統一戦線の主張者である高木達は、彼等ダラ幹共にして見れば如何《いか》にも「煙《けむ》ったい」奴等であったのだ。梟《ふくろう》が太陽を「煙ったく」思うように。

工場の門前の人だかりが、焚火《たきび》に照らし出されて動くのが遠くから見えて来た。

朝からの憤慨を持越《もちこ》して、未だに工場から引揚げようとしない職工達や、工場閉鎖を聞きつけて駈けつけた近所の商人等が口々にわめいていた。最低、一円から最高十五六円見当のこれらの債権者達は、米屋、味噌屋、酒屋、仕出屋の類であったが、彼等は「僅かな金だが——」と口では云い云いした。

「このボロ糞会社の仕打ちが余り気に食わんで!」

二月の烈風に煽られて、焚火はパチパチ鳴った。えがらっぽい煙は地面に叩きつけられて走った。焰《ほのお》がぱっと吹き上がると、「鼠一匹いない」古工場の屋根が闇の中に見えた。

「どうだ、もうそろそろ引揚げて呉れんかいな?」と外套を着た巡査の一人が云った。

誰も答えなかった。

「誰も、事務所にア居らんのだし……」と巡査は云った。彼は焚火にあたりたかったが、そうもいかぬと云う風に云った。

「警察で、一つ社長を捜し出して貰わんとあかんで!」とモジリ外套の酒屋の親父が云って笑った。

高木は、焚火に近づいた。彼は吉田を捜した。その途端に、「ビラだ!」と云う声がした。彼が振り返ると、闇の中に飜《ひるが》えるビラの間を一散に逃げて行く男があった。それを、焚火の前に踞《うずくま》っていた二人の洋服の男が追っかけた。高木は、一枚を素早く拾って、焚火に照らして見た。それがZ評議会の例のビラであると知った時は、彼のすぐ側にある手が、新聞包みからビラを掴み出すのを見た。見るより早く其手《そのて》はバッとビラを撒いた。高木はその男の腕を掴んで低い声で唸《うな》った。

「おい、君ア「Z評」だな?」

七　二人の指導者（2）

「何だ? 君は」とその男は、高木の手を振り切って云った。

鳥打《とりうち》の下から、剃刀《かみそり》のような眼が、高木の眼を睨めつけていた。

「僕は、Z同盟の高木だ。話がある。」と高木は低い声で続けた。「工場の裏まで来て呉れないか?」

「よし! 行ってやろう!」

二人は、ざわめく群衆の間を通りぬけて、工場の板塀に沿うて歩いた、二人は目的の場所につくまで黙り合っていた。

「外《ほか》でもない。」と高木は云った。

「共同闘争をやる意志はないかい?」

「勿論!」答えは簡単であった。

「僕は、「全評」の稲葉だ。君達意志があればやるとも、やろう! この工場には、未だ組織の手は殆どのびていない。大衆はまるで無経験だ。三つに分れてやれば、この争議は惨敗にきまってる!」

高木は、自分の云い度い事を相手が云ったのに妙な気がした。同時に「又例の手かな?」と疑いもした。併したとい、それが「例の手」だったにしても、共同闘争を避ける理由はなかったし、それに対する腹も此方にはあったのだ。

二人は、工場裏の稲荷の祠の前で、共同闘争に関する相談や争議の指導に就ての意見を交換した。

先ず、S同盟に共同闘争を提議すること。争議団は自由的な組織としてZ評議会とZ同盟とは協力してそれを応援すること。二人の間に越ゆべからぬ意見の相違を来す何物もなかった。

「愉快だ！」と高木は、稲葉に云った。「一生懸命にやろう？」

その意思はどんなに戦闘的で立派にしろ事実上争議のブッ壊しや組織の分裂にばかり狂奔している所謂《いわゆる》極左翼なるものと、此処に居る稲葉寅一とは、似ても似つかぬものがあるのを高木は見た。彼はそう云いはしたが、心では「君はトラじゃないな「全評」にも君のような人も居るんだな。」と云ったのであった。

「やろうとも！」と稲葉は答えた。

「僕はこう云う風にうまく話が出きようとは思わなかったんだ。」

「僕の方でも同じ事を考えていたんだ」と高木は到頭云った。「君は全く違うんだなア――」

「何がね？」

「何がって――、僕等の方こそ、こう云う風に話が進もうとは思わなかったんだ。」

二人は焚火の方へ歩き出して居た。

「ふん。」と稲葉は高木の意味を知ると苦《に》が笑いをして云った。「僕ア、トラの一味だ。はっは。しかし「全評」だって労働組合じゃないか。そう無闇に、学生ファンやインテリの屑ばかりでないさ。」

この「全評」の古い闘士は、永い間大衆の一人としてコツコツと働いて来た労働者であった。天降《あまくだ》りの指導意見がどんなに天降り式であろうと、それならば一層、彼は執拗に大衆の間に食い入っていねばならぬ「責任」を感じて来たのだ。彼こそは大衆の生きた信頼を持つに相応《ふさわ》しい一人の前衛ではなかったか？

八　二人の指導者（3）

「合法的な」闘争組織に対して、軽侮《けいぶ》を感ずる――この奇妙な潔癖症は、頭の中でない現実の大衆と密着して来た稲葉には不必要であった。闘争は、頭脳の中で好都合な誤った理論を、情容赦もなく反撥するるのだ。「非合法」をひけらかすのは、帝国大学を卒業した事を誇る一昔前の子供染みた見えに似ている。

どんな争議にしても、「合法的」にやり通すことが出きないと同じく「非合法的」にも片付きはしないのだ。闘争の必要のみが、そしてその成果のみが「鉄の組織」を鍛え上げる！

「全評」の現在はどうであろうか？　その指導方針は？　まるで自分の手足を食ってのたうち廻っている章魚《たこ》見たいな狼《あわ》て方であった。勿論、そこには批判はあった。併し、批判は身を以て為されることを必要とした。

稲葉は、思い上った一部の天下り指導者やインテリ・ファン達の「指導方針」や自己誇示的なその態度はもう沢山であった。

この稲葉の気持が、現に、Z同盟との共同闘争を承認し、自主的争議団の結成を彼に主張させたのではなかろうか。

闇の中に、入乱《いりみだ》れた足音がした。工場の古い板塀をへし折る音がした。

二人の指導者は、焚火の料《しろ》をとりに来た人々が、互の組合に応援を求めた者達だと知ると、すぐ様共同戦線の成立を告げて、活動を開始する手筈をきめにかかった。

職工達は、今の今まで、三つの組合に分れて、会社側と対抗するのは如何にも心もとないと云う話をしていたと口々に云った。

「このボロ糞会社をやっつけたれ！」と貶《そし》る者は、元気を出して塀板の大きい奴をひっぺがした。

「二つが一つになれば、強いもんや。」と、又或る者は云った。「S同盟だって、まさか一緒にやらんとは云いせんやろ、云うようやったら、あの山羊髯の奴、何か企んでけつかるに違わん。それがそのダラ幹や云うものやで！」

稲葉と高木とは、彼等の深い経験を傾けて、とるべき方法を定め手分けをして活動に移った。

焚火にばかり、あったまっているべき時ではなかった。主だった職工達は、稲葉と高木との命令に従って、闇の中に散って行った。

二時間後には、明日の従業員大会の会場も、争議団本部にあてる空家も定まっていた。

S同盟でも、協議会を開いていると云う報告があった。Z評議会やZ同盟に対する悪罵《あくば》を、山羊髯達が飛ばしている。集まっているのは主として役付職工と老人組だ。あの分なら共同闘争の望《のぞみ》はないと云うのであった。

雪が降り出した。

十二時を過ぎるまで、高木、稲葉の指導のもとに、若い職工達は駈け回った。Z評から謄写版が持って来られた。「従業員大会に集まれ！」のビラは乾くのを待たず次々に持出されて行った。帰って来た者は雪を浴びて鼻頭《はながしら》を真赤にしていた。

九　従業員大会（1）

女工達の手で戸板に新聞紙が貼られた。朝鮮人劉が筆をとって書いた。

「鷲尾染工場従業員大会会場」

所が、頭を余り太く書き過ぎたので、大会の二文字を小さく横に並べて書かねばならなかった。

「も一度書き直そう――」と劉は赤い顔をして云った。

皆はこれで立派なものだと主張した。劉はそれが気になって仕様がない様子だったが、仕事は次ぎ次ぎに彼を追い立てた。

従業員達は定刻前に詰めかけて来た。会場の天理教宣教所はもう一杯で、新らしく仲間達がやって来る度に席を拵《こしら》えなければならなかった。顎紐《あごひも》をかけた××達の一隊が入口にがん張って、集まって来る××員の持物を機械的に調べた。これ等の××達は、非常招集を受けてやって来たのでひどく不機嫌であった。事を起した従業員達を憎むと同時に彼等は、こんな一営利会社に対する労働者の「当然」の要求に一々大げさに自分達を動員する××と×××××××××た。彼等は、不機嫌そうに、そして機械的に従業員達のポケットを撫で廻した。

併し、一度の経験もない、染職工達は、××達に体をさわられる時、皆固い顔をした。これは、彼等にとって、闘争の訓練の最初の洗礼の一つであったのだ。窮餓と失業とに直面した今となっては、どんな「弱腰」の未組織労働者と云えども、当然の権利を心の中で主張しながら、闘争の中へ進んで行くのであった。「何故警察は俺達をこんなに蒼蠅《うるさ》くするのだ！」

「吸血鬼鷲尾を葬れ！」「共同闘争によってあくまで要求を貫徹せよ！」等のスローガンが吊られた。女工達が固まってやって来ると、会場は一層賑かになった。S同盟でも、従業員大会を開いているという報知を持って来たのは中年の職工であった。彼は、向うと此方の要求は、どっちが歩がいいかを話したが、女工の一人に、内股膏薬《うちまたごうやく》見たいだと一本きめつけられて黙り込んだ。それから誰は来ると云ってたが来ていないとか、誰は向うについた、誰は未だふらふらしていると云うような話が出た。一人の女工の許嫁《いいなずけ》の男が来ていないと云うので騒がしくなった。彼女は、一生懸命に、あの人が未だ来ないのは爺さんが病気だからで、終《しま》いまで来なかったら首でもやるとやり返した。「ええとこや、ええとこや！」と男工達がはやし立てたりした。

来る筈の者が来なかったり、意外な人間が現れたりした。沖縄組、大島組そして、その何《ど》れよりも済州島の朝鮮人職工の一団は、意外の部に入るものであった。同じ朝鮮人でも本島組の劉・権達の一派と違って、出稼ぎ根性の、ひどい我利我利《がりがり》で、矢張り、此方がS同盟よりも要求条項が歩のいいのを見て来たのに相違なかった。今一人三井、これも思いがけぬ人物で運送店「丸十」組の次男坊だ。このごろ、つき肌の男はS同盟どころか当然会社側につくとされた男であったのだ。

「俺も機械場の労働者だ！」と三井はいきなり正面に進んで芝居がかりに云った。「俺の兄貴がなんぼ会社の運送屋云うたかて、俺ア皆と一緒にやらんことには男が立たんで。なア。一肌脱ぎまっせ！」

「万歳！　しめたぞ！」と叫んだ者も居た。拍手も起った。併し誰も彼の「俠気《おとこぎ》」を自分達の心と一致するには何か物足りなさを感じた。

稲葉と高木とは、期せずして眼を合せた。その眼に互に「注意しろ！」と語り合った。

十　従業員大会（2）

大会は、S同盟との共同闘争を決議した。あんな山羊髯は嫌やだと云う者もあった。二人の指導者が、それを説明するまでもなく、職工の一人が立った。自分も、山羊髯は気に食わぬ、しかし、それより鷲尾や常川の方がもっと気に食わぬ。自分達は二つに別れていたのが一つになったからこんなに元気が出たのだ、若しS同盟と一つになれたらもっと素晴らしいではないかと彼は云った。

選ばれた五名の代表者は、拍手に送られて出て行った。

演説が始められた。

生れて初めての演説ばかりであった。だから、嬰児《えいじ》のように純粋に「自分自身の言葉」で彼等は叫んだ。

最初の者はそれでも少々恥《はず》かしくもあったしいくらか遠慮もあった。併し、もう三人目からは、長年の間腹の底に積り積っていた、不平、憤懣《ふんまん》、呪いを打《ぶ》ちまけた、この時黙っていたら取かえしがつかぬと云うような気がしたのだ。演説者達は、誰も、自分にそのような言葉を語り得る能力があろうとは今の今まで思ってもいなかった。一方聴く者達は、「うまい事やり居る」と初めは思った。次ぎには「もっとやって呉れ！」と考えた。最後には「全く！　それア本当や！　違わん！」と胸のしびれるような憤激に駆られて拍手し叫び出すのであった。或者は涙をぼろぼろこぼした。そこに次ぎ次ぎに叫ばれる言葉は、会社の××と自分たちの忍苦がこれ程までであったのかと今更のように感ぜしめるものであったのだ。

会場一杯の熱した「群衆」は、そしてその見えざる圧力は、演説者と聴衆とを圧《お》し上げて不思議な自信と能力と勇気とを与えたのである。

煙草を吸う者さえ、もうなかった。昨日まで、意気地なく影のように動いていた古参職工や肺病やみの女工が、「我を忘れて」演壇に進んだりした。彼等は演壇に立つと、只一言だけしか云う事は能《で》きなかった。だが、それは、天才的な文学者と云えども云い現し得ぬ呪いの一語であった。十年の絶望的な苦悩の生活そのものを籠《こ》めている一語だ！

二人の指導者稲葉と高木とは、控室で、争議団の編成に就いて相談していた。彼等は会場の拍手や歓声のあがる毎に話をやめて互に聞き入った。それは、彼等にとっては、耳なれたものではあった、けれど、その為めに、いよいよ明晰になって来る頭脳を感じた。そして、彼等の最初の経験や最も困難であった争議の事を、不思議にまざまざと想い起こした。

司会者がやって来て、高木に「もうそろそろ出て貰い度《た》い」と云った。

「S同盟との結果が判ったら、君にやって貰い度い――」と高木は立上りながら稲葉に云った。

「うん、そうしよう。」と稲葉も立上って云った。「しっかりやって呉れ、さア行こう！」

稲葉は、何時の間にか聴衆の中に混っていた。彼は、高木が紹介された時、拍手を誰よりも早く送って、こう叫んだ。

った。）

「頼むぞ！　会社を徹底的にやっつけて呉れ！」（高木は演壇の上から稲葉を捜したが、見つからなかった。）

会場は、どっと沸き立ち、叫びがあがり、咳払いが方々で起って、そして静まった。彼等は、高木の言葉を一言も聞き洩らすまいと居住《いずま》いを直した。

十一　従業員大会（3）

憤怒に充《み》ちてはいるが、尚お混沌としている従業員達の頭脳に、秩序を与えなければならぬ、闘争の目標とその方法を、従業員達にしっかり腹の中に入れさせなければならぬ。

高木はそのいくらか嗄れた声で静かに説き出した。

彼は、鷲尾染工場が到底再興の見込みのないことから始めた。

工場の建物や機械類一切は三〔一字不明〕の抵当にはいっているので、若《も》し再興するとなれば少くとも百万の資金を新たに必要としている。併し、会社の背後には何等大資本がない。（若しそれがあるならここまで追いつめられはしなかった筈だ。）

この工場閉鎖は、大資本の圧迫によって、ギリギリまで追い落とされた中工業資本家の没落の（今日方々におこっている）一つの生きた実例であるのだ。そして、鷲尾一味は、もう昨年からこの事を予期して凡《あら》ゆる有利な方法をとって、計画的に今日工場を閉鎖したものである。閉鎖前晩の盗人染みたルーラー運び出し、少額債権者の非常に多いこと等によっても知られる通りだ。恐らくは、鷲尾は能《で》きるだけ多くの金を自分の懐にくすね取って、巧《たく》みに、最も有利に会社を潰そうとの腹である。

だから自分達は、こう云う状態の敵と戦うに際して、会社再興を目安においてやって行こうとすることは、断じて従業員の為めにならぬ結果を来たす。若しも、会社再興の希《のぞ》みなきこと（それは誰にも明かだ！）を知りながらそう云う馬鹿化た闘争をしようとする者があったら、それはこの争議を自分の食い物にしようとする悪《にく》むべき奴に相違ない！（「そらア山羊髯や！」と叫んだものがあった。）我々は、再興の見込のない会社、そして確に私腹を肥やしている鷲尾を相手に戦うのだ。これは必然に我々の戦いの方法を規定する。（「やっつけろ！　茶瓶頭《ちゃびんあたま》ア！」）我々は、我々の当然の要求をかかげて鷲尾にそれを実行させる、凡ゆる方法をもって！（「逆さにして振ったれ！」「とっつかまえて――」「死んでも恨みは忘れん！」）……。

高木は、片言を使う朝鮮人従業員にも判る言葉で説いた。

彼が勝利も敗北も一つに我々の団結如何《いかん》にあることを叫んで、各自の自重を要求し、若しS同盟が真に労働者の利益の為めに戦うのなら、（彼はこれを繰返して云った）若し本当に従業員諸君の為めに忠実なら我々の提議――一致団結の提議にZ評議会とZ同盟とがしたように一も二もなく賛成して来るであろう！（「反対はまさかすまい！」「山羊髯が……」「山羊髯！」「ダラ幹や云うものはストライキ売るもんやで！」等と叫び声や囁《ささや》きが方々で起った）

この時、俄に会場の入口がざわめき立った。高木は大声でこう叫んだ。

「さア諸君！　S同盟へ行った代表者が帰って来た！　代表者の報告を聞こう！」

五人の代表者達は、会場に一歩踏み入れるか否や口々に興奮して叫んだ。

十二　従業員大会（4）

警官達は、立上って叫ぶ聴衆よりも大きい声で怒鳴った。

「騒ぐな！　静かにしろ！　坐らんか！」

闘争の経験のない職工達と雖《いえど》もあの山羊髯が、自分達の提案を拒《しりぞ》けたと云う事が「癇癪《かんしやく》」に触った。自分達が直面している会社の横暴に対して闘わんとする時、自分達の、力を削ぐ者、それが山羊髯だ！

稲葉が演壇に駈け登った。

高木や吉田達は、一生懸命に従業員達を鎮めようとした。短気者の木谷やお君や劉達は、高木達に注意されると、初めて、今度は、皆静かにしないと「解散」を命ぜられる怖れがあると説いて廻った。

「諸君！　何故S同盟が我々の提議を拒絶したのだろうか？　諸君、静かにして呉れ！」と稲葉は叫んだ。

「諸君、真に労働者の利益の為に戦う者が、労働者の唯一の武器であり力である、一致団結を嫌うと云う話があろうか？」

皆静かになった。外で霰《あられ》がザッと降る音がした。

「諸君！　彼奴等は――」と稲葉は腕を突き出して大声で続けた「再興の見込みもない潰れた会社が――鷲尾の奴がうまいこと潰しよった会社が、又黒い煙を吐くように立直らして下さいと、こんな馬鹿気た嘆願をしているのだ！　こんなに突然、会社を潰して逃げ出した鷲尾に、――諸君、お願いをしているのだ！　俺達労働者が、そんな腑抜けた事をして居れば居る程、つけ上るように出来ているのが資本家と云う者だ！」

「諸君、S同盟は我々の提議を蹴った！　まさかそんな事もあるまいと考えていたが、この通り見事に蹴った。俺達はこうなった以上、しっかり腹を決める必要がある。」

「山羊髯の如き奴等の魂胆は、労働者を売って、鷲尾と有利な取引をしようとするにあるのだ。何時《いつ》でも彼奴等の手合がやっとるように、彼奴等はストライキを資本家に売る腹だ。俺達は、彼奴等を監視しよう！　そして、一人でも多く山羊髯の所から仲間を引張って来ようではないか！」

「彼奴は、かう云っている。Z同盟もZ評議会も××党だと。これは何時でも彼奴等が口癖にしている我々を罵《ののし》る言葉だ。併し諸君一時も忘れるな、真に労働者の利益の為めに戦う者が、何者であるかを！　そして、労働者を食い物にする奴がたといどんな美しい名前を持って居ようと、我々労働者の敵であると云う事を忘れるな！」

「彼奴は、この不景気に、解雇手当や解散手当を要求するなんて無茶な話やと云うている。又、我々のやり方についても兎や角云うている。何とでも云いやがれ！　我々はS同盟に集まっている三十名ばかりの仲間が山羊髯に愛想をつかして、我々の方へやって来るまでは、その三十人分の力を我々のかたい団結によっておぎない、鷲尾と徹底的に戦って大勝利を得ようではないか。我々は、何よりも先ず、軍隊のように規律正しく、一糸乱れず歩調を合せて、我々を、この寒い街頭に投《ほう》り出した、鷲尾を思い存分にやっつけようではないか！」

十三　「逃げた恋人」（1）

S同盟側の共同闘争拒絶は、闘争に無経験な従業員の意識を高める機会の一つであった。二人の指導者が、この機会を逸することはなかった。全く、それは一方堕落幹部の数々の階級的裏切を暴露して大衆の進むべき正しい道を示し他方今戦われようとしている闘争に誠実と決意とを誓わしめる良き機会であったのだ。とは云え、この二人の指導者は、出逢《でくわ》した一つの現実にまき込まれてセルロイドのように燃え上って終《しま》う程主観的ではなかった。彼等は、若《も》しもS同盟との共同闘争が成ったとしたら、それは拒絶されたよりも遥かに「良き機会」であることを知っているのであった。

憎むべき奴は「山羊髯」である、が、それ以上に、資本家鷲尾源兵衛ではないか！

従業員大会は、計画通り木谷の緊急動議によって争議団結成の議事に移された。その頃、確にS同盟の従業員大会からと覚しい四五名の従業員が会場に入って来た。

要求条項が読み上げられ、説明されると、その度に拍手と賛成の叫びが起った。それが満場一致可決され、つづいて争議基金の件に移った。各自日給の三日分を醵金《きよきん》する案が出されると、思いがけない反対の声があがった。

染色部の古参職工が立って永々と云った。

「……せめて日給の二日分位ならそらア悦んで出します。私等、先月分の給料も満足に貰って居らんのやさかい、ちっと荷が勝ち過ぎます。」

すると今度は、三井――この会社御用の運送屋の弟が立った。彼は演壇に上って云った。

「わたくしは十日分出します！　十日分、ほら、このがま口を皆出します！　そもそも、我々労働者は一心同体、協力一致の精神で――」

「わたくしは」を、彼は、「我輩は」と云い度かったように思われた。

三井の演説の後に、矢張り古参の染工が立って、S同盟は「山羊髯」が云った所によると、S同盟本部には、争議金庫と云うものがあって、一文も労働者から金をとらないばかりか、事によったら、争議中は、争議団員に月給を出さぬでもない、資本家が出さなくとも解雇手当を組合から出すと云う事だ。古参職工はこう云った。

「うまい話に引っかかるな！」と誰かが叫んだ。「どんなもんや、あの山羊髯に云ってみたら、S同盟に、一《いっ》その事ついでに工場も建てて貰いまひょうとな！」

争議基金二日分に決った。これ以上に暇取《ひまど》った議事はなかった。

争議団本部に引揚げた職工達は編成された各々の部署について、活動を始めた。お君を先頭にして女工達は、五つの大釜を本部に集めて炊出しで忙しかった。

霙《みぞれ》が降りしきった。

警備隊は、劉を隊長として本部への各通路を固め、個別訪問隊は次々に出動して行った。

そして、首脳部の秘密指令によって、木谷や吉田や権達は姿を消した。

社長鷲尾と工場長常川の所在を確めること、これは字義通り当面の「重大」問題であった。

十四　「逃げた恋人」(2)

鷲尾と常川の行方は、工場閉鎖以来全く不明であった。

京都の社長の本宅は勿論、工場に近い常川の社宅、心あたりの旅館や嗅ぎ出した社長共の親族筋の屋敷や郊外電車の停留場等に張られたピケット線からの報告《レポ》は、全く悲観すべきものであった。「似た奴を見つけて面を見たが違った。」「社長の本宅はひっそりしている。出て来るのはブルドックばかりだ。」と云う風に――。

首脳部は、まるで「逃げた恋人」をでも捜すように、湯灌頭《ゆかんあたま》の社長や馬面《うまづら》の工場長を捜索する一方何よりも「気勢」をあげて、争議団員の気持を引きしめ「意識」を尖鋭にし高めなければならない。

副団長に推薦された三井に対する不満――これが、争議団員の間に一つの蟠《わだかま》りとなっていた。首脳部に於ても、勿論、銓衡《せんこう》の際に彼に対する猛烈な論争があったのだ。併し、彼が相当の巾《はば》を職工の間で利かせているのは事実であったし彼の向背如何《こうはいいかん》によっては、(戦いの最初に於ては)みすみす汽鑵場其他の二十六七名の職工を失うのであった。

二人の指導者は、論争の形で、首脳部の人々の意見を整理したのであるが、最高首脳部としての二人の意見は全く一致していた。こう云う争議では殊に対立のある場合、数は直《ただち》に威力であったのだ。争議は、前衛の結成ではなく、大衆の日常利害の闘争だ。能《で》きるだけ多くの数を結集する必要があるが、問題はその数を誰が指導するかにあるのだ。そして、真に××的な争議指導者《ストライキマン》は、量を質にその巧な方法によって転換する。それが真に××的であり戦闘的であると云う事なのだ!

首脳部会議は、この「俠気《おとこぎ》のある」副団長は、彼独自の行動をとって社長及び工場長の居所を探し出すようにと「懇談」したのであった。

演説会、示威活動、伝単貼り、ビラ撒き……と次ぎ次ぎに新しい闘争が組織され、争議団員は日々彼等自身の活動に従事させられた。そして、これは、職場の違いや賃銀の高低から来る、心の一切の壁を取除いて、集団的な行動に馴れさせ、集団の強さを学ばしめるのであった。

最初は一口で云えない「怖れ」や疑いを抱いた者も、争議基金を納めただけで顔を見せなかった者も、一夜のうちに町中に貼り廻されたビラ、ポスターを見ると彼の為めに、多勢の仲間達が働いて呉れているのを激しく感じた。同時に彼等は本部へ出なければならぬ「責任」を感じた、本部に来ると、一日二俵の米を消費する炊出しに真黒くなって働いている女工達の緊張した顔を見た、そして次ぎの日のデモの中に揉まれている自分を見出すのであった。

初めての経験が、皆々物珍しかった為めでもあったでもあろう、併し、気勢はいよいよ揚がった。

首脳部は、気勢が揚れば揚る程一刻も早く社長や常川を見つけ出す必要に迫られた。

十五　「逃げた恋人」（3）

Z同盟とZ評議会とからは、元気な青年闘士達が詰めかけて来た。その、激励の演説は、争議団員に新鮮な刺激を与えた。激励文や電報が来る度に、皆は、自分の住むばかりでなく更に広い地球の労働者達が、仲間達が、同志達が、自分達の戦いを見ているのを感じて自ら昂奮と自重とを覚えるのであった。

応援団員の中には、併し、正直に云うと「少々困った」者も居ないではなかった。

須田倫太郎――この痩せて鼻の尖《とが》った色男は、赤い鞄を抱き黒い鳥打帽子を手に握って忙しそうにやって来る。日に三度は必ず「何処からか」この男は現れて、先ずゴールデンバットに火を点ける。がその間もキョロキョロして皆に会釈をしながら、高木や稲葉に話しかける。しかし三秒とは相手を正視していられない、全く蒼蠅《うるさ》い奴である。カンパーニヤだのアジプロだの片仮名で書く言葉を――てき屋の隠語のように使うことを好み、話半ばに、ポケットから帳面を出して「あ！　もう時間だ！」とか「弱った、明日は来られぬかも知れない！」とかいうのを愛する。つまり彼は非常に沢山の「重要な」仕事を持っている。しかも、相手に、その重要な仕事がどんなものであるかを「遺憾ながら」どうしても知らせられぬと云う事を知らせ度《た》いと望んでいるのだ。（全く、七面倒《しちめんどう》な奴である！）

この七面倒な奴は、「Z評」の闘士と云うことであったが、高木が稲葉に訊いていた所によると、「そうかい？　フッフ！　それはそれは――」と云うのが、稲葉の答えであった。

須田倫太郎――（争議団員の一人に「そっと洩らした」所によると、この姓名は実は変名で、ロシアの偉大な指導者の名にちなんだものだそうな！）、しかし、その小器用な事ばかりは「買ってやる」べきであった。謄写版印刷やニュースの編輯《へんしゅう》に、彼は鮮かな所を見せたものだ。赤い鞄から、原稿用紙だの鉄ペンだの定規だのを取り出すが早いか、忽《たちま》ち原稿を拵《こしら》えて稲葉や高木に読ませると早速原稿紙を切った。一寸《ちょっと》した絵も描ける所から、老ぼれた老人の頭を持った鷲が、偉大な靴に踏んづけられている所や、「山羊髯」が後手に鷲尾から金を受取りながら職工達に断崖の方へ行けと命じている所を描いたりした。これは確かに有要な仕事であった。

人間には、何か取柄はあるものなのだ。

何しろ、人手はいくらあっても足りなかった。この七面倒な蒼蝿い、併し乍《なが》ら小器用な色男にもつくべき部署があったのだ。そうだ、この男や三井の如き人物が居るので、二人の指導者は全く秘密に最高首脳部を持っていたのだ。そして、かくの如き人物とは、指導意見や感情に於てではなく、この闘争に積極的な意味を持つ各々の技量に於て行動を共にし得たのである。最高首脳部は、内部に潜在するこんな問題に対しては、確信を持っていた。が、今は何よりも、そして一刻も早く闘争の相手たる社長或は工場長を、見つけ出さねばならなかった。

十六 「逃げた恋人」（４）

この悪辣《あくらつ》な守銭奴である「恋人」の失踪に対して、血眼《ちまなこ》になっているのは、争議団ばかりではなかった。

百五六十万からの金をひっかけられて慌てふためく債権者の一団がそれであった。最低一円某の仕出屋、酒屋から、最高二十万に到る七十余名の債権者達が、債務者の財産で目ぼしい代物なら何でも差押えようと互に目角《めかど》を立てて覘《ねら》っていた。併し、工場の敷地にしろ機械類にしろ、凡《すべ》ては二重三重の抵当に入っていた。大口の債権者にとっては、ガラクタ工場と安っぽい木造の事務所、それに、大河の水量が少し増す毎に河水を吸い上げて、泥沼と変る千坪程の埋立地を全部一人で押えた所で何の足しになるものではなかった。大口の債権者会議によって調査された所によると、鷲尾名義の財産と云うものは、お話にならぬものであった。

そこで、小口の債権者達は会社差押えを意地で要求し、大口の債権者達は、何はともあれ、消えてなくなった鷲尾を摑《つかま》えて、新たな株式組織によって、会社を再興させる事を承認させようと決議したのだ。何故なら、悪辣な守銭奴たる社長が、確実に隠《いん》とくしている少くとも二三十万の金を吐かせるには、それ以外に途《みち》はあるまいと思われた。社長を刑務所に投《ほう》り込み、会社を差押えて分け前を互に取ると云うのは、確に腹の虫を治める一つの方法ではあった。併し債権者達が、それ程「唯心的《ゆいしんてき》」である筈がなかった。

争議団の最高首脳部は、個人的な知り合いをたどって、この、債権者会議の情勢を絶えず監視していたのだ。そして、債権者達も亦《また》社長等を捜しているのを知ると、社長等の失踪が余程巧妙になされた事は疑えなかった。

争議団員の志気は決して衰えていない。だが、このまま尚《な》お一週間も持ちこたえることは、困難に相違なかった。

一日「尋ね人」のポスターを吊るした俄仕《にわかじ》立《た》てのサンドウィッチマンのデモを行った。

「鷲尾染色合名会社社長。鬼源事鷲尾源兵衛六十二歳身長五尺位首短く猫背にて見るからに強欲非道な面構え。右之者、職工三百名を見殺しにして行方を晦《くら》ましました。お心当りの方は左記へご連絡下さい。お礼をします。M区S町X番地鷲尾染工場争議団本部」

これは、市中の目抜きの通りまで押し出したので、可成《かなり》のセンセーションを起したし、二流所のブルジョア新聞夕刊に写真入りの記事が出た。

併し、それも勿論社長を捜し出すには何等の効果もなかった。

争議開始後まる十二日目であった。済州島組や沖縄、大島組の出稼労働者の一団に先ず不平の声が上った。済州島通いの汽船が一日と十五日に出帆するのだ。その日が近づくに従って彼等の動揺は激しくなった。

その十二日目の夜の事だ。稲葉と高木が協議しているところへ、三井がつかつかとやって来てこう囁いた。

「話があるよって一寸、そこまで出て貰えまへんか？」

「何だね？」と二人は同時に云った。「話なら此処《ここ》で話して貰いまっせ。」

「わても男や！」と、三井は云った。「親父の在所を、教えまっせ！」

二人は、この驚くべき報知に、吃驚して黙って彼を見つめた。

「わてもこれで男が立った。」と三井は続けた。「なア稲葉はんに高木はん。親父は、兄貴の家に初めから隠してあったんや。もうこの十日と云うものはわて、兄貴と毎日毎晩喧嘩や、わては兄貴の顔を立て、あんた方の顔を立てたかったんやが、もう決心したんや。そんな事、能《で》けへん」

「有難う！」と高木は、いきなり三井の手を握って叫んだ。（彼は後に思い出したが、この時程興奮した事は余りなかった程だ。）

「うん、よし、もう大丈夫だ！」

と稲葉も立上って唸《うな》り声をあげた
到頭、見つけた！

十七　見つけた！（1）

全く、これは思いがけない報告であった。勿論、二人の指導者が、三井に、社長捜索の為めに彼に自由行動をとらせたのは、この思いがけぬ結果をいくらか考慮に入れた上での事でもあったろう。しかしそれは唯《た》だ「偶然」と云うべきであった。

彼等が、言語に絶する困難と戦って、計画的な捜索を続けたのは当然であり、よき闘志の成長の為めにも有要な一つの方法でもあったのだ。

三井は、「俠気《おとこぎ》」や「顔を立てる」為めの報告を終ると、流石に淋しそうな顔をして云った。

「わてかて矢張り労働者や……。どうせ、こうなった以上、兄貴たア又大喧嘩をせにアならんでなア……今晩はもう帰して貰うて一杯ひっかけて寝せて貰いますわ――。」

稲葉は、三井が立上った時、高木に囁いた。

「もう二十分間、三井を引留めて置こう。」

「君が、そうしていて呉れ。」

「うん。」稲葉はそう云って大きな声で続けた。「三井さん、一寸待ってんか。実はね――」

高木は、奥の部屋から、出ると同時に汽車に乗り遅れそうだとでも云うようにあわただしく、争議団員の一人一人に、見つかったから、家に居る争議団員を非常招集して来て呉れと囁いて廻り、飯を食っている劉に云った。

「見つかった！」

「え？」劉は立上った「見つかった？」

「「丸十」だった！　すぐピケを！　裏口にも――すぐ！」

「ちぇ！「丸十」だったか！」と云うか否や劉は握り飯を持ったまま戸外へ駈け出して行った。

連絡係は、自転車で、団員の狩出しに散って行った。

烈風はヒゥヒゥ鳴り、粉雪が降っていた。

三人の交渉委員は初めてその活動を開始する段取りになったのだ。

稲葉は、その間に、三井から様々な事を訊き出すことが出来たし「若《も》しもの事」をなからしめる手段を完全に講じたのだ。三井の話した所によると、「丸十」が社長を匿《かく》まったのは、工場閉鎖宣言の翌日からであった。「丸十」には、社長からの取分が相当あったし、何かにつけて「恩を着せる」ことは損にならぬとの見込が、運送屋にそうさせたのだ。所が、最近になって、三井の三人の兄貴達や親戚達の間に、社長の事でごたごたが起っていた。と云うのは、このしわん坊を匿まってやったにしろ到底うまい話はないから遂に出そうとの意見と、いくらしわん坊と云ってもこれだけの「恩」を受けた以上只で済ますようなことは万々ないだろう、又そうはさせないとの意見の対立が起ったのだ。そして、三井に対しては皆一致して「馬鹿な事をする」と云うので非難をあびせ、彼が改心しない以上、「丸十」のしきいを跨《また》がせぬと云った。

高木は、交渉委員三人を、召集を受けて続々と集まって来た団員と共に出発させると、稲葉と三井の居る部屋に入って来た。彼は云った。

「明日は——副団長はん、早く来て貰えまっしゃろな。今晩はゆっくり寝《やす》んでお呉れやす。おかげで今交渉委員が出ていったんや。」

十八　見つけた！（2）

「丸十」組運送店は、争議団本部と、工場との間にある。道路を隔てて高架鉄道のコンクリートの壁に向いたその家は、赤煉瓦《あかれんが》の穀物倉庫と肥料問屋との間に、塡《は》まっていて、辛うじて其自家製の「丸十貨物運送店」の看板で存在を主張しているのだ。たとい会社御用の運送店であり、その三人の兄弟が競馬狂であり、ごろつきであり、金次第では争議団切崩しの為めにどんな事でもやりかねない連中だとは云え、争議勃発以来、争議団からは全然忘れられた形であったのだ。只副団長の三井が、その、兄貴達との喧嘩をして来ては如何にそれが「義の為めに立った者の苦難」であるかを「演説」することによって、時折想い出されるに過ぎなかった。

所が、今は全く違う。握り飯を片手にした劉炳達に指揮された警備隊が「丸十」の入口の真正面、高架鉄道の壁の下で、焚火をぼんぼん燃しながら労働歌を合唱しているのだ。二週間に近い間、まんまと争議団の眼をくらましていた、この埃まみれの運送店が、今は二百余名の職工達の癇癪《かんしゃく》と憎悪の的となった！

三人の交渉委員が労働歌と共にやって来た。劉は、大急ぎで指にくっついている飯粒を唇でとって叫んだ。

「石油鑵、どこっかに無いかなア！」

「取って来る《うりちゃぶかっ》！　工場――」と朝鮮語で一人が走り出しながら叫んだ。

「早いところ《おっとこへっそ》！」劉はそう叫んで皆と一緒に歌い出した。

「しっかり頼んまっせ！」

「社長の餓鬼され、茶瓶頭割ったれ！」

「逃がすな――狸を」

「丸十」の連中が、狼狽しているのが、外からも見えた。一度は、三番目の息子が半身を戸口から出したがすぐ引込んでしまった。事務所に使っている間の電灯が、消えたりついたりした。

交渉委員が、潜戸《くぐりど》をあけると合唱や怒号が一層高く激しくあがった。工場から、鉄板と三つの石油鑵が持って来られた。焚火の周りの人々は我先きにそれ等の鳴物《なりもの》をとって、木剣《ぼっけん》や板片でぶっ叩き始めた。

争議団員は、ぞくぞく詰めかけて来た。そして、焚火で凍えた掌を温めると、今度は「丸十」の方へ向いて皆の歌に合せて大声で唄った。彼等は、その一生懸命な歌を以て、交渉委員連を励ます一方、「人を舐めやがった」「丸十」の奴等と社長との耳に、呪いをこめた五寸釘を打ち込む気持を現しているのであった。唄が杜切《とぎ》れようとすると、女工達の金切声が、それを盛り立てた。

連絡係は、絶えず本部と交渉委員との間を駆け廻った。

「交渉委員は今面会を要求している」

「警備隊は、ガンガンを鳴らして盛に気勢を添えている」

「社長は病気だと吐《ぬ》かしてる」

「暴力団もこっちの気勢にのまれて手出しをする様子なし」

警備隊からのレポも絶えず出された。

「裏には抜け路なし、道路の要所要所をかためている」

「逃がしはせん！」

「社長渋々面会を承諾した！」

「只今交渉中！」

本部からの指令が正面をかためた警備隊に発せられた。

「石油鑵《ガンガン》を叩け！　本部からすぐデモをしかける！」

この指令を劉が受取った時、もう町角からデモのどよめきが押寄せて来た。

十九　見つけた！（3）

三人の交渉委員は、座敷に通された。

雨戸はすっかり閉められてあったが、外は赤煉瓦の穀物倉との間に狭い庭でもあると思われた。そしてその庭の一方が、道路に沿うている一間足らずの板塀になっているに相違なかった。でなければこんなに筒抜けに、石油鑵《ガンガン》の「不《ぶ》ざまな」響きや合唱や劉炳達の声までが一々はっきり聞えよう筈はなかった。交渉委員達は、「茶瓶頭ア「丸十」の隠居かいな！」とか「しわんゝ坊！」と叫ぶ声が、はっきりと聞える度に、互に顔を見合せて笑った。

次の間に、社長は床をとって寝ているのであった。そこは、便所にくっついた四畳半の部屋ではあるが、思うにこの家中で台所を除いて一番道路から遠い部屋らしい。

大男の丸十の惣領息子が入って来て、委員達に云った。

「ガンガン叩くのだけア止めて呉れんかいな――」

「俺等の役目は、社長はんに逢うて一言云いさえすれアいいのや。」

と争議団長の亀さんが云った。

「いゝ、あんた等の都合ばっかり考えちゃ居れへんでな。」

「俺等と一つ張り合うて見るか！　はっはっは！」と大男は豪傑笑いをして云った。「社長はんは病気で此処に寝て居やはる。」

三人は、開かれた襖《ふすま》の向うに、寝床の上に坐った社長を見た。

デモが押寄せて来たのはこの時であった。

社長は、どてらを着込んでいたが、心臓病の為めに全身が細かく震えていた。

「社長はん、お久しい事で」と亀さんが笑いながら言った。「あんたはんは、職工は皆子供やと思うとる言いなはったが、子供見殺しにしてこんな所に隠れていやはったんやなア！」

社長は、何か言おうとしたが、震えが口を自由にしなかったので咳入《せきい》った。

「一たい、どないする心算《こころづも》りや！」

と癇癪持ちの木谷が大きな声で叫んだ。「あんまり馬鹿にし腐ると承知しいせん！」

「用向《ようむき》は何や？」と社長は切れ切れに云った。

「とろ臭い！」と木谷は辛抱できずに叫び続けた。「用向は何やとは何や！　ほら、これが、俺等の要求書や、読んで返答しろ！」

木谷は、亀さんの手から要求書をとって、紙のはじが社長の鼻に触った程突きつけた。

社長は、その小さいが狡《ず》るく光る眼で此方をチラと見てから眼鏡をかけて要求書に眺め入った。紙の端がぶるぶると震え続けた。

部屋の中の者は皆黙った。すると、戸外のデモの足音や合唱や叫びが殺到して来た。

社長が顔をあげた。

「社長はん、あれ聞いたがよろしいで！」と亀さんが云った。「わし等団結してんのやさかいなア！」

「「丸十」はん」と社長は、はっきりした声で云った。「算盤《そろばん》を借してんか。」

最早《もは》やその指には少しの震えもなかった。社長は、要求額の各項目の総計を、忽《たちま》ち弾き出した。すると、彼は、いきなり坐り直して算盤を三人の方へ突き出して喚《わめ》いた。

「滅相《めっそう》もない！」

「何！」

「よし、それが回答だんな！」

「争議団にその通り報告してようますな！」

三人は思い思いに猛《たけ》り立った。

すると社長は、永々と会社の窮状を述べ始めたが、もう木谷は辛抱が出来なかった。彼は立上って叫んだ。

「おい帰ろう！　社長、後悔すんな！　俺等ア要求書叩きつけれア今日の役目は済んだんや！」二人も立上った。

社長が「自分一人ではどうにもならんから、常川とも相談して……」と云うのを後に聞いて三人は部屋を出て行った。

一人になった社長は、全身を震わせながら咳入った。

二十　重たい空気の中で（1）

社長を見つけさえすれば、解決は直《す》ぐだと思い込んでいた争議団員も相当あったのだ。

所が、毎日毎日しつこく繰返される交渉の結果は、第一回と全く同じであった。「金はない。従って支払えぬ」これは明かにできるだけ争議を永引かせて、争議団員を動揺させ疲れさせようとの腹に違いなかった。勿論、従業員達が、争議に無経験であったと等しく、社長どもも思いも設けぬ此《かく》の如き「労働者共の横着」には少からず栃面棒《とちめんぼう》を振《ふる》っていたのだ。言わば、この戦術は資本家的本能の然らしめる所であった！　それに、戦線の分裂は、社長共に、字義通り絶好の口実を与えた。実際、社長は、こう云ったものだ。

「そう、あっちこっちからなんぼも要求を持ち出されたらどむならんで。俺は、もうはじめから、職工はん等にでけるだけのことはする心算で、早いとこ整理をしてんのや。貼出しに書き出しといたごと、能《で》けるだけ早よ、手当を発表する腹やったんやがな。それに君等は、会社に関係ない者に煽《おだ》てられて、身勝手なこと云うて来るやないか――。」

　S同盟側と社長達がどんな話し合いをしたか、それは此方に判る事ではなかった。併し、社長の口振りから思うに、此方とS同盟とが共同戦線を張ることは先《ま》ず無いと見抜いているらしい。

　争議団には、日一日と沈鬱な空気が張り始めたのは被うべくもなかった。

蔭で、秘《ひ》そかに、働き口を探しているらしい者達もあった。幹部不信任とまではいかないまでも、面白からぬ批評がぼつぼつ起って来た。「鉄の如き結束」にゆるみが出て来た。

　副団長の三井は、あの夜以来全く争議団へ姿を見せなかったし、団長であり交渉委員である亀さんは（ひどく酒好きで、争議団では飲酒は厳禁されていた。）或る晩へべれけに飲んだくれて往来を歩いているのを見かけた者があった。

　出稼ぎ組である、済州島、大島、沖縄の連中は退屈しきって、只もう次ぎの便船で各々帰国することばかりを考え、少しでも目を離すと争議団のなかで賭博もやり兼ねない有様であった。

一口で云えば、軟弱な部分が腐り始めたのだ。

併し、一方、どんな惨めな争議からでもきっと成長する健康な力強い闘争力の芽生えを見逃すことはできなかった。それは、自分一個の、又は自分達二百人の利害の問題を通じて、更に全階級の利害と使命と闘争とそして勝利とを見渡すことの能《で》きる一本の樹木となるのだ。

高木や稲葉から、与えられた初歩的な社会主義パンフレットをむさぼり読む少数の者の心には社会を見る眼が今開いたと云う感激が涌然《ゆうぜん》と湧いた。そして、その感激は、生涯忘れることのないようなものであった。

闇黒が光明に変った、と云う古風な言葉が、ここでは生きた内容を持っていた。

諦めを強要されていた境涯が、今や希望に充ちたものとなった。彼等は心の中でこう叫ぶ「俺は、何と云うか、そうだ、プロレタリアだ！　未来は俺達のものだ！」

或る夜、小山と云う少年工が読書しているところへ、忙しそうにやって来た須田が近よって来て云った。

「勉強してるな。いい傾向だ。何を読んでるんだ、ふん「資本主義のからくり」――小山君、君アもっと××的なものを読む必要があるよ。社会民主主義がどんなに××的労働者、農民の敵であるかを、知る必要が絶対にあるんだ。そして現在がどんな状勢にあるか、絶対に君は知らねばならないんだ。」

少年工は、呆気にとられて「いやにコキコキした物の云い方をする人やなア……」と思いながら男を見上げたものである。

二十一　重たい空気の中で（2）

ピケット線に、S同盟側の交渉委員がやって来た。もう日暮であった。

警備隊の者達は、口々に叫んだ。

「会社が黒い煙をむくむく吐くようにと頼みに行くのかいな！」

「茶瓶頭にお叩頭《こうとう》しに行くのやろ！」

警備隊長の劉は、それを制止する所か、走って来て盛にやり始めた。彼はその必要を感じた。何故なら、ガンガンを叩くだけで、どうして元気盛りの警備隊を引きしめて行くことが能《で》きよう。

「神林！」と劉は流暢でない日本語で叫んだ「お前、とうして俺達と一緒になるんのだ！　貴様、労働者を食い物にして見ろ、生意気して見ろ、畜生！　とんな目に逢うか知っているか！」

「何を云う」と山羊髯が叫んだ。「黙れ！　共産党の手先き奴！　貴様等ア争議の解決なんてどうでもええのやろが！」

「何だ、貴様が裏切りをするから社長の奴好い事にして——」

「喧嘩をしちゃいかん！」と突然、外套を着た男が、間に入って来て叫んだ。「早く君等は行け！」

刑事であった。

「俺達に相手にならんと……」と歩き出した神林は笑いながら云った「デモや何か云うて、検束ごとでもして楽しむがええわ！」

劉は、我武者羅《がむしゃら》に、神林に跳《おど》りかかろうとした。仲間達が彼に抱きついた。

神林に率いられた四人の交渉委員は古ぼけたトンビに足駄を穿いた者や、儀式にでも出るように袴を穿いた奴も居た。皆中年以上の者達であった。

劉が本部に夕飯を食いに帰った時であった。ピケットからレポが入った。

「今S同盟の交渉委員が帰った。神林の姿なし」

首脳部から指令が飛んだ。

ピケット線は緊張した。

もう夜も更けた頃、木谷と吉田とが、本部へ駆け込んで来て叫んだ。

「畜生！　逃がした！」

「何うした？」と稲葉が云った。

「野郎共、自動車に乗ったんや。先き隣の農具屋の横の路地に野郎共ア出て来やがった。常川と三井の兄貴と神林と三人だったんや。俺達ア後をつけた。常川の奴こう云った。「私ア無理な事云うんじゃない。」とな。すると神林が「私かて、会社の事情は判ってるですが、まア顔も立てて貰わんと……」

「いや、その話は今晩は止めて置いて貰わんとなア。」と三井の野郎が云ったんや。路地を出ると、ちゃんと円タクが来ていたんや。俺達ア走ったが、どうにもならなかった。金は二人で二十銭こっきりじゃないか。何て畜生共ア何所《どこ》へ行ったかなア！　今度は、一二円位持っとかんとあかんで！　惜しい事をした——。」

首脳部会議が、一時過ぎに開かれた。

この争議の運命を決する重大な会議だと思われた。

風の全く落ちた、寒い夜更けであった。

二十二　重たい空気の中で（3）

S同盟側が全く閑戦状態にあると云うのは疑うべくもなかった。のみならず、神林が、近々問題は解決する段取りがついたと嘯《うそぶ》いているもの事実であった。

S同盟に対するピケットからのレポは、稲葉や高木の想像を次第に現実化して行くばかりであった。同時に、彼等は、自分達の争議がいよいよ困難に陥って行くのを認めない訳にはいかなかった。併し彼等の心にはそこに絶望すべき何ものもないのを確信していた。彼等には「効き目」のある数多《あまた》の戦術があったではないか。

問題は、この「重たい空気」だ。それは、戦線の分裂によって、殆ど致命的なものとさえなり得るのだ。

「余計な」苦労をもたらすと同時に、致命的な妨害を加える所の憎悪すべき毒虫、それが神林であった。若し彼が、無産階級的利害の立場に立つならば、共同戦線を拒避《きよひ》すべき何等の理由もそこにはなかったのだ。彼は、その「独自」の立場から、判断し行動する。そして、それは「下劣な品性」の結果ではなくて、彼自身が（無意識的にしろ）持たされて居る世界観の命令する所ではないか。それがよし非階級的であろうとも、彼にとっては「正しい」判断があり、行動であるのだ。だから、若し、彼が、資本家と労働者との間をとって、双方の「円満」な解決を得て、その報酬をたんまり懐にねじ込むにしても、彼には、少しも「自責」を感ずる必要も理由もない！　それは「貪欲」も十分に是認される世界観だ。

そして、末輩《まつぱい》なる神林をも含めたダラ幹共は、その世界観のもとに、資本家と労働者との「円滑な協調による資本主義社会の美しい発展」の為めに公然と、企業組織を作って居るのだ。

併しプロレタリア大衆が、永遠に権力階級に好都合な観念の虜である事を信ずるのは神を信ずるよりも不可能であるとは云え、現在これらの労働運動業者の影響力は決して小さいものではなかった。

我々のこの争議に於ては、極めて少数の労働者ではあったが、小ダラ幹の奪うところとなり、その「独自」の運動によって、我々の大衆に、油断のならぬ空気を醸し出させているのであった。

二人の指導者は、あらゆる方法を以って、意識の低い大衆を激《はげ》まし、ダラ幹が如何にブルジョアの手先きであるかを説き示した。だが、大衆は疲れていて、指導者達が、自分達を何処へ引張って行こうとしているかに疑いを持っていた。これには、矢張り、Z同盟や、Z評議会は、××党の手先きであって争議の解決など問題にしていないとのS同盟側のデマゴーグが強く反映していたのだ。

処が、更に今一つの油断のならぬ空気が、争議団の一画から湧き上ろうとしていたのである。

二十三　重たい空気の中で（4）

それは、争議の進展しないのは幹部の誤った戦術によるものだとする、若い「批判者」達の小グループであった。そして、その中心に他ならぬ、我が色男《いろおとこ》須田倫太郎とZ評から来る応援闘士二三が在った。然《しか》も、彼等の意見は、極めてたまに、機関に持ち出されただけで、しかも、その厳《いか》つい言葉の甲冑を着た意見は、一つの絶対的な規定から出発した「かくあらねばならぬ」論議であった。どうしてそんなに早く、彼等がそれ等の厳つい言葉を覚えたかが先ず一つの不思議であった。須田倫太郎のように、鳥打帽子を手に握って歩く事を真似る程、それは容易であったのかも知れない。

須田の意見に従うと、合法的な団体などは凡《すべ》て、ダラ幹と卑怯者の集まりで、そんなものは一時《いっとき》も早く打《ぶ》っ潰《つぶ》した方がサバサバする。

「第一そんなものがあるからこそ肝腎の組織が成長しない」のであった。階級意識に目ざめた先鋭な闘士団さえあれば十分である。どんな意識の低い大衆も参加し得る合法的組織を盛立てて闘争の過程に、闘争によって自分の思想的影響を与えてゆこうなどとは、日和見《ひよりみ》主義者であり、社会民主主義者であり、プロレタリアートの敵のする事である。今やそう云う状態ではない。これが彼の高邁《こうまい》な意見であった。

争議の沈滞期をめがけて頭をもたげて来た、二つの高遠な意見は、純粋であり勇敢であり悲壮であった。併し、それがこの閉鎖された染工場の、運動に無経験な職工達にとって果して何であろう!

彼等の目的は、争議を通じて大衆の利益の為めに成功的に戦い、大衆の意識を高め、大衆のかたき信頼を得、××的勢力を増大する事にはないのだ。彼等には、ただ「真に××な分子?」を引っこ抜いて行くことが唯一の目的だ。

彼等は、純粋で勇敢で悲壮であればいいのだ。ダラ幹が非階級的でありながらお大衆の支持を持っているのは、その熟練した指導技術に多く負う所があるのを彼等は恐らくは故意に無視して、たかだか、!だらけのビラをばら撒くか唾液を呑み込み呑み込み、より悲壮にして純粋な非合法組織の案出に浮身をやつすのが、気に入るのである!

これが、だれ気味の争議団員を引きしめて行く結果を来たそう筈はなかった。それ所か、外部からの、即ちS同盟側からの右翼的分裂主義と相呼応した、内部の極左的分裂主義に外ならなかった。そしてS

同盟のそれが、ブルジョアの手先の仕事であると同様に、この須田一派も如何にその用語が××的であろうと事実上争議を危地に陥れ、あわよくば見事ぶっ崩して、ブルジョアに快哉《かいさい》を叫ばしめようとするもの以外ではなかったのだ！

神林が毒虫であるが如く、須田も亦一匹の毒虫であった。

S同盟側の休戦が報告されると俄然須田は積極的になった。彼は得意のアジビラを刷って争議団に猛烈なアジを始めると同時に深刻な身振りで以て叫んだ。

「神林は争議を売ったぞ！　俺達は力で戦うんだ！　俺は提議する、あの戦闘的な稲畑鉄工所の争議団と共同闘争をしよう、先ず共同演説会を持つ事を提議する。稲畑の同志は非公式に承認しているんだ！」

高木は、宗教狂染みて来た須田を凝乎《じつと》みつめた。彼の心にチラと閃《ひらめ》いたのは「こん畜生はスパイじゃないか？」と云う事であった。

二十四　重たい空気の中で（5）

「大丈夫だと思うかい？」と高木は、稲葉に云った。

最も先鋭な闘争方法を執っている、稲畑鉄工所の同志達と一緒に演説会をやる事がいいか悪いかは共同演説会を持つことそれ自身の可否の問題ではなく、此方の争議団の結果にどう云う結果を来たすかの見透《みとお》しの上での問題であった。

若し、S同盟が会社と何等かの取引を行ったとすれば、やがてこちらに向って争議団切り崩しを謀《たくら》んで迫って来るに相違ない。それと呼応して官憲の猛烈な弾圧も予想される。稲畑の同志達より遥かに意識が低く、且つ争議には疲れS同盟のデマによって少からぬ不安を感じている争議団員が物凄い程の闘争を実際で見ることによって、必ず好結果をもたらすとは考えられぬ所であった。

稲葉は、高木に低い声で答えた。

「確信を持とう！　僕達は――。困った奴だ……が、表面的に反対する理由はないからな」

稲葉も矢張り、安心はしていないのだ。

共同演説会は直に異議なく成立した。その日の夜、小劇場で開かれた演説会は、開会前から湧き立ち、黙り込んで席に就いていた染工達をいつか――あの初めての従業員大会に於けるように、熱狂に誘い込んで行った。頑丈な頼母《たのも》しい鉄工達には染工場の女工達に、自分達の勇敢さを、見せてやろうとする気持も幾らかあったのだ。

弁士達は、次々に拍手と歓呼に迎えられて演壇に進み、思い切りの声で叫んだ。

「……直接の敵はお互に違っている！　併し我々が目ざす目的は同一であるのだ！　資本主義の××これだ！」

「弁士中止！」と、監督が叫ぶ。怒号、弥次、拍手が小劇場を膨らますように思われた。

演説会がハネると、興奮しきった聴衆は、もう初めからその心算《つもり》であったように、互に腕を組んで通りへ押し出して行った。

金錆と染料臭い雰囲気が、雪崩《なだ》れを打った。忠義顔の××達が吠えながら流れを遮切《さえぎ》ったが、忽《たちま》ち押流されて終《しま》った。

「工場へ！　鉄工場へ！」と誰かが嗄れた声で叫ぶと、それは入乱れた同じ叫びに代った。

デモは、稲畑鉄工所の黒い焼板塀に打《ぶ》っつかった。

守衛が両手をあげて何か叫んだが、人間の奔流《ほんりゅう》は、守衛をその腹に呑み込むと同時に、板塀を押し倒して歓声をあげた。歓声の中に板塀を踏み越える激しい靴音が起った。デモは工場の中に突入《つきい》ったのだ。

夜業をしていた裏切り職工が、唯一つの逃口である裏門に走ったが、狽《うろた》えた彼等は、それを破壊して逃げ去った。

「染工場へ！　今度ア染工場だ！」と又も嗄れた叫びがあがった。

この時デモの中で、荒れ廻っていた高木は、手に握っていた太いボールトを捨てた。

「困ったな！」と心に叫ぶと、彼は一散に、デモの先頭に駆けて行った。

二十五　重たい空気の中で（6）

表門へ廻った群集が、ばらばらになって引返して来た。高木は、肩で人波を避けながら立った。

「表門は警官隊だ！　出たら、あかんで！　危い！」と何処からか叫ぶ声が聞えて来た。

群衆は、我武者羅《がむしゃら》に裏門へどっと押寄せたが、もう黒い××隊が人垣をつくってそこを固めているのであった。群集は彼等を締めつけていた見えざる紐帯が俄《にわか》に、ゆるんだのを感じた。混乱が来た。

「腕を組め！　腕を組むんだ」と高木はあらん限りの怒号を放った。「腕を組んで、あの警戒網を突き破れ！　バラバラになるな！」

もう統制は利かなかった。人々は我先に石炭置場に雪崩れ込んで板塀を越えて通りへ飛び降りた。と、忽ち××隊に嗅ぎつけられて塀の上から飛んで来る争議団員は片ッ端から押えつけられた。

「駄目だ！　飛降りたら駄目だ！」

「××共が、裏表から襲撃して来たぞ！」

「ええい勝手にしろだい！」

高木が登っている板塀の下には五間幅の溝が横《よこた》わっていた。振返ると、暗がりの中に狂暴な叫びや靴に蹴られてガチャガチャ鳴る剣のひびきがあちこちで起っていた。

「此処へ皆来い！」と高木は叫んだ。数人の者が塀に取っついた時、黒い影が、餌物にとびかかる豹《ひょう》のように跳ね飛んで来た。

高木は、眼と口を塞いで思い切って飛び降りた。重たい飛沫が彼の廻りで次ぎ次ぎにあがった。泥は腰のあたりまであった。冷気が全身を走った。腰が糊《ねば》りついたようで、脚は容易に抜きとれなかった。腰で泳ぐように、泥をこね両手で体に反動をつけながら、やっと向う岸に這い上った。臭かった。

塀の上に頭を出した五六人の××達が、地団駄《じだんだ》を踏んで唸った。

「畜生奴！　ええい！　しまった！　えらいことをやりやがる！」

一時間ばかり後には、高木はまるで何事もなかったように、争議団本部に顔を出した。彼は、今夜の共同演説会が、彼の指導する争議にどんな影響を齎《もたら》すかを明瞭に知らねばならない。どれだけの犠牲が払われ、それがどんな風に争議団に反映するか、悪くすると、一遍に結束が乱れぬとも限らなかった。

「やア、うまく帰って来たね。」と本部に残っていた稲葉が高木に云った。「よかった。所が、あの須田倫もとっつかまらなかった。」

稲葉はそう小声で云って鼻を、しかめて見せた。

「吉田と木谷は多分やられたな。」

「大分永いだろう、今度は。」

「僕も行き度かったなア！」と劉が入って来て云った。「これはレポじゃないてすが、ちょっと聞いたてす。S同盟の方は、今晩中に争議解決になるらしいてす。」

「そうらしい」と稲葉は決然と云った。「劉君！　これからが本当のストライキだよ！」

「やりましょう！　ぼく死んでもやります！」と劉は興奮して云った。

二十六　動揺・決意（1）

その翌々日の朝であった。S同盟は争議を解決した。

この報知は、工場襲撃によって戦闘的分子十七名を「持って行かれた」此方の争議団を、極度の混乱と動揺に陥れた。愚痴っぽい不平は、最早小声ではなく大びらに放たれた。誰もが嘗《かつ》て卑怯とし恥ずべき事としたが、今や支配的な意見となりつつあった。

この争議を混乱に陥れる方法として、この「解決」程有効な方法はなかったのである！　しかも、S同盟幹部達は彼等の「解決」の為めには、十分に、此方の闘争を利用したのだ。そして、彼等の「解決」と云えども、此方の頑強な闘争なしには容易に得られなかったであろう。全く、彼等階級運動の毒虫共は、彼等の一切の非階級的行動を百パーセントの能率を以て実行したのだ。

済州島の出稼者根性の連中が、漢敬植を先頭に立ててごね始めた。彼は三十二三になる大男で、工場では雑役をやっていたのだ。絶えずにやにや笑っていたが、その笑いは、人を殺す時にも尚お、其顔に浮んでいるであろうと思われる残忍で愚昧《ぐまい》——野蛮な影があった。

「一体、いつ解決してくれるかいな？」と彼は、不気味に笑いながら高木に突っかかって来た。「一日に、船が出るのや。其船に間に合わせて貰いまほか！　俺たちはS同盟の解決でええのやさかいにな。」

高木は、S同盟の解決位で満足すべきでない事や、争議団全体の事を考えなければならぬ事や、S同盟の解決の裏にある、会社側の悪辣な争議団切り崩しの画策にはまってはならぬ事を説いた。

「俺たち、六ケ敷《むつかし》い事判《わか》らんのや。」と漢は、顎髯《あごひげ》を引っこぬきながら続けた「俺たちは、こっちの要求が通れへん思うのや。会社にはそんな金ほんまにあれへんのや。S同盟の解決で俺たちようおますで。もう、俺たち争議つづけるのは反対や。」

「反対や！」と、警備隊長の劉炳達が乗り出して云った。

「そうだよ、反対や——」と漢は劉の方へゆっくり向きを変えて言った。

「どうする、それじゃ！」

「S同盟と同じ解決して貰いまほ！」

二人は、取組合《とっくみあい》を始めんばかりの恰好《かっこう》になって、激越な朝鮮語で罵り合った。今にも拳《こぶし》が飛びそうに見えた。がその国民的習慣に従って、歯を剥き唾液をかけ合いながら果てしのない「理論闘争」を続けるばかりであった。

部屋一ぱいとごろごろ寝そべっている、済州島の仲間は、物憂そうに瞬き、二人の成行を呆然と眺めているだけで、積極的な応援のために起き上る風もなかった。

稲葉と高木とが二人を引分けた。

「劉君！　会社の策動に乗らないように自重しよう！」と高木は劉の肩を叩いて云った。

「ちえ！　止《よ》すなら文句なしに勝手に止しやがれ！」と劉は、日本語で島の連中の方へ腕を伸ばして噛みつくように怒鳴った。

二十七　動揺・決意（2）

幹部達の苦心は惨憺《さんたん》たるものであった。

士気はだれ切っている。其金は尽きた。寄付金も集め得る所はすっかり集め尽した。

争議は、全く行きつまった。

高木は、もう一歩も争議団本部から去るまいと決心しながら、ビラ貼りの帰りを急いでいた。

硝子工場・メリヤス工場・染工場などの、中小資本家の根城であるこの地域一たいは、陰気でカサカサして汚らしかった。修繕されないぼろ工場が庇《ひさし》を並べ、錆の出た煙突からは、薄い狐色の煙が、産業不況と大資本に圧倒されて青息吐息の経営状態を示していた。高架線の下の倉庫はがら空《あき》になり猫や犬の産所となり、浮浪者の棲家に変っていた。時稀《ときたま》、滑稽な気のする明治四十年代の機関車が五輌か三輌の貨車を曳《ひ》いて通った。線路の赤錆が、雨に流されて、そのまま浅ましいシミとなった、コンクリートの高架線のドテッ腹には、様々な争議ビラや演説会のポスター、伝単が貼りつけられていた。そのビラ・ポスターの一枚一枚には、資本主義の絶え間のない重圧に対する労働階級の必死の苦闘が、憤怒と呪いが、やがて××の支配者を××せんとする希望と努力が物語られていた。

この地帯では、矢継早《やつぎばや》に工場が閉鎖され、賃銀の引下げと大量的な馘首《かくしゆ》が行われていた。雨ざらしになってインキの洗い落されたビラは、文字通りの悲憤の涙に濡れた職工の顔をみるようだった。

一度ストライキが起ると、その殆どが持久戦となる。没落しつつある中小資本家にはストライキを解決するだけの力がない。苦難の日——饑餓と絶望の、「死んだ方がまし」の日が続く。無数のストライキが忘れ去られ、新しいストライキが次々に人々の注意を呼ぶ、がそれもすぐ忘却の中に消えて行く……。

「自分達の争議も——」と高木は歩きながら考える。「人々から忘れられている。」

行商隊が組織されたが、多くの人々は、吃驚したように眼を瞠《みは》って云ったものだ。「まだ続けていたのですかい？」と。

直ぐ近くにあった岸本染工場にも争議が起っていた。最初、Z同盟の指揮の下にあったが、鷲尾染工場に於けるS同盟の「早い解決」によって、今では指導権は全くS同盟の手にあった。従って、共同戦線は不可能であった。

高木は、自分達が如何に不利な条件の下に居るかをつくづく感じた。

「併し、俺は誤ってはいない！」と高木は呟いた。「誰からも忘れられようと、失望することはない！俺は、優れた分子を引出すことが能《で》きるんだ。俺は、この争議に勝って見せる！」

誰かが後から彼を呼んだ。振返った。

「わてやがな！」と駈け寄って来て、三井が云った。「もう何遍呼んだか知れへんで。高木はん。」

二十八　動揺・決意（3）

「やア三井はんか。」と高木は、三井と並んで歩きながら云った。「近頃、どうしてんのや。一向、本部にア来ねえが。」

「わての気持も察してお呉れやす高木はん。」と酒気を帯びている三井は、高木の肩に手をかけて云った。「まア、そう云わんと、実はね今争議団に行こう思ってたんや。折入って話し度い事がおますよって——。丁度ええとこであんた見つけたんや。五遍程、声をかけたんやがな。わても、高木はん、あんたの心も、ほんまに苦しいやろ思うてお察しするがな。どうや、そこらで一杯つき合って貰えまへんかいな？」

「争議中は、酒は厳禁や、三井はん。」と高木は云った。

「あんた、感心や！」と三井は又も高木の肩を叩いた「わてはあんたの精神に惚れてんのや。」

「惚れられて俺アほとほと困った事があるよ、三井はん、はっは！」

「松島に、行きまほか、高木はん！」と三井は、耳に囁いた。「わて、持ってんのや、これ、この通り。行きまほか、ほんまに！」

「遊ぶなら、自分の金で遊ばんと面白うないのや。」

「ほんなら、これア、あんたの金や！　とってお呉れやす。わて、本気やで、高木はん！」

町角に近づいた。そこを曲ると争議団のピケが見えるのだ。三井は、いきなり高木の肩を抱き込んで、囁いた。

「高木はん、わては、悪いことしいせん！　手を打ってお呉れやす！　どや！」

彼は、三本の指を突き出したが、すぐ一本を加え更にもう一本を加えて、掌《てのひら》をすっかり開いて見せた。

「高木はん、Ｓ同盟の解決で、皆職工等悦んでいるのやで！」

「三井はん。」と高木は静かな声で云った。「神林はんは、あんた等とカキ船に行った云うやないですか？」

「カキ船は初めての時や。それから松島に一二遍お伴したのや。」と三井は、自分の事が有利に進むのを意識しながら得意そうに云った。

「神林はんはほんまに面白い人やで。労働運動する人は、皆ええ人間やな。」

「俺もええ人間に見えまっかい？」と高木は、三井の腕を解いて云った。「三井はん、あんた、社長の味方か？　それとも職工の味方か、何《ど》っちや？」

「行こう。高木はん、行って面白う話そうやないか。」

「人間見て云うてお呉れやす！」

と高木はきっぱりとそう云って歩き出した。

「高木はん、一寸待って！」

「あんた、えれえ役目を引受けて来たな！　その手に乗るような人間は、Ｚ同盟にもＺ評議会にも一匹も居ねえと、社長に云ったるがいい！」

「高木はん――」

「止《よ》しやがれ！　裏切者！　高木が五百六百の金で買われると思うか！」

「ふん。」と三井は、訳の判らぬ混乱に陥りながら云った。「そうだっか、ふん、そうだっか！　高木はん、恥かかせたな、俺にも考えがある！　覚えて置いて貰うで！」

高木は、さっさと町角をまがった。三井が何か怒鳴ったのを聞いた。

二十九　動揺・決意（4）

「テロだ！　テロより外に何があるんだ！」と、須田はバットの箱を叩きつけて叫んだ。「こうなった以上、それだけが唯一の戦術だ！」

「馬鹿な！」と稲葉が低く唸った。

「見透《みとお》しもないのにテロもないものだ。」

「見透しがつかないから、やるんだ！」

「幹部の体面をそれ程立てたいのか！」と稲葉は云った。「それだけやり度けれア、一人でやって見ろ！　アナの出来損い奴《め》！」

須田は、魚の小骨を咽喉に立てたような、いがらっぽい咳をして何か呟いた（「チェ！　呆れ果てた社会民主主義者だ！」とその眼が笑っていた。）

この時であった。突然露路《ろじ》で喚《わめ》く声が起った。どすどすと羽目板に体を打《ぶ》っつける音がした。

「高木、おい高木！　高木出て来い！」

「誰だ！　三井だな？」と稲葉は出て行った。

「高木は居らんか！」と三井は、滅茶苦茶に揺れながら土間に入って来た。

「高木は居らんが俺が居る！」と稲葉は叫び返した。

「おい稲葉！　俺はな、今晩限り、貴様達から手を切るぞ！　会社から何が取れる？　チェ、社長は鐚《びた》一文《いちもん》出しせん！　ふふん、ストライキ、やるならやって見ろ、おいお前達、高橋、木村俺と一緒に来い！」

稲葉の腕が踊った。

「何だ、この野郎！　裏切者奴、出て失せやがれ！」

「殴ったな！」

と三井はしゃんとして、刺青《いれずみ》のある片肌をぬいだ。

「ようし、来るなら来い！」

「未だまごまごしやがるのか！」

稲葉は、土間の上に相手を突き倒して叫んだ。（お君が誰かの樫《かし》の棒を素速く稲葉に渡し、皆に用意しろとめくばせした）「職工一人引き出せば、手前五円になるんだろう！　間抜け奴、高木や俺が買収されると思うか！　半殺しにするぞ！」

三井は、双肌《もろはだ》をぬいでばっと稲葉に跳りかかった。併し、彼が、稲葉に近づく前に、入って来た劉が、いやと云う程三井を突き飛ばした。

争議団員は総立ちになった。済州島の連中までが、薪雑木《まきざっぽ》を持っていた。

「やって終え！」

「裏切者！」

「云わんこっちゃない、俠気《おとこぎ》だけで何が出来るか、反動の食わせ物！」とお君が金切声をしぼって叫んだ。「本性現しよったよ！」

「覚えとれ！　稲葉！」と三井は鼻血を顔になすりつけて出て行った。

期せずして、争議団員は、凱歌をあげた。稲葉は、ふと、この時、須田が居なくなっているのに気がついた。何時彼が姿を消したか、判らなかった。

その頃、高木は、「灘万食堂」の前を行ったり来たりしていた。そこで開かれている債権者会議の模様を聞き出そうとして、彼の友人の友人である新聞記者の出て来るのを待っていたのだ。

三十　動揺・決意（5）

突然、争議団にこんなビラが配られた。

「ダラ幹に警戒しろ！

副団長は資本家の手先だった！

××もクサいぞ！

指導権を左翼の手へ！」

まごう方もなく、これは、争議の解決がうまく行かないのを不平に思っている連中や、幹部になりたがっている野心家共をアジって争議の指導権を稲葉や高木から奪おうとしている者達の策動であった。

彼等は数度の争議応援の「経験」を持った。それで彼等は一ぱしの戦術家を自任して「一つ今度は指導してみたい」のであった。

高木が、債権者会議に於ける素晴らしい事実を摑んで帰って来たのは十二時に近かった。稲葉は、十町ばかり離れた小さい鉄工場に争議が起りかけて居た方へ出向いて居たのだ。

高木が本部に入って行くと、いきなり木谷と吉田が――ブタ箱から帰って来て居て、声をかけた。

「いよう！」と高木も叫んで手を伸べた。「寒かっただろうな！」

「ぐっすり寝て来ましたよ！」と木谷が叫んだ。

「此奴、いびきかいて寝てんのや！」と吉田が愉快そうに続けた。

お君が、例のビラを持って来て高木に見せながら云った。

「「左翼」たら云うのは誰か知ってまっか？――高木はん、争議のだれ時に、こんな事する者が左翼たら云うもんかいな、とろくさい！　徹底的にやっとくれやす！」

高木は、ビラを一眼に読んで争議団員を見渡した。そして、彼は債権者会議の模様を報告して云った。

「――会議は、前の時と同じ問題で、只もっと具体的な協議があったのです。よく聞いて下さい。会社側から常川と社長の息子が出席していたそうです。奴等は、大口の債権者側から株式組織で会社を始めようと云う提案が出た時、そう云う事になれば、会社側から二十万や二十五万の金は必ず出すと云ったのです！　どうです、彼奴等は、二十万二十五万の金が出せるのです！　馬鹿にしやがる！　腹の黒い社長は諸君をあくまで踏みつけているのだ！（「そうだ！」と木谷が叫んだ。）我々は、あくまで、社長が隠している、廿万《にじゆうまん》の金をめがけて突進するのだ！　奴等は持っている、我々は取る権利がある！　どうしても取ってやろう！」

「畜生！　隠しているんやな！　矢張り！」と済州島組の一人が云った。

「もう辛抱能《で》きへん！」とお君が叫んだ。

「禿茶瓶《はげちゃびん》の奴、鬼や！　人間の皮がぶった畜生や！」

丁度その時、外から開けて呉れと叫ぶ者があった。戸が開くと同時に、人間が土間一面の下駄の上に転がり込んで来た。その人間の側《そば》に、赤革の鞄がひっくら返った。人間は須田であった。続いて劉が入って来た。

「此奴が、「左翼」たら云う奴じゃ、高木はん！」とお君が叫んだ。

「生意気な野郎や！」と劉が云った。「三井の奴より性質の悪い裏切者だ！　青二歳の小僧や思うて今日まで黙っていたんやが――」

高木は、結局こうなったが良かったんだと思った。彼は云った。

「劉君！　外に投り出したれよ！　もう腹にこたえただろうからな！」

三十一　新しい戦術・決意（1）

資金の欠乏、どうにもならないこの問題は、依然として争議団の前に横《よこた》わっている。しかし、社長が金を隠している、ふん奪《ど》る金はある！　この見透《みとお》しはついたのだ。

高木の報告から、引つづいて対策の為めの拡大委員会が持たれた。

各部長、班長を合せて三十二人の顔ぶれが、笠のこわれた電気の下に集まった。新しい活気が渦巻く煙草の煙の中へ漲った。

争議を一日も早く解決すること、これは誰も異議はない。問題は解決を早める手段であった！

　永い沈黙の後、吉田がこう云った。

「社長がおいそれと承知しないのは今日までの経験で判っている。茶瓶頭を一方で頑強に追いつめると同時に、もう一方で、彼奴の親戚関係の方面から揺ぶったるのだ。こらアどうやろ？」

「どう云う風にする？」と一人が質問した。

「勿論、デモで押しかけるんだ。執拗《しつこ》く食いさがって、奴等が悲鳴をあげて社長を泣き落すように仕向けるんやな。毎日毎日押しかけて商売もなにも出来んし、近所の手前も悪いように徹底的な嫌がらせをやるんや。」

「面白い！」とお君が云った。「わて等、明日から、御殿《ごてん》みたいな屋敷に押かけて行くよ。女がええ。まア見ておいて、今度こそ婦人部が活動するで！　皆、これ賛成しておくれやす！」

　この新しい戦術はお君の言葉によって、一層皆を力づけたのだ。

　社長の親戚があげられた。社長捜索の苦い経験が、此処に活きた。K町には、社長の息子の女房の実家がある。此奴の屋敷は物凄い御殿だ。府下にある大地主で、高額納税者の豊岡と云う、此れも御殿に住んでいる奴、勿論、常川の屋敷、社長の本宅も。

「皆、子供をおぶって屋敷に上っておっ放すんやで。」とお君は云った。「泣かすのもええ方法や。泣かんやったら尻、ちょいと抓《つね》ったるわ。それでも効果がないやったら仕様ないで、梁《はり》に腰紐かけて首吊ったる。真似やで。ははは！」

　夜は更けた。

「閉会しよう。」と高木が云った。

稲葉が帰って来た、彼は、一切の報告をきくと、「いいい！　賛成だ！」と悦んで云った。

雑談のうちに、三井の事や須田の事が出た。須田は、稲葉にも「アジをかけ」たのだ。そして稲葉から怒鳴りつけられたが、尚おその「潜行運動」をやめなかった。そして、警備隊長の劉に働きかけた。そして、手拭のように絞りあげられた上半殺しの目に逢わされたのだ。

争議団員の大半が引きあげると、急に静かになった。窓をあけると、氷雨《ひさめ》が吹き込んで来た。

高木は稲葉にこう囁いた。

「若し、「へたり込み」や押しかけで効果がなかったら、テロだ。」

「そうだ」と稲葉は、一言こう答えた。

二人の指導者の胸の中には、強い決意があった。それは互の胸と胸とを交流した。

三十二　新しい戦術・決意（2）

新しい戦術は、毎日実行された。

今まで、内輪の仕事にばかり働いていた、婦人部が前線に乗り出した。子供を負った婦人達が出発する時、男達は拍手と声援で送った。或る者は、拍手しながら何故か胸が一ぱいになった。

常川の屋敷へ向った婦人隊は、お君（彼女も仲間の子供を借りて負っていた）を先頭にして案内を乞うた。女中が出て来て引下がると、もう皆は、ぞろぞろ玄関に上って行った。

「さア降りとくれ、肩がいたい。」

とお君は云った。

「ええ子や。どんどん入ってって見い。」

子供は泣き出した。すると、まだ抓《つね》る必要もないのに、他の婦人達は、お君の連れた子供が泣き出すと、それが合図だと思って、てんでに子供の尻を抓った。

「痛いか、辛抱してな！」

「お前も争議団員やさかいに！」

「坊、お前の仇の家《うち》やで！」

母親達は口々に云った。

子供達は、最初は尻の痛さで、次には、皆が泣くので、一生懸命に泣き始めた。

女中が出て来た。彼女はパッと真赤い顔をした。彼女は、奥様の命令を実行することが出来なかった。面喰《めんくら》ったばかりではない、彼女も亦、苦しい争議の事を知っていたのだ。

「さようか、さア、奥様が逢って呉れるそうな。」とお君が、女中が物を云う前に皆に云った。「応接間に通れと云うのや。さア、早よ行こうで、用事が済みさえすればおいとまするんやでな！」

西洋間の応接室のカーペットの上に、皆は「へたり込ん」だ。泣き乍《なが》ら一人の子供が小便を流した。するると、又二人がじゃアじゃアやった。そして、いよいよ泣声が高まった。

「うまい事泣き居る！」と母親は笑って云った。「ええ子や、よう物が判りよる！」

扉があいた。奥様がやって来た。もう辛抱が能《で》きなかったのだ。

「どう云う話です！」と、肥《ふと》った奥様は、怒りと怖れとで顔色をかえて叫んだ。「人の家に、無断で上って！　あんまりな事を！」

「奥様、お願いで御座います……」

とお君が云った。すると皆がそれに合せて云った。

「お願いで御座います。」

「奥様、わたし達は、無手当で会社を出されました。はい。」とお君が云った。

子供達が又一斉に泣き出した。

「この多勢の餓鬼共を抱えて、これからどうして暮して行けましょう。」

「お願いで御座います。」

肥った奥様は身を飜《ひるがえ》した。そして、扉の所に居た女中から四五枚の着物を摑みとると、それをお君の前に置いた。

「奥様！」とお君は云った。「わたし達はお恵みにあずかろうと、あがったんじゃありません！　こんな着物を貰って引下がるあほや御座いません。わて等には当然取れる金がありますのや！　その金をわて等の金を、あんたの亭主や社長の茶瓶頭の下道が隠して呉れへんのです。わて、乞食やあれへんし！　わて等、奥様のお力添えをお願いにまいりましたのや！」

「お願いで御座います。」と皆は口々に続けた。

肥った奥様は、肥った杭のように立ちつくした。

三十三　新しい戦術・テロ（3）

風がびゅうびゅう吹いていた。

争議団本部で、木谷が目を醒《さま》した。ピリピリ凍える夜明け前であった。

「電報！　電報！」

雨戸がどんどん叩かれた。木谷は、電燈をつけた。一枚のかけ蒲団の中で、外套にくるまった七八人の人間が鼾《いびき》をかいていた。木谷は誰かの脚をふんづけた。

「おい！」

雨戸をあけると同時に、抜身のような烈風と共に、太い腕が、木谷の胸倉を掴んだ。

「誰だ！　いきなり、畜生！」

「黙れ！　抵抗すると承知しないぞ！」

私服と正服が十五人ばかり、踊り込んだ。誰かが電燈を叩き破った。木谷は、その途端に太い腕を打ちはらって闇の中に走り去った。

「畜生！　何で理由なしに検束する！」と吉田が××の脛《すね》を蹴飛ばして暴れた。劉も暴れた。

「白ばっくれるな！　社長の息子に大怪我をさせたのは手前等だろう！」

××と××が懐中電燈をあびせかけながら寄ってたかって吉田と劉とを殴りのめした。顔中××だらけであった。鼻から黒い×がぶくぶく溢れた。吉田は暴れ続けた。そして静かになった。劉は最後まで怒鳴り散らした。

不意の襲撃に、ねぼけ眼の七人は、ふん縛られて眼を醒したのだ。

泥靴のまま、そこいらを引っかき廻していた特×が歯をむいた。

「おい巡×！　まごまごしないで連行しろ！　署に持っていけ！」

木谷の報告によって、亀さんや稲葉が、そっと本部にやって来た。ガラ空きであった。帳簿もニュースの綴《つづ》りも一冊もなかった。

夜が明けた。争議団員は続々とつめかけた。

「高木はん、とうとうやったんやな！」と木谷が稲葉に囁いた。

稲葉は、木谷に頭を振って見せた。

「何でも、清明館に泊り込んでいた息子が、昨夜散歩に出る所を角材でひっぱたかれて溝に叩き込まれたんや云うで……きっと高木はんや。」

木谷は、稲葉の耳に声をひそめて囁いた。

高木が、テロをやったと云う事は、誰も口に出しては云わないが誰にも明かであった。

二日目に検束者が帰って来た。警察では、高木に眼をつけていると彼等は云った。

「テロやったんやな。テロをな――」と、ひょっこり、臆面もなく面を出した須田が云った。

「チェ！　あんたがやったんと違うか？　えろ口と手は違うもんやな！」とお君が叫んだ。

「引っ込んどれ！　鞄の坊《ボ》ンチ！」と劉が叫んだ。「又、下駄の上にネンネしたいか！」

赤い鞄は、黙り込んでそこに坐ろうとしたが、思い直して引上げて行った。それと入れ違いに、郵便屋の黒い鞄が現れた。内容証明の印《はん》こをとると、郵便屋は去った。

「盛んなもんだすな――はい御免よ」

「おい！　皆集まって呉れ！　万歳！」と亀さんが叫んだ。そして稲葉から手紙を受取った。「さア読むぞ！　社長の禿奴が我《が》を折った！」

「前略、争議解決に努力致したく明朝十時本社事務所へ代表者三名を限り御出頭相成り度候

三月九日

鷲尾染色会社社長

従業員各位」

争議団員は、帽子を投《ほう》りあげたり、足踏みをしたりした。

「万歳！」

三十四　解決！（1）

工場の前には、焚火がどんどん燃された。争議中一度も顔を出した事のない職工連までが嬉びに暉《かがや》いて集まって来た。彼等はひやかされると一生懸命に弁解したものである。

「高木が来ている！」と言う噂がぱっと拡った。誰も見たものはなかったけれど、皆は、「心配」し始めた。

二百人近くの従業員に、野次馬も加わって、時々喊声《かんせい》があがった。すると、火の廻りの連中は立上って、きょろきょろした。

争議団長の亀さんが、ビール箱の演壇に上った。どっと群衆は集まった。皆は急に固くなって、静ま

った。

「諸君！」と亀さんが叫んだが、そう叫んでからニコニコッと笑った。（初めてなので何だか気はずかしかったのだ。皆はどっと喊声をあげた。）積立貯金、未払い給料即刻支払うことになったのであります！（「万歳！」拍手）解雇手当三十日分以上五十日分支給。それから手当中の日給は半額支給。それから帰国旅費独身者十円、それから妻帯者十五円、それから――（「それから」が多過ぎると思ったので亀さんは又ニコニコッと笑った。）それから（歓呼）争議費用として三千二百円也。諸君！　これは、争議団の要求条件から大分ひらきがありますが、我々交渉委員は四度も五度も協議した結果これが最大限度の解決と思いまして、絶対の勝利とは云えませんけれど、涙をのんで調印をした次第であります！」

　万歳！　がわき上った。拍手と歓呼の中で、亀さんは、一生懸命にまるで泳ぐような恰好をして叫びつづけた。群衆は容易に静まろうとしなかった。

「もう一つ大事な事がおますのやが！」と亀さんは、頭を掻《か》きながら云った。

「おい、きいてんか！　もう一つ大事な事云うのやがな！」

「静かに、静かに！」人々は叫んだ。

「喋らせろ亀さんに！」

「規律を持て！　我々は――」

「諸君！　それから、我々が強硬に交渉した結果、高木はんの暴行殴打の告訴を、会社側が取下げることになったので」

「万歳！」

「胴あげや！」

亀さんは熱狂した群衆に、演壇の上から持って行かれた。群衆の中にいた、稲葉や交渉委員の木谷と吉田も無理やりにお輿《みこし》にさせられた。

「本部へ！　本部へ！」

人間の潮がひいた。工場の前には焚火がぶすぶす燻《くすぶ》りその周りに一団の裏切職工が残された。彼等は低い声で話し合った。彼等の心では「無限」の寂寥《せきりよう》と後悔とがあったのだ。しかし会社に忠実だった自分達を、会社はこのままにはすまいと彼等は口々に云い合った、そして、やがて、立上ると服の埃をはらい工場長常川に逢いに行く為めに工場へ入って行った。

争議団本部は、もう滅茶苦茶な歓びで沸きたぎり、女工達は、通りにかゝまどを持出して最後の炊出しにかかっていた。

高木がやって来た。どっと駆け出した人々は、有無を云わさず、高木を引っ捕えて担ぎあげ、粉雪のふっている通りをねりにねった。

三十五　解決！（2）

争議団員中には可成《かなり》多くの組合加盟希望者があった。しかし、彼等の前には、Z評とZ同盟との二つの組合があった。

「共同闘争の最後を喧嘩分れし度くないなア。」と稲葉が組合員の配属に就いて云った。

「全くだ。君に何かいい案はないかい？」と高木は心から云った。

「僕は君の意見に従うよ。」

「自由意志に任せる。それが当然だ。」

解団式の後、亀さんの動議で、組合加盟希望者の配属は、各自の記名票によって決定されたのである。

こうして一ヶ月を越えた、困難な争議は終った。争議団員は、はっとした。只もう暫《しばら》くの間はぐっすりと眠ろうと思う者もあったし、久し振りに、一家揃って今夜は牛肉を食おうと思う者もあった。大きな仕事を片づけた思いが一同の顔に現われていた。全く、大仕事を片づけたのだ！　彼等のこの心持を、責めてはならぬ。彼等は、初めての経験を戦い了《おわ》ったのではないか。不安もあったし、動揺もあった。しかし一生懸命であった。多くの者にとっては解決の日のみが只だ希望であったのは当然であった。そしてその希望は今実現した！　一休みしようとする者をぼい立ててはならぬ。その心に刻みつけられた経験は、死ぬまで消えることはないのだ！

解団式は、腹の底から沸き上る万歳を以て終った。

安堵した人々は引あげて行った。そして、新しい組合員達が残って、高木と稲葉とを取巻いた。

高木は皆に岸本染工場の争議に就いて話した。こちらの争議の解決が影響してS同盟の神林は全く信用を失墜し、争議応援を、高木と稲葉とに求めていると云うのであった。

「僕達は行くんだ。」と高木は云った。「僕等には、次の闘争が待っているのだからな！　僕等は、鷲尾の争議が諸君の如き勇敢な同志を得て実に悦しい。どうか、諸君が持った決意と階級的な自覚を、決してしぼませて呉れるな！　解団式で云った事を又繰返すようだが、ブルジョアの支配のつづく限り、僕等の闘争は続くんだ。僕等は幸いに勝ったが、いつも勝つとは限らないさ。併し、辛抱だ！　そして真面目な闘争だ！　しっかりやろう！」

稲葉は次のように云った。

「僕も同じ事を云うだけだ。只、今日階級戦線が、幾つもに分れている。現に、Z同盟とZ評議会が此処にあるんだ。僕等は、この分裂した戦線の中に入って行くのだ。僕等の重大な任務の一つは、戦線の統一にあるんだ。」

「そうだ！」と高木は叫んだ「全くそうだ！」

「戦線統一に対する論議の余地はもうない」稲葉は続けた。「お互に二つの組合に分れるが、お互に、各々の組合の中で高木君が云ったように辛抱強く、真面目に、闘争して行こう！　そして、やがて、能《で》きるだけ早く、統一の日を、闘争を通して実現して行こう。これが僕の言葉だ。」

その日の夜であった。高木、稲葉と共に、吉田、木谷、劉、権の四人が、岸本染工場争議団本部に居た。少し遅れて、お君もやって来た。

皆は拍手で、この勇敢な夫人闘士を迎え応援演説をたのんだ。演説を終ると、

「わてらに出けるのは、演説やおまへんで！」とお君は赤くなって云った。

ふと、彼女は、奥の間の隅に背中をまげて、ガリ版を刷っている男を見つけた。それは、あの、暉《かがや》ける赤鞄、須田倫太郎であったのだ。

工場閉鎖

初出――『読売新聞』一九三〇年九月一八日～一一月五日

底本――初出に同じ

鶴田知也／つるた・ともや　一九〇二年（明治三五）―一九八八年（昭和六三）

福岡県生まれ。東京神学校に入学するも信仰に懐疑をいだき、一九二二年に中退。北海道、名古屋を転々とし、葉山嘉樹の下で労働運動に従事した。『文芸戦線』同人を経て、三五年、伊藤永之介らと同人雑誌『小説』を創刊、同誌に発表した『コシャマイン記』で芥川賞受賞。戦後は酪農問題の専門家として活躍し、六四年「農業問題会議」を結成して事務局長となる。晩年は草木画家としても活動し、数冊の画集がある。

青木壮一郎

労農芸術家連盟の文芸評論家。『文芸戦線』にプロレタリア文学の大衆化や創作方法に関する論考を発表。「プロレタリア文学の大衆性の問題に関連して」「プロレタリア大衆娯楽文学不可能論」など。経歴不詳。

里村欣三／さとむら・きんぞう　一九〇二年（明治三五）―一九四五年（昭和二〇）

岡山県生まれ。本名・前川二享（にきょう）。一九一八年、関西中学を退校処分、金川中学に転校するも二ヶ月で除籍、その後は職を転々としながら各地を放浪する。二三年、徴兵を忌避し満州に逃亡。二四年、貧民街を取材した「富川町から」が注目され、二六年には「苦力頭の表情」を発表。『文芸戦線』派の主要作家として活躍した。三五年、徴兵忌避を自首し、兵役に就く。四一年より陸軍報道班員となり、従軍作家として活動。四五年、フィリピンで戦死。

［川柳・コマ絵］

竹久夢二（幽冥路）

演習で来ては菫を踏むでゆき

山賊に踏みにじられし女郎花

蝶ひらり花ひらり瓢ぶらり哉

忠義かなされど子ぢやもの親ぢやもの

驢馬啼いて奴隷の群の帰りけり

後姿がどうも気になる

銅像よ雪の降る日は寒かろう

海賊にならばや月を抱かせばや

日刊『平民新聞』1907年3月19日

四十年一日の如く十二円
桜ちる墓は享年十九歳
泣き伏す頸《うなじ》おくれ毛ゆらぐ
角笛が鳴ると山より林より
夢なれや墓標涙に見えわかず
（日刊『平民新聞』一九〇七年）

日刊『平民新聞』1907年3月31日

日刊『平民新聞』1907年2月14日

Ⅳ

雪のシベリア

黒島伝治

一

内地へ帰還する同年兵達を見送って、停車場《ていしゃば》から帰って来ると、二人は兵舎の寝台に横たわって、久しくものを言わずに溜息《ためいき》をついていた。これからなお一年間辛抱しなければ内地へ帰れないのだ。

二人は、過ぎて来たシベリヤの一年が、如何に退屈で長かったかを思い返した。二年兵になって暫《しば》らく衛戍《えいじゅ》病院で勤務して、それからシベリアへ派遣されたのであった。一緒に、敦賀から汽船に乗って来た同年兵は百人あまりだった。彼等がシベリアへ着くと、それまでにいた四年兵と、三年兵の一部とが、内地へ帰って行った。

シベリアは、見渡す限り雪に包まれていた。河は凍って、その上を駄馬に引かれた橇《そり》が通っていた。氷に滑べらないように、靴の裏にラシャをはりつけた防寒靴をはき、毛皮の帽子と外套をつけて、彼等は野外へ出て行った。嘴《くちばし》の白い鳥《からす》が雪の上に集って、何か頻《しき》りにつついていたりした。

雪が消えると、どこまで行っても変化のない枯野が肌を現わして来た。馬や牛の群が吼《ほ》えたり、うめいたりしながら、徘徊《はいかい》しだした。やがて、路傍《ろぼう》の草が青い芽を吹きだした。と、向うの草原にも、こちらの丘にも、処々、青い草がちらちらしだした。一週間ほどするうちに、それまで、全く枯野だった草原が、すっかり青くなって、草は萌《めば》え、木は枝を伸し、鵞《がちょう》や鶩《あひる》が、そこここを這い廻りだした。夏、彼等は、歩兵隊と共に、露支国境の近くへ移って行った。十月には赤衛軍《せきえいぐん》との衝突があった。彼等は、装甲列車で、第一線から引き上げた。

草原は一面に霧がかかって、つい半町《はんちょう》ほどさきさえも、見えない日が一週間ほどつづいた。

彼等は、ある丘の、もと露西亜《ロシア》軍《ぐん》の兵営だった、煉瓦造《れんがづく》りを占領して、掃除をし、板仕切で部屋を細かく分って手術台を据えつけたり、薬品を運びこんだりして、表へは、陸軍病院の板札をかけた。

十一月には雪が降り出した。降った雪は解けず、その上へ、雪は降り積り、降り積って行った。谷間の泉から、苦力《クーリー》が水を荷《にな》って病院まで登って来る道々、こぼした水が凍って、それが毎日のことなので、道の両側に氷がうず高く、山脈のように連っていた。

彼等は、ペーチカを焚《た》いて、室内に閉じこもっていた。

二人は来《こ》し方《かた》の一年間を思いかえした。負傷をして、脚や手を切断され、或は死んで行く兵卒を眼《ま》のあたりに目撃しつつ常に内地のことを思い、交代兵が来て、帰還し得る日が来るのを待っていた。

交代兵は来た。それは、丁度《ちょうど》、彼等が去年派遣されてやって来たのと同じ時分だった。四年兵と、三年兵との大部分は帰って行くことになった。だが、三年兵のうちで、二人だけは、ようよう内地で初年兵の教育を了《お》えて来たばかりである二年兵を指導するために残されねばならなかった。

軍医と上等看護長とが相談をした。彼等は、性悪《しょうわる》で荒っぽくて使いにくい兵卒は、此際《このさい》、帰してしまいたかった。そして、おとなしくって、よく働く、使いいい吉田と小村とが軍医の命令によって残されることになった。

二

誰れだって、シベリアに長くいたくはなかった。

豪胆で殺伐なことが好きで、よく銃剣を振るって、露西亜人を斬りつけ、相手がない時には、野にさまよっている牛や豚を突き殺して、面白がっていた、鼻の下に、ちょんびり髭《ひげ》を置いている屋島という男があった。

「こういうこた、内地へ帰っちゃとても出来ないからね。――法律も何もないシベリアでウンとおたのしみをしとくんだ。」

彼は、よく軍医や看護長に喰ってかかった。ある時など、拳銃を握って、軍医を追っかけまわしたことがあった。軍医が規則正しく勤務することを要求したのが、癪《しゃく》にさわったというのであった。彼は、逃げて行く軍医を、うしろからねらって、轟然《ごうぜん》と拳銃を放った。ねらいはそれて、弾丸《たま》は二重になった窓硝子を打ち抜いた。

彼は、シベリアにいることを希望するだろうと誰れしも思っていた。

「一年や二年、シベリアに長くいようがいまいが、長い一生から見りゃ、同じこっちゃないか。――大したこっちゃないじゃないか！」

彼は、皆の前でのんきそうなことを云っていた。

だが、軍医と上等看護長とは、帰還者を決定する際、イの一番に、屋島の名を書き加えていた。――つまり、銃剣を振りまわしたり、拳銃を放ったりする者を置いていては、あぶなくて厄介《やっかい》だからだ。

自分からシベリアへ志願をして来た福田という男があった。福田は露西亜語が少し出来た。シベリアへ露西亜語の練習をするつもりで志願して来たのであった。一種の図太さがあって、露西亜人を相手に話しだすと、仕事のことなどそっちのけにして、二時間でも三時間でも話しこんだ。露西亜語が相当に出来るようになってから内地へ帰りたいというのが彼の希望だった。

けれども、福田も、帰還者名簿中に、チャンと書きこまれていた。

そういう例は、まだまだ他にもあった。

無断で病院から出て行って、三日間、露人の家に泊ってきた男があった。それは脱営になって、脱営は戦時では銃殺に処せられることになっていた。だがそれを内密にすましてその男は処罰されることから は免《まぬが》れた。しかし、その代りとして、四年兵になるまで残しておかれるだろうとは、自他ともに覚悟をしていた。

だが、その男も、帰還者の一人として、はっきり記されてあった。

そして、残されるのは、よく働いて、使いいい吉田と小村の二人であった。

二人とも、おとなしくして、よく働いていればその報いとして、早くかえしてくれることに思って、常々から努めてきたのであった。少し風邪気味で、大儀な時にでも無理をして勤務をおろそかにしなかった。

――そうして、その報いとして得たものは、あと、もう一箇年間、お国のために、シベリアにいなければならないというだけであった。

二人は、だまし討ちにあったような気がして、なげやりに、あたり散らさずにはいられない位い胸がむかむかした。

三

――汽車を待っている間に、屋島が云った。

「君等は結局馬鹿なんだよ。――早く帰ろうと思えや、俺のようにやれ。誰だって、自分の下に使うのに、おとなしい羊のような人間を置いときたいのはあたりまえじゃないか――だが、一年や二年、シベリアにいたっていなくったって、長い一生から見りゃ同じこった。ま、気をつけてやれい。」

それをきいていた吉田も、小村も元気がなかった。

同年兵達は、既に内地へ帰ってから、何をするか、入営前にいた娘は今頃どうしているだろう？誰れが出迎えに来ているだろう？　ついさき頃まで熱心に通っていた女郎のことなど、けろりと忘れてしまって、そんなことを頻《しき》りに話していた。

「俺れゃ、家《うち》へ帰ったら、早速、嬶《かかあ》を貰うんだ。」シベリアへ志願をして来た福田も、今は内地へ帰るのを急いでいた。

「露西亜語なんか分らなくったっていいや、――親爺《おやじ》のあとを継いで行きゃ、食いっぱぐれはないんだ、いつなんどきパルチザンにやられるかも知れないシベリアなんぞ、もうあきあきしちゃった。」

二人だけは帰って行く者の仲間から除外されて、待合室の隅の方で小さくなっていた。二人は、もともとよく気が合ってる同志ではなかった。小村は内気で、他人《ひと》から云われたことは、きっとするが、物事を積極的にやって行くたちではなかった。吉田は出しゃばりだった。だが人がよかったので、自分が出しゃばって物事に容喙《ようかい》して、結局は、自分がそれを引き受けてせねばならぬことになってしまっていた。二人が一緒にいると、いつも吉田が、自分の思うように事をきめた。彼が大人顔をしていた。それが小村には内心、気に喰わなかった。しかし、今では、お互いに、二人だけは仲よくして行かなければならないことを感じていた。気に入らないことがあっても、それを怺《こら》えなければならないと思っていた。同年兵は二人だけであった。これからさき、一年間、お互いに助け合って生きて行かなければならなかった。

「じゃ、わざわざ見送ってくれて、有がとう。」

汽車が来ると、帰る者たちは、珍らしい土産《みやげ》ものをつめこんだ背嚢《はいのう》を手にさげて、われさきに列車の中へ割込んで行った。そこで彼等は自分の座席を取って、防寒帽を脱ぎ、硝子窓《ガラスまど》の中から顔を見せた。そこには、線路から一段高くなったプラットフォームはなかった。二人は、線路の間に立って、大きな列車を見上げた。窓の中から、帰る者がそれぞれ笑って何か云っていた。だが、二人は、それに答えて笑おうとすると、何故か頬がヒン曲って泣けそうになって来た。

二人は、そういう顔を見られたくなかったので、黙ってむっつりしていた。

……汽車が動き出した。

窓からのぞいていた顔はすぐ引っ込んでしまった。

二人は、今まで押し怺えていた泣けそうなものが、一時に顔面に溢れて来るのをどうすることも出来なかった。……

「おい、病院へ帰ろう。」

吉田が云った。

「うむ。」

小村の声はめそめそしていた。それに反撥《はんぱつ》するように、吉田は、

「あの橋のところまで馳《は》せっくらべしよう。」

「うむ。」小村は相変らずの声を出した。

「さあ、一、二、三ン！」

吉田がさきになって、二人は、一町ほど走ったが、橋にまで、まだ半分も行かないうちに、気ぬけがしてやめてしまった。

二人は重い足を引きずって病院へ帰った。

五六日間、すべての勤務を二年兵にまかせきって、兵舎でぐうぐう寝ていた。

四

「おい、兎狩りに行こうか。」

こう云ったのは吉田であった。

「このあたりに、一体、兎がいるんかい。」

小村は鼻の上まで毛布をかぶって寝ていた。

「居《お》るんだ。……そら、つい、そこにちょかちょかしてるんだ。」

吉田は窓の外を指さした。彼は、さっきから、腹這いになって、二重硝子の窓から、向うの丘の方を見ていたのであった。丘は起伏して、ずっと彼方《あちら》の山にまで連なっていた。丘には処々草叢《くさむら》があり、灌《かん》木《ぼく》の群があり、小石を一箇所へ寄せ集めた堆《うずたか》があった。それらは、今、雪に蔽われて、一面に白く見境いがつかなくなっていた。

なんでも兎は、草叢があったあたりからちょかちょか走り出して来ては、雪の中へ消え、暫らくすると、また、他の場所からちょかちょかと出て来た。その大きな耳がまず第一に眼についた。でも、よほど気をつけていないと雪のようで見分けがつかなかった。

「そら、出て来た。」吉田が小声で叫んだ。「ぴんぴんはねてるんだ。」

「どれ？……」小村は、のっそり起上って窓のところに来た。「見えやしないじゃないか。」

「よく見ろ、はねてるんだ。……そら、あの石を積み重ねてある方へ走ってるんだ。長い耳が見えるだろう。」

二人とも、寝ることにはあきていた。とは云え、勤務は阿呆らしくって、真面目にやる気になれなかった。帰還した同年兵は、今頃、敦賀へついているだろうか。すぐ満期になって家へ帰れるのだ！二人はそんなことばかりを思っていた。シベリアへ来るため、乗船した前夜、敦賀で一泊した。その晩のことを思い出したりした。その港町がなつかしく如何にもかがやかしく思い出された。何年間、海を見ないことか！　二人は、シベリアへ来てから、もう三年以上、いや五年にもなるような気がしていた。

どうしてシベリアへ兵隊をよこして頑張ったりする必要があるのだろう。兵卒は、露西亜人を殺したり、露西亜人に殺されたりしているのである。シベリアへ兵隊を出すことさえ始めなければ、自分達だって、三年兵にもなって、こんなところに引き止められていやしないのだ。

二人は、これまで、あまりに真面目で、おとなしかった自分達のことを悔いていた。出たらめに、勝手気ままに振るまってやらなければ損だ。これからさき、一年間を、自分の好きなようにして暮してやろう。そう考えていた。

——吉田は、防寒服を着け、弾丸を込めた銃を握って兵舎から走り出た。

「おい、兎をうつのに実弾を使ってもいいのかい。」

小村も、吉田がするように、防寒具を着けながら、危ぶんだ。

「かまうもんか！」

「ブ（上等看護長のこと）が怒りゃせんかしら……」

銃と実弾とは病院にも配給されていたが、それは、非常時以外には使うことを禁ぜられていた。非常時というのは、つまり、敵の襲撃を受けたような場合を指すのであった。

吉田はかまわず出て行った。小村も、あとでなんとかなる、——そんな気がして、同様に銃を持って吉田のあとからついて行った。

吉田は院庭の柵をとび越して二三十歩行くなり、立止まって引金を引いた。

彼は内地でたびたび鹿狩に行ったことがあった。猟銃をうつことにはなれていた。歩兵銃で射的をうつには、落ちついて、ゆっくりねらいをきめてから発射するのだが、猟にはそういう暇がなかった。相手が命がけで逃走している動物である。突差《とっさ》にねらいをきめて、うたなければならない。彼は、銃を掌《て》の上にのせるとすぐ発射することになれていた――それで十分的中していた。

戦闘の時と同じような銃声がしたかと思うと、兎は一間ほどの高さに、空に弧を描いて向うへとんだ。たしかに手ごたえがあった。

「やった！　やった！」

吉田は、銃をさげ、うしろの小村に一寸目《ちょっと》くばせして、前へ馳せて行った。そこには、兎が臓腑《ぞうふ》を出し、雪を血に紅く染めて小児のように横たわっていた。

「俺だってうてるよ。どっか、もう一つ出て来ないかな。」

小村が負けぬ気を出した。

「居るよ。二三匹も見えていたんだ。」

二人は、丘を登り、谷へ下り、それから次の丘へ登って行った。途中の土地が少し窪んだところに灌木の群があった。二人がバリバリ雪を踏んでそこへかかるなり、すぐそのさきの根本から耳の長いやつがとび出した。さきにそれを見つけたのは吉田であった。

「おい、俺にうたせよ――おい！　……」

小村は友の持ち上げた銃を制した。

「うまくやれるかい。」

「やるとも。」

小村は、ねらいをきめるのに、吉田より手間どった。でも弾丸は誤たなかった。

兎は、また二三間、宙をとんで倒れてしまった。

五

倉庫にしまってある実弾を二人はひそかに持ち出した。お互いに、十発ずつぐらいポケットにしのばせて、毎日、丘の方へ出かけて行った。

帰りには必ず獲物をさげて帰った。

「こんなに獲っていちゃ、シベリヤの兎が種がつきちまうだろう。」

吉田はそんなことを云ったりした。

でも、あくる日行くと、また、兎は二人が雪を踏む靴音に驚いて、長い耳を垂れ、草叢からとび出て来た。二人は獲物を見つけると、必ずそれをのがさなかった。

「お前等、弾丸《たま》はどっから工面してきちょるんだ?」

上等看護長は、勤務をそっちのけにして猟に夢中になっている二人を暗に病院から出て行かせまいとした。

「聯隊《れんたい》から貰ってきたんです。」吉田が云った。

「この頃、パルチザンがちょいちょい出没するちゅうが、あぶないところへ踏みこまないように気をつけにゃいかんぞ!」

「パルチザンがやって来りゃ、こっちから兎のようにうち殺してやりまさ。」

冬は深くなって来た。二人は狩に出て鬱憤《うっぷん》を晴し、退屈を凌《しの》いだ。兎の趾跡は、次第に少くなった。

二人が靴で踏み荒した雪の上へ新しい雪は地ならしをしたように平《たい》らかに降った。しかし、そこには、新しい趾跡は、殆んど印《しる》されなくなった。

「これじゃ、シベリアの兎の種がつきるぞ。」

二人はそう云って笑った。

一日、一日、遠く丘を越え、谷を渡り、山に登り、そうして聯隊がつくりつけてある警戒線の鉄条網をくぐりぬけて向うの方に出かけて行きだした。雪は深く、膝から腰にまで達した。二人はそれを面白がり、雪を蹴って濶歩《かっぽ》した。

獲物は次第に少くなった。半日かかって一頭ずつしか取れないことがあった。そういう時、二人は帰りがけに、山の上へ引っかえして、ヤケクソに持っているだけの弾丸をあてどもなく空に向けて発射してしまったりした。

ある日、二人は、鉄条網をくぐって谷間に下った。谷間から今度は次の山へ登った。見渡すかぎり雪ばかりで、太陽は薄く弱く、風はなく、ただ耳に入るものは、自分達が雪を踏む靴音ばかりであった。聯隊が駐屯《ちゆうとん》している町も、病院がある丘も、後方の山にさえぎられて見えなかった。山の頂上を暫らく行くと、又、次の谷間へ下るようになっていた。谷間には沼があった。それが氷でもれ上っていた。沼の向う側には雪に埋《うも》れて二三の民屋《みんおく》が見えた。

二人は、まだ一頭も獲物を射止めていなかった。一度、耳の長いやつを狩り出したのであったが、二人ともねらい損じてしまった。逃げかくれたあたりを追跡してさがしたが、どうしても兎はそれから耳を見せなかった。

「もう帰ろう。」

小村は立ち止まって、得体の知れない民屋があるのを無気味がった。

「一匹もさげずに帰るのか、——俺れゃいやだ。」

吉田は、どんどん沼の方へ下って行った。小村は不承無承に友のあとからついて行った。

谷は深かった。谷間には沼に注ぐ河があって、それが凍っているようだった。そして、川は、沼に入り、それから沼を出て下の方へ流れているらしかった。

下って行く途中、ひょいと、二人の足下から、大きな兎がとび出した。二人は思わず、銃を持ち直して発射した。兎は、ものの七間とは行かないうちに、射止められてしまった。

二人の弾丸《たま》は、殆んど同時に、命中したものらしかった。可憐な愛嬌ものは、人間をうつ弾丸にやられて、長い耳を持った頭が、無残に胴体からちぎれてしまっていた。恐らく二つの弾丸が一寸ほど間隔をおいて頸《くび》にあたったものであろう。

二人は、血がたらたら雪の上に流れて凍って行く獲物を前に置いて、そこで暫らく休んでいた。疲れて、のどが乾いてきた。

「もう帰ろう。」小村が促した。

「いや、あの沼のところまで行ってみよう。」

「いや、俺れゃ帰る。」

「なにもうすぐそこじゃないか。」

そう云って、吉田は血がなおしたたっている獲物をさげて、立ち上りしなに、一寸、自分達が下って来た山の方をかえり見た。

「おやッ！」

彼は思わず驚愕《きようがく》の叫びを発した。

彼等が下って来るまで、見渡す限り雪ばかりで、犬一匹、人、一人見えなかった山の上に、茶色のひげを持った露西亜人が、毛皮の外套を着、銃を持って、こちらを見下しているのであった。それは馬賊か、パルチザンに相違なかった。

小村は、脚が麻痺したようになって立上れなかった。

「おい、逃げよう。」吉田が云った。

「一寸、待ってくれ！」

小村はどうしても脚が立たなかった。

「おじることない。大丈夫だ。」吉田は云った。「傍《そば》へよってくりゃ、うち殺してやる。」

でも、彼は慌てて逃げようとした。だが、こちらの山の傾斜面には、民屋もなにもなく、逃げる道は開かれていると思っていたのに、すぐそこに、六七軒の民屋が雪の下にかくれて控えていた。それらが露西亜人の住家になっているということは、疑う余地がなかった。

山の上の露西亜人は、散り散りになった。そして間もなく四方から二人を取りかこむようにして近づいて来た。

吉田は銃をとって、近づいて来る奴を、ねらって射撃しだした。小村も銃をとった。しかし二人は、兎をうつ時のように、微笑《ほほえ》むような心持で、楽々と発射する訳には行かなかった。ねらいをきめても、手さきが顫《ふる》えて銃が思う通りにならなかった。十発足らずの弾丸は、すぐなくなってしまった。二人は銃を振り上げて近づいて来る奴を殴りつけに行ったが、間もなく四方から集って来た力強い男に腕を摑まれ、銃をもぎ取られてしまった。

吉田は、南京袋《なんきんぶくろ》のような臭気を持っている若者にねじ伏せられて、息が止まりそうだった。大きな眼に、すごい輝やきを持っている頑丈な老人が二人を取りおさえた者達に張りのある強い声で何か命令するように云った。吉田の上に乗りかぶさっていた若者は、二三言老人に返事をした。吉田は立てらされた。

老人は、身動きも出来ないように七八本の頑固な手で摑まれている二人の傍《そば》へ近づいて執拗《しつよう》に、白状させねばおかないような眼つきをして、何か露西亜語で訊《たず》ねた。

吉田も小村も露西亜語は分らなかった。でも、老人の眼つきと身振りとで、老人が、彼等の様子をさぐりにやってきたと疑っていることや、町に、今、日本兵がどれ位い駐屯しているか二人の口から訊《き》こうとしていることが察しられた。こうしているうちにでも日本兵が山の上から押しかけて来るかもしれない。老人は、そんなことにまで気を配っているらしかった。

吉田は、聞き覚えの露西亜語で、「ネポニマーユ」（分らん）と云った。

老人は、暫らく執拗な眼つきで、二人をじろじろ見つめていた。藍色の帽子をかむっている若者が、何か口をさしはさんだ。

「ネポニマーユ」吉田は繰返した。「ネポニマーユ。」

その語調は知らず知らず哀願するようになってきた。

老人は若者達に何か云った。すると若者達は、二人の防寒服から、軍服、襦袢《じゅばん》、袴下、靴、靴下までもぬがしにかかった。

……二人は雪の中で素裸体《すっぱだか》にされて立たせられた。二人は、自分達が、もうすぐ射殺されることを覚《さと》った。二三の若者は、ぬがした軍服のポケットをいちいちさぐっていた。他の二人の若者は、銃を持って、少し距った向うへ行きかけた。

吉田は、あいつが自分達をうち殺すのだと思った。すると、彼は思わず、聞き覚えの露西亜語で「助けて！　助けて！」と云った。だが、彼の覚えている言葉は正確ではなかった。彼が「助けて」（スパシーテ）というつもりで云った言葉が「有がとう」（スパシーボ）と響いた。

露西亜人には、二人の哀願を聞き入れる様子が見えなかった。老人の凄い眼は、二人に無関心になってきた。

向うへ行った二人の若者は銃を持ちあげた。

それまでおとなしく雪の上に立っていた吉田は、急に前方へ走りだした。すると、小村も彼のあとから走りだした。

「助けて！」

「助けて！」

「助けて！」

二人はそう叫びながら雪の上を走った。だが、二人の叫びは、露西亜人には、

「有難う！」

「有難う！」

「有難う！」

と聞えた。

……間もなく二ツの銃声が谷間に轟き渡った。

老人は、二人からもぎ取った銃と軍服、防寒具、靴などを若者に纏《まと》めさして、雪に埋れた家の方へ引き上げた。

「あの、頭のない兎も忘れちゃいけないぞ！」

六

三日目に、二個中隊の将卒総がかりで、ようよう探し出された時、二人は生きていた時のままの体色で凍っていた。背に、小指のさき程の傷口があるだけであった。

顔は何かに呼びかけるような表情になって、眼を開けたまま固くなっていた。

「俺が前以て注意をしたんだ、――兎狩りにさえ出なけりゃ、こんなことになりゃしなかったんだ！」

上等看護長は、大勢の兵卒に取りかこまれた二人の前に立って、自分に過失はなかったもののように、そう云った。

彼は、他の三年兵と一緒に帰らしておきさえすればこんなことになりはしなかったのだ、とは考えなかった！

彼は、二個の兵器、二人分の被服を失った理由書をかかねばならぬことを考えていた。

雪のシベリア

初出――『世界』一九二七年六月

底本――『黒島傳治全集』第一巻（筑摩書房、一九七〇年）

黒島伝治／くろしま・でんじ　一八九八年（明治三一）―一九四三年（昭和一八）

香川県生まれ。自作農一家の長男。一九一七年に上京し、事務員や雑誌記者をしながら小説を書く。早大文学部高等予科に入学するも、一九年に徴兵され、シベリアに派遣、二二年に肺を侵されて除隊。その間、軍隊生活への批判と呪詛を記した日記を残す。シベリアでの従軍体験をもとに反軍・反戦小説の名作「渦巻ける烏の群」「橇」「雪のシベリア」などを発表。「電報」をはじめ、生地小豆島の貧農に焦点をあてた農民小説も有名。二八年の第二次山東出兵（済南事件）に取材した『武装せる市街』が三〇年に刊行となるが、即日発禁。

緑の野

秋田雨雀

人物

海野常吉　青年
平塚八十　教授、理学博士
広田　譲　警察署長
梁川　仁　支庁吏員
山崎光三　教授
海野ひさ子　常吉の妻
平塚淳子　博士の娘
あ　さ　子守
其他男女数名

場所

北海道の一部落

時

一九〇二―一九〇三（戦争当時）

第一幕

舞台は常吉の書斎。方四角形な、あつい板を以って囲まれた、冬のためにばかり要意されたような室、然し木口《きぐち》は新しくて、心地がいい。明治初年にアメリカ人に教えられたといわれている建物の形を保存しているところに、内地の家屋とは全くちがった様式を見ることが出来る。

舞台正面奥には二つの框《わく》の厚い窓が開《あ》いて、緑色のポプラの枝が始終風に揺れて時々その白い葉裏を表わしている。その右手の窓の下にテイブル、その周囲に粗末な椅子二脚に、長いベンチが一脚ある。ベンチの上に鉄罎《てつびん》と茶器が置いてある。室の右手に古風な書棚があって、その上に古びた額が二三枚かかっている。

広い緑の野原から、働いている人々の歌声が、時々子守唄に和して聞える夏の昼時。

主人の常吉は、窓の方にテイブルに対《むか》って熱心に読書している。

ひさ子。（右手の戸から入る。）お邪魔じゃありませんか？

常吉。（読書をやめずに、）いや、何か用？

ひさ子。（主人より丈夫そうな顔をしている。）今南部から来た百姓が子守を置いて呉れって来ましたけれども何《ど》うしたらいいでしょうね？

常吉。南部の百姓なら去年の子守じゃないかね？

ひさ子。え。やはり、あのあさという子供ですの。何うしたらいいでしょうね？

常吉。然《そ》うだね。子守なんか置くだけの余裕はないんだが、僕の学校を廃《や》めたということを話してやった？

ひさ子。　え。その事もよくいったのですけれども。

常吉。　学校をやめてこうしてやって行くには五拾銭の金でも余分には出せないんだからね。然しあの女の子ならば心持のいい子だから、置いてやれば僕等も安心して仕事が出来る……然し全く経済的には困る。子守を一人置けば何うしても壱円五拾銭はかかるだろう？

ひさ子。　え、それはかかりますわ。でも、私の方でも子守がいると安心して、あなたのおたすけが出来るからやっぱり同じことですわ。

常吉。　それゃ然うだけれども、今の場合毎月仕払わなければならないものが一つ殖《ふ》えると思えば何んだか責任のような気がするね。

ひさ子。　それは然うですね。何うしましょう、それじゃ？　言断《ことわ》りましょうか？

常吉。　いや。そして給料は去年通りに貰いたいというのかい？

ひさ子。　いいえ。給料なんか何うでもいいというんですよ。ただ、御飯だけ此方《こっち》で食べさせていただけばいいというんです。

常吉。　（少し笑いながら、）随分慾のない話じゃないか。それならば御飯を食べさせて、着物でも着せてやりさえすればいいだろう。

ひさ子。　え、それに少しばかり小使銭でもやったらいいだろうと思いますの……それじゃ置いてやりましょうか？

常吉。　そしてあれの親父《おやじ》は丈夫なんだろうね？

ひさ子。ああ、私すっかり忘れていましたわ。あの人の御亭主も出征したんですって。

常吉。（少し驚いて、）出征？

ひさ子。え、この春満洲へ行ったんですって。

常吉。然うか。然し、南部はいいお翁《じい》さんじゃないか？

ひさ子。可憐《かあい》そうに。でも四十五六でしょうか？

常吉。あれなら後備《こうび》位いじゃないかね。あんな人間まで連れて行かなくったってよさそうなものじゃないか！

ひさ子。（室を出ようとしながら、）それじゃ、あの子を置いてやりましょうね。

常吉。あ、然し今日からすぐ置いて呉《く》れというんじゃないだろう？

ひさ子。いいえ。旦那さえよろしければ、すぐ置いていただくというんですよ。それに、あの子は子供が大変好きで、去年内地へ帰ってからも、始終家《うち》の子のことをいいくらしてばかりいたそうですよ。

常吉。然うか、そんな子供だとほんとうに安心して置けるからいい。世間には子供を全く可愛いがらない子を子守にしている家があるが、そんなのを見ると憎らしくもあるし、気毒《きのどく》なような気持もする。人間は自分の仕事を義務としてばかり働けるもんじゃないからね。何んな労働をしていても、その労働に多少の愛がなければ一日だって働いていられるもんじゃない。子供の嫌いな人間に安い給料をかけて子供を好きにさせようと思うのは実際残酷な話だと思うね。戦争だってやっぱり然うだ。だれもほんとうに戦争を好きでしている人間はない。過《あやま》った時代に対する一つの義務として努めて働いているに過ぎないのだ。然し人間はただ義務ばかりで働くことの出来るものじゃないから無理にでもそこに愛のようなものを拵《こさ》えて来なくちゃならない。敵愾心《てきがいしん》というものも過った意味の愛の変形だ。国民のため。国家のために。正義のために。君主のために。（無意識的に昂奮して、）然しその実は戦争位いない国家のためにならないものはない。国民のためにならないものはない。君主のためにならないものはない。正義のためにならないものはない！

ひさ子。（心配そうに常吉の方へ近寄って、）戦争のことだけはほんとうによしてくださいよ。それでなくとも、やかましい時なんですから。

常吉。（不快そうに、）然し、僕は何も間違ったことをいってやしない。ただ当前《あたりまえ》のことをいっているにすぎないいんじゃないか。

ひさ子。え、それゃ然うですけれども、その当前のことがいけないんですよ。学校の方だって、その当前のことをいったために廃めさせられたんでしょう？　この上私達が苦しめられたら何うするつもりです？　ほんとうに私達を可愛そうだと思ったら、戦争のことだけはいわないようにしてくださいよ！

常吉。ああ、よし。然しお前のような気持でいたら、何うして生きて行けるだろう？　世の中というものはそんな狭いもんじゃないと僕は思うね。僕等はこの世の中に生きている以上、自由に考え、自由に話し、自由に行っていける権利を持っているんだ。そんなにびくびくしていたら一時間だって生きて行けるもんじゃない。

ひさ子。それゃ、あなた一人ならば、何んなことをしてもいいでしょう。然し私達というものがあるんですからね。世間を狭くして、まるで盗賊《どろぼう》か放火者《ひつけ》のような気持で世間を渡って行くのはほんとうに、もうもういやです。

常吉。（暫《しばら》く黙っていたが、強いて笑いながら、）よしよし。やっぱり同じことを繰り返えすばかりだ。南部の妻《かみ》さんが待っているんだろう？

ひさ子。いいえ、お妻《かみ》さんは、あの子を置いて畑へ行きました。もし要らないようでしたら晩に帰してくだされぱいいって。

常吉。然うか。家の子は寝ているのか？

ひさ子。よく寝ています。

常吉。あの子守を一寸《ちよつと》ここへ呼んで呉れないか。

ひさ子。（戸の外へ呼びかける。）あさ！　こっちへおいで。かまわないから、あがっておいで。

（十二三の瘠《や》せた正直そうな女の子。）

常吉。（女の子を見て、）お前また来たね。いつ此方へ来たの？

子守。一昨日《おととい》来ました。

常吉。誰と一緒に来た？　お母さんとか？

子守。え、お母さんと、それから伯父さんと。

常吉。伯父さん？　ふむ、伯父さんというのはお前のお母さんの兄弟か？

子守。いいえ。お父さんの兄弟です。

ひさ子。お父さんの弟か？

子守。え。

常吉。（子守をベンチに腰かけさす。）あさ、そこへおかけ。お前大変大きくなったね。いくつになる？

子守。（おじおじしながら、）十三になります。

ひさ子。然う、もう十三になるね。いい子になった。去年とはまるで見違えるようになった。お母さんに似て、お前は奇量よしになる。

常吉。僕はこの子のお母さんを見たことがないようだね。

ひさ子。（笑いながら。）あら、あんなことを！　よく家へキャベツを持って来て呉れた女ですよ。あなたも百姓には珍しい、いい女だってお仰有《つしゃ》ったでしょう。

常吉。（考えた後、）ああ、あの女か。僕はまた南部の妻さんとは思わなかった。まだ若い人じゃないか？

ひさ子。（笑いながら、）え、若い人のようですね。

常吉。あさ。お前はあのお母さんの子供か？

子守。え。

ひさ子。ほんとうにあのお母さんから生れたの？

子守。え。

常吉。それゃ、然うかも知れない、顔が似ているもの。お前のお母さんは幾つになる？

子守。四十です。

常吉。四十？　四十にしては若いじゃないか、一寸見たところ三十三四位にしか見えないね。

ひさ子。ほんとうに若い人ですね。（子供に、）それで、お前のお母さんはお前を可愛がるだろう。

子守。　え。

常吉。　それゃ自分の子供だもの可愛いくないことはないさ。あさ、お前だってお母さんを好きだろう。

子守。　え。

常吉。　お前達は何処の小屋にいるの？

子守。　今年はお父《とつ》さんいないから小屋がないんですって。

常吉。　それじゃ、お前のお母さんや伯父さんは何処にいるの。

子守。　町にいます。

常吉。　町の何んなところに？

子守。　他《よそ》の家を借りています。伯父さんは今に大きな小屋を建てるんですって。

常吉。　然うか。そして、お前は今まで、お母さんや、お伯父さんと一緒にいたの？

子守。　（頭を振る。）

ひさ子。　（不思議そうに女の子の顔をのぞいて、）それじゃ、今日までお前だけ別なところにいたの？

子守。　（非常にいいしぶりながら）え。

常吉。　（だんだん暗い表情になる。）あさ、お前の伯父さんという人はお前を可愛いがらないのか？

子守。　（じっとしている。）

常吉。　お前の伯父さんはお母さんの世話をしているか？

子守。　え。

ひさ子。　お父さんのいない間、お伯父さんが、お前たちの世話をして呉れるというのだろう！

子守。　え。

ひさ子。（女らしく、）然うか、それじゃ、きっと、その伯父さんは親切なやさしい人にちがいないね。お前のことも伯父さんは可愛がって面倒を見て呉れるだろう？　きっと然うにちがいないね。

（二人は女の子の顔をのぞくようにしている。）

子守。（じっとしている。目に涙が一杯たまっている。）

常吉。（妻に、）僕は妙ないやな気持になって来た。きっとこの子供は不幸な生活をしているに違いがない。

ひさ子。私には何のことだか、ちっとも解りませんわ。一体その伯父さんというのは何んな人間なんでしょう？

常吉。僕にも解らないけれども、兎に角あまりいい性質の人間じゃないだろうと思うね。

ひさ子。然し、それは解りませんわ。

常吉。たとえ何んな事情があろうとも、自分の兄の子と兄の妻を預って置きながら、子供と同棲しないで、女と一緒に家を借りているという法がないじゃないか。

ひさ子。あさ！（憐れむように、）お前は何か心配ごとでもあるんじゃないか。私達には何も隠すに当らないよ。何でも遠慮なく打ちあけてお呉れ、私達に出来ることなら何でも力になってやるからね。

常吉。そんな事人に強いるもんじゃないよ。人間には人間めいめいの生活があるんだもの。

ひさ子。それゃ、然うですけれども、こんな子供には自分の生活というものがないんです。ただ周囲の事情に支配されて生きて行くだけですもの。私はこの子が可憐《かあい》そうでなりません。どこやら去年よりは顔がやつれているようですわ！

常吉。うむ。幾らか痩せているようだ。（冷笑を浮べて）然しこの子供の方から見たら、僕等も今年は痩せて見えるかも知れないよ。

ひさ子。然うね。

常吉。あさ！　お父さん戦争《いくさ》に行ったってほんとうか？

子守。（涙を拭きながら、）え。ほんとうです。

常吉。いつ行ったの？

子守。この春。

常吉。うむ。そして戦地から手紙でも来るかえ？

子守。え。手紙が来ますけれども、伯父さんだけ読んでしまって置きます。

ひさ子。お母さん手紙を読めないの？

子守。いいえ、少し読みます。

ひさ子。お前には手紙を読ませないの？

子守。え。

ひさ子。お前もお父さんの手紙を読みたいと思うだろう？

子守。え。

ひさ子。伯父さんはなぜお前に手紙を読ませないの？

子守。解らないからって読ませないんです……そして私を生意気だって怒るんです。（涙を落しながら、）いつか……いつかも……

ひさ子。いつかも、何うしたの？

子守。（前垂の端を顔にあてて、すすり泣きながら、）私はお父さんのところへ写真を送ったといって大変に叱られました……伯父さんは私を鎌の柄《え》で大変叩きました……（急に烈《はげ》しくすすり泣く、）それからお母さんも一緒になって……わたしを叱ったんです……奥さん……わたしいつまでもお家にいたいんです……わたしをいつまでも置いてください……

ひさ子。ああ、いつまでも置いてやるよ。お前さえいたいと思えばいつまでいてもいいよ。然しお母さんはお前が可愛いんだよ。お母さんは決してお前を悪《にく》んではいないんだよ。お前だってお母さんとは一緒にいたいだろう。

子守。（声を立てて泣く。）

常吉。（不快そうに、）もう、およし。お前は妙なことをする女だ！　それじゃ、まるで子供を泣かせて喜ぶようなもんじゃないか。私には事情がよく解る。然しこんなことはこの子供の身上《みのうえ》ばかりじゃない。戦争の蔭にこんな事実が幾らあるか知れたもんじゃない。

ひさ子。それでもこの子供が可憐そうです！

常吉。それは可憐そうさ。然しこの子供よりも、何も知らないで戦争《いくさ》をしている親父の方が尚お可憐そうじゃないか？　それに僕にはお母さんという人も随分可憐そうな女だと思うよ。

ひさ子。お母さんは馬鹿な人です。その伯父さんとの関係は何うであっても、自分の生みの娘じゃありませんか、鎌で叩かせて、それに加勢する人があるもんですか？

常吉。　なるほど、それは利巧な人間じゃないかも知れないさ。然し人間というものは、いつ何んな誘惑に逢うかも知れない。

ひさ子。　でもその誘惑に敗れる人もあれば打勝って行く人もあるんです。

常吉。　然し、誰が勝つか敗けるか、その誘惑にぶつかって見なければ断言の出来るものじゃない。（エモオションを以って、）要するに、そんなことは第二の問題だ。僕から見れば、戦争をしている親父さんも、お母さんも、伯父さんも、この子供も大きな波の中にいる人間だ。何うして、その大きな波が起って来るか知らない。何処からその波が起って来るのか知らない。一寸見ると、伯父さんばかり悪い人であるように見えるかも知れないが、伯父さんだってその誘惑があればこそ、その誘惑に敗けたんじゃないか。この子の親父さんは戦争さえなければ去年の夏のように、この緑の野原で、可愛い妻《かみ》さんや娘と一緒に麦を刈ったり、キャベツをつくったりして楽しく暮しているんだ。そうしていさえすればこの四人の人間は幸福に暮して行けた筈なんだ。ただ戦争という過った愛の変形が今の社会に残っているために人間は人間の不幸を二重にも三重にもしているんだ。私は然しただ今現在戦争をしている人達を悪いというのではない。あの人達は寧《むし》ろ可憐そうな人達だ……今のところそれをするより仕方がなかったかも知れない……あの人達は例えば日本人にしろロシヤ人にしろお互同志には何等の憎怨の情がない、それでも敵の姿を見れば凱歌《とき》をつくって進んで行かなければならない。そしてその結果は何うだろう？　戦争に勝った国は幾らかの領土と幾らかの償金を得るだろう。その金で勲章を作ったり戦死者の遺族の扶助料《ふじょりょう》に当てたりする。そして新しい領土へは内地で生活の出来ない浮浪人や売笑婦を送ってやる。それだけのことだ。それよりも以上のことを何もしていない。そして私達は人間の霊魂《たましい》や人間の苦痛は何等の慰めもなくそのまま滅んでいることに気がつかない……そして戦争をしているお互の国では戦争そのものに大きな意味があるように思っている。（話頭を代えて、）この子供の親父さんがいつか凱旋して故郷《くに》へ帰るとする。その時伯父さんは羽織を着て袴《はかま》をつけて、この子供をつれてステイションに兄さんを迎えに行くだろう。そして、兄さんは勲章をさげて「万歳」の声に迎えられて自分の家へ入るだろう。（声をひくくして、）もし仮りに、不幸にして、この子のお父さんが戦死したとしたらば、戦死者に下りる金は一体誰れの手に入るだろう？ もし私達は私達の作っている社会に、「正しい精神」が大事な所有物の一つであるとしたならば、これは大きな損害じゃなかろうか？

ひさ子。（顔をしかめて、）あなたは、またすぐ激してしまうんだもの！ 私達は今議論をしてるんでも何んでもないんです。私達は今ここにいる娘の身上のことを話しているんじゃありませんか？

常吉。然うさ。然しこの娘の身の上も偶然に生れて来たものではない。だから僕はすべての道徳はその道徳を生んだ社会状態を知らないでは、批判の出来るものじゃないと思う。普通世間の道徳では、この娘のお母さんや伯父さんの行《おこない》だけを単独につき離して批判している。然し僕から見ればお母さんも伯父さんもある意味で可憐そうな人だと思う………単にこの娘の場合に限らない、すべて今の道徳は根のない樹のようなものだ………いつかその樹が枯れてしまう……いつかその樹が倒れてしまう………

ひさ子。（いらいらして主人の言葉を聞いていたが、子供をかばうようにして、）お前もう泣くんじゃないよ。今に坊やが起きたら背負《おんぶ》してお呉れ、さあ、あっちへ行こう。

子守。（涙を拭きながら立上り主人に辞儀をする。）

（二人が戸の外へ出る時、子供の寝醒めて激しく泣く声がする。）

――自然に幕を下す――

第二幕

同じ室。夜。この幕は序幕に続いたものと見ることも出来るし、ある間隔を置いた時の事柄と見ることも出来る。またこの光景は必ずしも厚い幕で仕切る必要がない。序幕のままの室の装置、正面の窓には暗緑色の窓懸《まどかけ》がかかっている。テイブルの上に火の消えたラムプが置いてある。

幕の上った瞬間には舞台は全く暗い。室の中には誰れもいない。

戸を叩く人。今晩は！　今晩は！

（家の人は誰も目を醒さない。）

戸を叩く人。海野さん！　お休みですか？

（家の人の起きる音がする。）

戸を叩く人。（正面の窓のところで呼ぶ。）遅く伺ってすみませんが、一寸《ちよつと》お目にかかりたいのです！

（主人の常吉は寝巻のまま室の中に入る。ラムプをつけ、カアテンを開いて外を覗《のぞ》く。）

常吉。何誰《どなた》ですか？

広田。私です。広田。それから支庁の梁川《やなかわ》君です。

常吉。 はあ、署長さんと梁川君………一体何《ど》うしたのですか？

広田。（努めて柔和な語調で、）なに一寸お目にかかるだけでいいのです。どうもすみません。

常吉。 然うですか。じゃ一寸お待ちください。

（主人はランプを持って戸の外へ出る。やがて常吉を先きにして署長の広田と支庁吏員の梁川とが入る。広田は小肥りのした四十五六の人、制服をつけている。吏員は三十二三の庁服を着た瘠せた人。）

常吉。（不安そうに、）さあ何うぞ。一体何うしたのですか？

広田。（ハンカチで際立って白い額を二三度拭きながら、）なに何うということもないのですが、今日一寸札幌の方へ参りましてね、それで明朝伺ってもよろしいのですが、ちょうどお宅の前を通ったもんですから、それでこう遅くなってお邪魔したような訳なんです。

常吉。 はあ。広田さんは時々札幌の方へおいでになりますか？

広田。 え。一週間に一遍はきっと行くことになって居ります。今日も道庁で梁川君にお目にかかったのです。

梁川。（少し卑《いや》しい笑い方をしながら、）海野さんには暫《しばら》くお目にかかりませんね。学校においでの時は毎日お目にかかったんだが。

常吉。（淋しく笑いながら、）然《そ》うですね。梁川君とはよく学校で議論をしたもんでしたね。学校の連中はみんな元気ですか？

梁川。 え、みんな元気のようですね。安田君は戦死したという噂がありますが、あなたの方へはなんともありませんか？

常吉。いいえ、ちっとも。あの人は出征してから一遍も手紙をよこしませんから……然しそれは多分間違いでしょう、一昨日妹の方から手紙が来ましたけれども何とも書いてよこしませんから。

梁川。（首を曲げて、）然し、新聞に安田中尉として戦死者の中に書いてあったという話しでしたよ。

常吉。（少し不安になって、）安田中尉？　然し安田という中尉は幾人《いくたり》あるか知れませんよ。連隊の名が書いてあったでしょうか？

梁川。いいや、連隊の名はなかったそうです。ただ八師団、歩兵中尉としてあったそうです。

常吉。いや多分違いましょう。死んだのなら妹の方へ通知がある訳ですから。

広田。然し出征軍人が戦死をするということは寧《むし》ろ名誉なことです。それに御当人だってそれ位のことは覚悟が出来ているでしょうから。

常吉。さあ！

広田。然しまあ、打開《うちあ》けた話が、名誉の凱旋をなすった方が国家のために、御一家のために一番目出度い話ですね。（梁川に、）時に梁川君あまり遅くなるといけないからお話することにしましょうか。

梁川。え。何うぞ。

常吉。（非常に真面目に二人を見ながら、）一体何んな話ですか？　なるたけ早くお話しを願いたいのです。私も朝早く起きなければならない身体ですから。

広田。大きに。あなた気を悪くしちゃいけませんよ。私は決して公人としてあなたにお話しするんじゃありませんよ。つまり友人として打ちとけたお話をするんですよ。

常吉。 え、よく解って居ります。

広田。（鞄を持って、）今日道庁へ参りますと、部長の方から、あなたの近頃の生活を調べるように命ぜられたのです……それも公式にあなたの生活に干渉する訳でも何んでもないのです、ただ学校をお廃《や》めになってから何ういう生活をしておいでになるか、それを個人として調べてもらいたいというのです。

常吉。（益々真面目に、）何うしてでしょう。何うして私の生活を調べる必要があるのでしょう？

広田。 それは私供にはよく解りませんけれども、多分あなたが学校時代に嫌疑をお受けになったと同じような意味じゃないかと思うんですが……

常吉。 然し、それならば平塚博士にお願いして長官の方へもよく通じている筈じゃありませんか？ 平塚博士は私の思想を一番よく理解していて呉れる人です。私は学校をやめた時だって、私は自分で廃めまいと思えば廃めなくとも、よかったのです。私は寧ろ周囲の圧迫のために自分から職を退《ひ》いたのです。なるほど私の思想は今の教育制度や、教育界の思想とはちがっていましょう。それなればこそ私も自分で廃めたのです。然し今日の教育界にだって、随分ちがった思想を持っている人がいます。平塚博士のような人が何んな思想を持っているか恐《おそら》く道教育会の人達には解らないでしょう。人のことを引き合いに出すのは何んですけれども、もし非戦論を唱えたり、外国人と手紙や絵葉書の交換したりするのが社会主義者ならば、平塚博士や道庁の技師なぞは立派な社会主義者じゃありませんか。然し平塚博士に大学教授の職を廃めさせようという人がないじゃありませんか。誰か平塚博士のところへ行って、あなたは近頃何んな生活をしていますかと調べて見たでしょうか？ それは何んのためですか、あの人は博士で大学の教授で、私は免職された小学教師だからでしょう……私はもしそういう主義でも持っている者ならば、私は甘んじてその嫌疑を受けます……然し私は全くちがうのです。このことは平塚博士を通じて長官に申上げてある筈です。第一私は社会主義というものを知らないのです。私は今の社会を何うしなければならないかというような纏《まとま》った考えが少しもないのです、私は自分という一人の人間さえよく解っていないのです。一つの主義のために働くということは余程の確信を持った者でなければ出来ないことです。

広田。海野さんは大分私供を誤解しているようだな。私は先刻もいった通り、別にあなたの個人生活というものに干渉しようというのでも何んでもないんですよ。私達はただ長官の内意を受けて、あなたの意見を聞いて、それを報告するだけです。あなたを別に主義者と断定しているわけでも何んでもないのです。

常吉。(唇をふるわして、)然し、私はある意味の干渉だと思います。

広田。(真面目に、)何うしてですか?

梁川。海野さん、広田さんは、あなたには大変に同情しておいでになるんですよ。一体ならば正式にある期間あなたの生活を監視しなければならないのだけれども、それをしないで、あなたの意見を土台にして報告書を作るというのですから。

常吉。然し私は一体何んなことをいえばいいのですか?

広田。つまり、私を一人の友人として正直に打開けてくださりさえすればいいのです。

常吉。正直に打開けるって、私は別に改まって打開けることも何もないのですが……

広田。あなたは学校をお廃めになってから何ういう生活をしておいでですか？

常吉。生活って、何うして食べて行ってるかということですか？

梁川。まあ、然うです。

常吉。（意味ありげに、）それならば、梁川君がよく知ってるじゃありませんか？

広田。然しそれは私が聞くんです。

常吉。（苦笑して、）私は一層貧乏しています。私は餓死しないのが不思議だ位に思っています。

梁川。然し養鶏の方は大分盛んにやっておいでだというじゃありませんか。

常吉。ふむ。駄目です。

広田。養鶏の方は私もやったことがあるが、鶏は大分飼って居りますか？

常吉。いいえ、まだ駄目です。レグホンとミノルカを少しばかり飼っているだけです。

広田。（話を進めようとあせりながら、）そして現在の生活はその養鶏の方だけですか、他になにかお仕事があるのですか？

常吉。仕事といって別にありませんが、畑を少しばかりやっていますが、自分達の食べるものを作るだけです。

広田。また立入って伺うようですが、一月何れ位の収入がおありですか？

常吉。さあ、何れ位になりますか、私は正確に計算したこともありません、妻は帳簿を持っていますからちょっと起して見ましょうか？

（立上ろうとするのをとめる。）

広田。いや、奥さんをお起しなさるには及びません、まあ、大体のところでいいのです。

常吉。（苦笑しながら、）そうですね。大体のところといっても、一寸解りかねますが、いつか拾円位の収入のあった時がありますから、必要でしたら拾円と書いて置いてください。

広田。（数字だけ手帳に書入れる。）なるほど、拾円。それで、その他何処からも収入がありませんか？

常吉。借金も収入と見られるならば、二月に一返位は借金をします。

広田。（笑いながら、）また立入ったお話しですが、何ういう方面から借金をなさいます？

常吉。平塚博士から大分借金をします。然しそれは時々博士の仕事を手伝うから帳消しになっているだろうと思います。

広田。博士の仕事というのは何ういう仕事ですか？

常吉。エスペラントの辞書を編纂《へんさん》することです。

（広田は帳簿に急いで物を記す。）

広田。あなたもエスペラントをおやりになりますか？

常吉。やるというほどでもありませんが、私は好きです。

広田。本道でエスペラントをやっている人が沢山ありますか？

常吉。え。札幌には大分いるようです。

広田。何ういう人達です、例えば？

常吉。私もよく知りませんけれども、農科大学の教授に二三人ありますし、道庁の技師にも七八人はあるようです。

広田。（鞄の中からはがきを出して、）あなたはこの絵葉書に見覚えがありますか？

常吉。（はがきを熟視して、）え、無論これは私から出した葉書です。

広田。あなたは、この名宛人を御存じですか？

常吉。え、無論知っています。私の友達ですから。

広田。この葉書の文字は英語ですか、エスペラントですか？

梁川。（笑いながら、）英語とエスペラントはすぐに解りますね、海野さん。

常吉。（もどかしそうに、）広田さん、その葉書が何うしたというのですか……お話を早く進めていただきたいものですね、大分遅いのですから。

広田。この葉書は何んと書いてあるんですか？

常吉。何うして然んなことをおききになるんです。（葉書を受取って、）これはダリアの相場を書いたものです。


（広田は真面目に沢山の葉書を出している。）


広田。この手紙はやはり同人宛のあなたの手紙でしたね？

常吉。（一瞥を与えて、）え、然うです。

広田。御面倒でしょうが、この手紙に何んなことが書いてあるか、一寸聞かしていただきたいのですが。

常吉。（うるさそうに、）一体何うしたというのです？　梁川君もエスペランテストだから梁川君にでも読んでもらったらいいじゃありませんか？

梁川。いや、僕はちっとも読めない。あなたが読んだらいいでしょう。

広田。さあ、何うか大体でいいのですから、意味だけでいいのです。

常吉。（手紙を受取って、）これは戦争前に書いた手紙で、人間はなるだけ戦争を避けるようにしなければならないということを書いたものです。

広田。それだけですか？

常吉。それから、戦争に用いる何百分の一の金を各国が拠出《きょしゅっ》して、理想的な万国国際会議を起したならば戦争を未然に防ぐことが出来るだろうということを書いたものです。

広田。（帳簿に記しながら、）なるほど、そしてあなたは今でも然ういう考えを持っておいでですか？

常吉。無論です。今日戦争を好んでしている国というものは、何処にもないと思います。

広田。それは無論然うでしょう。然しあなたは戦争は避け難いものだとは思いませんか？

常吉。避け悪《にく》いものだとは思いますが、全然避け難いものだとは思いません。

広田。それでは今、現在の戦争に対して何んな態度をとっておいでですか？

常吉。（苦笑して、）態度って、私には別にとるべき態度というようなものはありやしません。

広田。あなたは、この手紙の名宛人とはいつから御交際しておいででした？

常吉。三年ばかり前からです。

広田。何ういう方面の御交際ですか？

常吉。何ういう方面といって、人間としてです。

広田。あの人は社会主義者だということですが、あなたは何う思いますか？

常吉。　私は社会主義の理論を能く知らないものですから、何うともお答えが出来ません。然し近代の文明には政治でも文学でも哲学でもみんな社会主義の色を帯びていないものはないということをある本で読んだことがあります。

広田。あなたの思想と、あの人の思想とは大分異《ちが》っていると思いますか？

常吉。え。大変異っていると思います。あの男のが社会主義なら私のは個人主義です。

広田。（手帳に書きながら、）なるほど社会主義と個人主義、（手帳をしまいながら、）や、何うもご面倒でしたろう。

常吉。いえ。

広田。（間を置いて、）それから、いつか海野さんにお話ししたいと思っていたのですが、あなたは東京へ出て一つ働いて見ようというようなお考えがありませんか？

常吉。いえ、私は東京の生活が飽きて、此方へ来たのですから、当分東京へ帰るのはいやです。

梁川。然し海野さんなどは友達が沢山だから東京の生活はきっと面白いでしょう？

常吉。（不快そうに、）私は友達はみんな嫌いです！

広田。実はこれは打開けたお話しですが、こういう田舎に頭のあんまり進んだ人にいられると、実に私供がやり悪《にく》いのですな。殊に戦争中はみんなが挙国一致でかからなければならないのですから。それに人の気がひきたっていますから、何んなことが起るか知れないと思いましてね。それで、今日も支庁長とも相談したのですが、もし海野さんが東京へでも出られて仕事をなさるお考えでしたら私供の方で恰好な仕事を見つけてあげてもよろしいのですが、然ういうお考えがありませんか？

常吉。（数秒間無言でいたが、沈んだ調子で、）いや難有《ありがと》うございます。然しこれは御返事しないことにして置きましょう。（昂奮している。）

広田。私の方では別に強いる訳ではないのです。ただ本道ではなるべく思想の違った人にいていただかない方針にしてあるものですから……札幌でもその方針で少し激しい人は検挙することにして居ります。あなたのお友達のあの戸田さんも昨日鉱山へ行く途中で押えられました。まことにお気の毒な訳でした。

常吉。（非常に瞑想的な沈黙をつづけている。）

梁川。（時計を見ながら、）広田さん、もう二時ですよ。

広田。然うですか。それじゃ失礼しましょう。（常吉に対《むか》い、）何うか悪く思わないでくださいよ。今のことはよく考えて置いて、私の方へ返事を願いたいのです。私供は個人として決してあなたを悪《にく》んでいるのでも何んでもないのですから。

（二人は立つ。常吉はやはり沈黙をつづけながら、ラムプを持って、二人の後につづく。）

ひさ子。（三人の出た後の暗い室の中に幽霊のように入る。）

（外の方で二人の主人に挨拶する声が聞える。）

常吉。（ラムプを持ったまま戸の際に立つ。女を一瞥したまま無言で立っている。）ひさ子か？

ひさ子。（蒼白な顔をしている。）え。

常吉。お前起きていたのか？

ひさ子。え。

常吉。　お前聞いていたのか？

ひさ子。　え。（目が涙で一杯になっている。）

常吉。　坊はよく寝てるかえ？

ひさ子。　え、よく寝ています。

常吉。　（ラムプをテイブルの上へ置いて、）さあ、明朝《あした》から働くんだぞ！

ひさ子。　何処で働くんです？　私達はやっぱりここも追われて行くんじゃありませんか？

常吉。　（昂奮した眼を輝かして、女の方へ近寄り、）お前と坊やさえ丈夫でいて呉れさえすれば僕は安心して働ける。僕は今晩は非常に愉快だ！　僕は初めて地球に足を触れたような気がする！　僕等の行くところには何処にも世界があるんだ！　さあ、寝よう！

（ラムプを消す。）


——（幕）——

第三幕

一週間の後。

部落の小さなステイションの構内の一部。舞台全体を待合室と事務室で占めている。事務室の方は建物の外廓を表わし、その前に小さな花壇があり、その中には、バラ、キキョウ、アマリリス、等が乱雑に咲いていてその周囲をクロウバアの柔かな緑が包んでいる。電信機の音が絶えず響いている。待合室は一方の壁なしに観客の方に開いている。正面に出入口があって、そこからプラットホームの一部が見える。

朝。

朝霧が未だ充分に晴れきれない頃。

幕の上った瞬間に、ひさ子は黄色がかったショオルをかけて待合室へ入って来る。すぐその後から子守は三歳ばかりの子を背負いながら入る。ひさ子は子守の背中にいる幼児をあやしなぞしている。時々思い出したように掲示板を眺めては指で物を数えたりしている。

「旅順が陥落したそうだ………」「いやまだ陥落しない………」「君はいつ出征するんだ？ ………」「まだ判らない………」こういう会話は何処からともなく聞えて来る。

時々眠いような沈黙がつづく。

（数分間の後、常吉の一行が話しながら待合室へ入って来る。一行の中に若い女が二人に紳士が五名ばかりいる。）

常吉。（待合室に入るなり、ひさ子を見て、すぐに掲示板を眺める。）まだ三十分間《ま》があります。

平塚博士。（白髪を短く刈った、怜悧《れいり》そうな目をした老博士。）まだ三十分あるか、少し早やすぎたかね？

常吉。先生、みなさんお帰りなすってください。山崎さんもみなさんもおいそがしい身体《からだ》ですから。

博士。いや、かまわないさ。（外の人々に、）さあ、みんな懸け給え。ここでゆっくり話そう。（首を曲げてひさ子の方を見て、）奥さん忘物《わすれもの》はありませんか？ 元気を出さなくちゃいけませんよ、二昼夜も汽車や汽船で揺られるのだから。淳子も大変あなたや坊っちゃんのことを心配していましたよ。

ひさ子。（蒼白い顔が少し昂奮している。）ありがとうございます。お蔭さまで坊も私も丈夫でございますから。ほんとうに、先生やみなさまに御心配ばかりかけて何とも申訳けがございません。

（ひさ子は一同に辞儀をする。女連はひさ子の方へ寄って幼児をあやしたり雑談したりしている。）

博士。東京へ行くと、安心して暮せますよ。東京は広いからね！

（ひさ子は何もいわずに頭をさげる。外の紳士は博士の言葉を聞いて微笑する。）

常吉。然し私は東京は余り好きじゃありません。（一同腰かける。）――東京は正当の日本じゃないような気がするんです。

博士。（笑いながら、）何《ど》うして？

常吉。正当の日本ならば、別な発達をしている筈です。

博士。一体君の正当の日本というのは何ういう意味だね？

常吉。（真面目に、）やっぱり正当の日本です。もし新しい日本の首府が今の東京でなく大阪か神戸か名古屋か、でなければ横浜か函館か札幌にでもあったら今の東京よりは三層倍も立派な文明が出来ていたでしょう。

山崎。（静かに、）君のいわれるのは、保守的だという意味ですか。或はあんまり破壊されすぎているという意味ですか？

常吉。一層《いっそ》保守的なら保守的でいいのです。生中《なまなか》破壊されていて、その中に妙な保守的な空気が始終逆流して来るからいけないのです。今のままで進んだら東京からは永久に立派な哲学も生れなければ文学も生れなければ、政治も生れません！

博士。　私も趣味としてはあまり東京を好かない。私は日清戦争前に大阪に五年ばかり住んでいたことがあるが、大阪にいる間はそんなにも思わなかったが、今になって考えて見ると、大阪の生活は一番愉快であった。なぜ愉快かといえば、新しい文明と旧《ふる》い文明とがきちんと別れているからだ。だから生活していて趣味を強いられることがない。東京では然《そ》うはいかない、新しい方の仕事をしている人がいつでも旧い影法師を背負って歩いている。思い切って仕事をし得ない。建築でも商売でも随分思い切ったことをするのが大阪だ。東京は皆がいいいいという保証を与えなければなかなかやらない。然し私は海野君の説には全然賛成が出来ない。私は東京にも東京の持っている特色があると思う。これは東京の外に、世界の何処にもない特色だと思う。

常吉。　それはmonstro《モンストロ》〔怪物〕としてでしょう?

博士。　研究のtemo《テイモ》〔テーマ〕として。

常吉。　それじゃ、やはり一つの見世物としてでしょう。

山崎。　私は海野君の、首府に就いての意見は面白い意見だと思うけれども、仮りに東京を大阪に代えて見ても、そう変った文明が出来ているとは思わない。それは多少異《ちが》ったものが出来るかも知れないけれども。

常吉。　いえ、確かにもう少し思い切った文明が出来ていたでしょう。東京ではそういう機会を何返も持っていながらすぐ逆戻りしています。

博士。（笑いながら、）然しそれは単に東京の罪ばかりとはいえないさ……東京というものはまだ正確な意味の文明を作っていないんだから。東京の今日の文明というものはみんな田舎者の作った文明だもの。

常吉。 それは然うかも知れませんね。然し田舎者でも結構です。田舎者は田舎者で自分達の文明を作って行ったらよかったんです。

博士。 然しそんなことは要するに過ぎ去ったことだ。「過ぎさるものは過ぎ去らしめよ」だ。海野君なんか、これから新しい文明を作って行く人だ。海野君は東京を好かないなら、好かないように東京に対して責任がある訳だ。君なぞの思想からいっても。

常吉。（じっとしている。）

（他の人達は雑談を初める。博士は安い煙草を喫《の》む。時々電信機の音が事務室の方から聞えて来る。）

ひさ子。（子守に、）あさ、お前はもう帰っていいよ。さあ、坊やを私が懐《だ》くから。

（女は子守の背中から子供を下そうとする。）

子守。（懇願するように、）いえ、奥さま、いいんですよ！　いいんですよ！

ひさ子。（驚いて、）いいたって、お前もうじき汽車が来るんじゃないか。可笑《おか》しな子だね。

子守。（子供を背負ったまま、ひさ子から遠ざかろうとする。）

ひさ子。（少しあわてて、）あさ！　お前何うしたの。坊やは色々仕度があるんだからさ。早く下してお呉《く》れ！

子守。（大きな一つの掲示板の下のところに立って、顔に手をあてて烈《はげ》しく泣く。）

（常吉も外の人達も一同不思議そうにその方を見る。）

常吉。（立ってその方へ行く。）あさ、何うしたんだ？　お前も一緒に行くつもりでいたのか？

ひさ子。　きっと然う思っていたんですよ。それに坊を大変に可愛がっていましたから。

常吉。　あさ、お前は行かないんだよ。お前はお母さんと一緒にいて、お母さんの手伝いをしなければならない。今に秋になると大変いそがしくなるから。

子守。（決心をして、）旦那さま、私もつれて行ってください！

常吉。　つれて行って呉れって、お前そんなことが出来るものか。お前にはちゃんとしたお母さんもあれば伯父さんもいるじゃないか。

ひさ子。　そんな解らないことをいうものじゃないよ、また来年になると私達も此方へ来るんだからね。さあいい子だから坊やを下してお呉れ。

子守。（ひさ子の手をかけるのを烈しく拒む。）いやです………いやです………私何うしても行きたいんです。

博士。（常吉に、）海野君、その子は一体何ういう子です？　何うしたというのです。

常吉。　Ŝi estas filino de Milito!〔この娘は戦争が生んだ子供です！〕

博士。　ふむ。戦争の子供！　然し君もやっぱり戦争の子供だ。そしてこの子の家族が此方にいるんですか？

常吉。　え。お母さんと、この子の伯父さんと一緒にいるんです。

博士。　家庭の状態がいいんですか？

常吉。（淋しい調子で、）Tre malbona! Tio estas granda tragedio!〔ひどい状態です！　たいへんな悲劇ですよ！〕

博士。 Ĉu ili ne amas ŝin?〔家族はかわいがっていないのですか?〕

常吉。 Kontraŭe, ili malamas kaj ofte turmentas ŝin.〔とんでもない。憎まれて、いじめられることもしょっちゅうです。〕

博士。（非常に淋しい表情になる。）海野君その子供をつれて行ったら何うです?

常吉。 さあ、何うしたらいいもんでしょう? そんなことが出来るもんでしょうか?

博士。 出来るも出来ないもないさ。そんな家庭に子供を置くのは可愛そうだ。

ひさ子。（子守に、）お前ほんとうに私達と一緒に行く気かえ、仕度もなにもいらないのかえ?

子守。（昂奮して、）え、奥さま行きたいんです……行きたいんです……私汽車賃を持っていますから……

ひさ子。（少し驚いて、）汽車賃? お前汽車賃を誰から貰ったの?

子守。 お母さんから貰いました。

ひさ子。 それじゃお母さんはお前に行ってもいいといったの?

子守。 え。

常吉。 お母さん、家にいるの?

子守。 いえ。ここへ来ています。

常吉。 ここへって停車場へか?

子守。 え。

常吉。（ひさ子に、）この子をつれて行こうか? お前は何う思う?

ひさ子。　私はつれて行ってもいいと思いますけれども何んなものでしょう？

博士。　つれていらっしゃい。東京へ行っても何うせ当分は子守がいるでしょうから。

常吉。　それじゃ、つれて行くことにしましょう。この子供は非常に気立てのいい子です。この子が一緒に行って呉れさえすれば私達も幾らか楽な旅が出来ましょう。

（常吉は元の位置に腰かける。）

博士。　（淳子に、）あれを奥さんにあげてお呉れ。

淳子。　（も一人の若い女学生風の女と一緒に博士の鞄の中から新聞に包んだ荷物を出して、）奥さん、お邪魔でしょうけれども、これをお納めなすってくださいまし。

ひさ子。　また、何んでございますか、いただいてよろしいのでございますか？

常吉。　然ういう御心配はいらないんですよ。

博士。　海野君、何もないから、学校で出来るバタアを少しばかり持って来ました。邪魔でも持って行って呉れ給え。

常吉。　バタアですか、何うも有難うございます。それじゃいただいて行きます。

（常吉は自分の鞄にそれを入れる。）

博士。　海野君仕度はみんな出来たか？　忘物はないかね？

常吉。　え。

博士。　（笑いながら、）。鶏《にわとり》は何うしました？

常吉。　みんな売ってしまいました。生きた者を売って旅費にするのだと思ったらいやな気持がしました。

博士。（淋しく笑う。）

常吉。生物《いきもの》を飼ったことのない人には話しても解りませんが、何んな生物でも、暫《しばら》く飼いつけて見ると、その生物が可愛くなるものです。それも犬だとか猫だとかになると、然ういう気持は誰れにも解りますけれども、鶏を飼う人はやっぱり鶏が可愛くなるというようなことは普通の人に話しても解りませんね。私はよくそんなことをいうと、人は笑いますけれども、それは全くです。例えば同じ鶏の中でも、毛の色だとか嘴《くちばし》の形とかで可愛いさがちがいます。

博士。然うかね。それで鶏はやっぱり恋をしたりなんかするんだろう！

（男も女も一緒に笑う。淳子のみは真面目な顔をしている。）

博士。さあ！　ここで常例によって私は極く簡単な御挨拶をしよう。私達の未来の国のために、私達の言葉のために！

（一同真面目に博士の方を見る。）

Karaj Gesinjoroj!

Mi permesas al mi paroli kelkajn vortojn. Ni samideanoj nun estas en la ĉambro de la malgranda stacidometo, kaj ni atendas la tempon kiu forportos la plej grandan samideanon, kiun ni iam havis. Ĉiuj miaj amikoj tre forte amas lin, kiel lia frato, kiel lia knabo, aŭ kiel lia amanto, sed nun bedaŭrinde, iu alia envenas inter ilin, kaj ili devas apartiĝi unu la alian nevolonte. Sed mi kredas, tiu ĉi afero des pli fortikigos iliajn amojn. Do kiu estas la iu alia, kiu envenas inter ilin? Li estas nomata

"Milito." Milito ĉiam havas multajn maskojn, per kiuj li trompas multajn homojn. Sed jam li komencas perdi ĉiujn maskojn kaj pretiĝis morti nature.
〔みなさん！
すこしお話しさせていただきます。わたしたち同志は今、小さな駅舎の一室で、かつてわたしたちが得たもっとも立派な同志の去りゆく時を待っております。わたしの友人はみな、彼の兄弟として、息子として、あるいはまた恋人として彼を敬愛しております。ところが残念なことに、彼らの間に今よそ者が割って入り、心ならず彼らは離れ離れにならねばならないのです。しかし、彼ら互いの愛情は、これによって一層強いものとなるであろうと信じます。彼らの間に割って入るよそ者とは、ではいったい何者なのか？ それは「戦争」と呼ばれています。戦争はいつも様々の仮面によって、多くの人々を欺くものです。しかし、それは今やすべての仮面を失いつつあり、寿命も尽きようとしています。〕

常吉。（低い声で、）Kontraŭe, li havos novajn maskojn senĉese!〔いや、戦争は果て知らず新たな仮面を身につけることだろう。〕

博士。（真面目に言葉をつづける。）

Sed sendube li komencas perdi la maskon de amo! Tio, kredeble, montras al ni la triumfon de "paco". Tial mi esperas, ke mia samideano Sinjoro Un'no staru forte kaj propagandu la ideon de paco! Vivu la amanto de paco! Vivu Sinjoro Un'no!

〔しかし、愛という仮面が剝《はが》されようとしていることは疑うべくもありません！ これは、恐らく「平和」の勝利を示すものです。だからわたしは、同志である海野君に力強く立ち上がり、平和の思想を広めてい

ただきたい！　平和を愛する者に万歳！　海野君万歳！〕

常吉。〔静かに、〕

Doktoro kaj miaj Gesamideanoj!

Honeste parolu, mi povas paroli tute nenion. Doktoro Hiracuka parolis pri paco, kaj li diris al ni, ke la milito post ne longe mortos per si mem. Sed mi ne kredas tion, kontraŭe, mi zorgas, ke ni devos vidi la pli grandan militon en la mondo. Sed li bone diris, ke "milito" komencas perdi la maskon de amo! Antaŭ ĉio, mi bedaŭras, ke mi ne povas vivi kune kun vi, en tiu ĉi vasta kampo, kiun mi tre amas, kaj ke mi devas foriri sencele. Sed viaj grandaj amoj, kiujn vi donis al mi kaj mia familio, ne vane perdiĝos. Mi tutkore dankas vin!

〔博士、そして同志のみなさん！

正直なところ、お話しできるようなことは何もありません。平塚博士は平和についてお話しになり、戦争はまもなく寿命が尽きるだろうとおっしゃいました。しかし、わたしにはそれを信じることができません。それどころか、この世界でもっと大きな戦争を目の当たりにせねばならぬのではないかと心配です。とはいえ、「戦争」は愛の仮面を剥されつつあるとは、よくぞおっしゃってくださいました！　愛するこの広い野でみなさんと共に生きてゆくことができず、あてなく去らねばならぬのが何より残念です。しかし、わたしと家族の者に賜りましたみなさんの愛情を、いたずらに無に帰すようなことはいたしません。本当にありがとうございました！〕

〔常吉は静かに坐る。〕

（この時署長の広田及び二人の和服の紳士が入る。）

博士。（広田に、）広田さん、まだ時間がありますか？

広田。（時計を見て、）いいえ、もう直きです。（一同を見て、）私もさっきから此方《こちら》へ伺う筈でしたが、昨晩から出征軍人の方で一睡もしないような具合でしてね。

博士。然うですか、なかなかおいそがしいでしょう。あなたもまるで出征しているようなものですね。

広田。（帽子をとって、ハンケチで前額を烈しく拭きながら、）いや、軍人よりも私供の方が却っていそがしい位です。（常吉の方に向って、）海野さん仕度は出来ましたか？

常吉。ええ。有りったけの物を売り飛ばして行くのですから、荷物も何もありません。

広田。私なんかも、大抵のものはその土地土地で買うことにしています。却ってその方が安くつく位いです。

ひさ子。（広田の前へ進んで、）広田さん、いろいろお厄介をおかけ申しまして、申訳けがございませんでした。

広田。いや。ほんとうにお気の毒です。私もこの秋は東京へ出るつもりですから、その時はお立寄りします。

博士。署長さんはお国は何方《どちら》です？

広田。私は東京の近くです。浦和です。

博士。はあ、浦和ですか？

広田。（常吉に少し小声で、）途中であなたに何か質《たず》ねる者があるかも知れませんが、気を悪くしちゃいけませんよ。東京の方へは私の方からよく通知して置きましたから、決して御心配はいりません。

常吉。何うも難有《ありがと》う。こうして始終仕事を変えたり、土地を変えたりするようじゃ、全く安心して仕事が出来ません！

広田。いや、大きに！

博士。（署長に、）それに海野君なんかの場合は全く気の毒だ。僕等から見ると決して烈しい思想を持っている人でも何んでもない。極く当前のことをいっているんです。（他の紳士を指して）ここにいる人達はみんな大学の先生ばかりですが、海野君なぞよりずっと烈しいことを講義していますよ。それでいて月給を貰って結構に暮して行っています。

（四人の紳士は笑う。）

広田。ほんとうに広田さん、海野君のことはよろしく願いますよ。

よろしゅうございます。

（この時遠く汽笛の音がする。）

博士。さあ！　荷物を運ばせよう。

広田。（プラットホームの方へ手を上げる。赤帽が入る。）荷物を運んで呉れ。

（赤帽はひさ子の荷物を受取って運ぶ。一同はプラットホームの方へ歩む。）

常吉。（赤帽の運ぶ荷物を見ている内に次第に陰欝になって来る。殆んど発作的に、）Ĉu ni devas forlasi ĉi tiun verdan kampon？（この緑の野をすてて行くのか？）

博士。Jes, por la estonta verda kampo!（然り、未来の緑の野のために！）

（博士は常吉の肩に手を当てる。常吉は何もいわずに静かに歩む。博士と常吉が戸のところに達した時、汽笛がまた鳴る。）

――静かに自然のままで幕――

＊――〔　〕内は、底本刊行時に編集部が付したエスペラント語の訳文である。

緑の野
初出――『中央公論』一九一五年七月臨時増刊号
底本――『日本プロレタリア文学集35　プロレタリア戯曲集1』（新日本出版社、一九八八年）
秋田雨雀／あきた・うじゃく　一八八三年（明治一六）―一九六二年（昭和三七）
青森県生まれ。本名・徳三。早稲田大学英文科卒業。小説家として出発するも、劇作家に転じ、一九一二年「埋れた春」で脚光をあびる。一三年、島村抱月主宰の芸術座創立に参画。エロシェンコとの出会いからエスペラントを学び、童話創作を試みつつ社会主義に傾く。二〇年、戯曲「国境の夜」を発表、日本社会主義同盟への加入を経て、二三年、先駆座を興しプロレタリア演劇運動に邁進する。二七年に訪ソ、その後プロレタリア科学研究所長となる。戦後は舞台芸術学院長、日本児童文学者協会長などを務める。

「舌」の叛逆としてのエスペラント

秋田雨雀

改造社がエスペラントに就いて何か書いて呉れということであった。私はこの短い感想文の見出しを『舌の叛逆』という、あのアナーキストの君子人石川三四郎君が、ヨオロッパでエスペラント運動を批評して使った文字を拝借することにした。

すべての文化に対して人間が主人でなければならない筈であるのに、人間は長い間文化の奴隷であった。今でも、人間を社会の制度や信仰に対して奴隷の位置にあるものだと信じたり、また信じさせようとしている人がある。舌は、ちょうどそのように、言葉の奴隷にされて来た。言葉が、人類の生活に於いて用途が益々繁《しげ》くなればなるほど、奴隷としての舌の役目も繁くなった。舌は一生懸命働いた。日本の大臣の外は、人類は大抵一枚の舌しか持合わせがないので、舌の苦心は並大抵のことではなかった。然し言葉の方では同情がなかった。各国語は国民性とかいう神秘性まで附け加えて、威張って舌の運動を強制した。舌はとうとう叛逆を企てた。

石川三四郎君は何《ど》んな意味で、「舌の叛逆」という言葉を使っていたか、私ははっきり覚えていない。

然し私はエスペラント運動を舌のストライキ運動であるという意味で、この言葉を拝借した。舌の叛逆はとりもなおさず思想が言葉の主人にならなければならないことを示している。言葉が人間を支配せず、人間が言葉を支配しなければならないのだ。一体今日までの各国語、例えば、英、仏、独、露語は可なり乱雑な不完全な発達を遂げて来たものであるが、その舌の乱雑さも不完全さも、その国民には到底離れられない味の一つとなっている。国語の発達には国民の生活の姿が描かれているとさえ言われている。然しそれが自国民に対して魅力があればあるほど、他国民には苦労の種になるのである。私達は五十年間英語を研究している老男爵の事を知っている。やはり五十年間英文法の研究をしている老英学者の姿を想像することが出来る。そして然《そ》ういう学者のことを考えると、何故彼等の舌が叛逆を企てないかを疑うものである。

それほどまでの苦労をして、人類は何故に多くの難解な他国語を学習しなければならないのか？　要するに横に進む生活を必要として来たからである。人類は横に進むためには先ず第一に言語が必要だ。言語は、言うまでもなく、人類の意思を疏通させるために、人類によって創造されたものであるが、今日の国語は縦に進むために創造されたもので、横に進むためには創造されていない。もし縦に進む国語を横に進む生活に用いようとすれば、暴力が必要になる。今日の人類の苦しんでいる言語の問題は、実にこの不合理から生れて来ているものである。チョイスリーダーの第一巻目から、英文法の第一頁から、この暴力が行われている。私達が中学校の課程を終えるまでに、この暴力のため何れだけ悩されたか、また専門の課程で三年、四年のフランス語、ドイツ語の学習にこの暴力のために何れだけ大事な脳味噌を絞り取られたか、考えるだけでも腹が立つ。

戦争の製造者に直接の口実を与えるものは「言語不通」であるといわれているが、今日各国民が外国語の学習のために費している努力は、決して戦争で失われる人間の労力より少いとはいえない。然《しか》も外国語の学習によって、人類の生活が何れだけ幸福にされたか？　これは私達日本人ばかりでなく、人類全体が真面目に考えて見なければならない問題だと思う。internacia《インテルナツィア》 lingvo《リンクヴォ》 国際語の必要の問題は、単に実用の問題ではなくして、言葉の持つ性質その物にあると私の主張するのはそのためなのだ。今日の国語を何れだけ深く学習したとて、人間の意志が心からぴったり触れられるものではない。また触れないように今日の国語が創造されて来たのである。手近い例をひいて見よう。私達はどれだけ英語に精通したとて、英語で話して、あの英国人が腹の底から打開けて呉れると思えるだろうか？　況《いわん》や彼《か》のアメリカ人をやである！　ロシア語が幾ら出来たからとて、あのロシア人の心持が解るというものではない。ドイツ人然り、フランス人然りである。これは実に今日の国語が今日の人類を支配している、価値転倒の迷妄の醒《さ》めない内は駄目な話である。私達世界の同志がEsperantisimo（エスペラント主義）を号《さけ》ぶのは、この迷妄見を打破するためなのである。

　ただ昔から中央ヨオロッパでは、多くの学者が、人類の生活を合理的たらしむるために、また人種的偏見と戦争の原因を除去しようとして新しい意味を持ったinternacia lingvoの発明を唱えて来た。殊に一六六六年の独乙のライプニッツと近代のレオ・トルストイの二人の如きは国際語の主張者として決して忘れることの出来ない人である。そして一八八七年のザーメンホフ博士のエスペラント語の発明によって、殆んど二百年来絶えず唱えられていた人類の新しい伝統思想が実現されたのである。エスペラントの創始者であるポーランドのザーメンホフの伝記を読んだ人は、博士が、世間の嘲笑と迫害を耐え忍んでその言語の発明に熱中したその精神と努力に泣かされた。私は有名なエスペランテストのザーメンホフ伝を読んだ時の記憶ほど、読書によって昂奮《こうふん》させられたことは他に滅多になかったと信じている。一八八七年に博士がエスペラントを発明して、ドクトル、エスペラントという名で『世界語緒言及び全程』を出版した時は、友人達は皆な驚いたばかりではなく、発明した当のザーメンホフ博士自身が自分の事業の完成に驚いたと伝えられている。世界の同志は今でもこの事を自分の事として喜んでいる。

エスペラントの言語的構成に就いては、他の人が述べるだろうと思うから、私は精《くわ》しく言わない。ただ国際語としてエスペラントは左の三つの点を有しているということだけを記して置きたい。

1、言語的基礎を有すること。

2、平易であること。

3、芸術的であること。

第一の言語的基礎を有していることは、国際語が実在性を持つ最も重大な要素である。国際語の発明者の先ず第一に思いつくことは、言語の平易でなければならないということであるが、如何に平易であっても、それが言語としての基礎を持たないものは、決して行われるものではない。例えば、A、AB、ACAD……というようなアルハベットを幾ら上手に配列したところで、それは決して言語となり得るものではない。ザーメンホフ博士が、エスペラントの語彙を、今日の人類の多数の言語の母であるラテン語と、少数のギリシャ語を土台にして、それを補うに現代の各国語の中の最もポピュラーな言語をもってしたことは、それだけでも博士の発明の確実性を証明していると思う。

次ぎに何れだけ立派な言語的基礎があっても、また国際性を有していても、ラテン語のように学習に困難なものであってはこれまた国際語として実在性を持つことが出来ない。エスペラントは現在の国語を学ぶより約五分の一の労力によって、学ぶことが出来るのである。

また、たとえ言語的基礎があり、学習に容易であっても、もしその言語が芸術的要素に乏しいならば、これまた言語としての実在性を欠いているものと言わなければならない。エスペラントが、芸術的要素を持っているかいないかは、沢山のエスペラントの創作の戯曲、小説、詩歌、及び今日まで翻訳された沢山の文学、例えば、新旧バイブル、イソポ、グリム、アンデルゼン、アラビアンナイト、セルバンテス、シェークスピーア、モリエル、ゲーテ、シラー、プーシキン、トルストイ、トゥルゲニーフ、ゴーリキー、チェホフ、ガルシン、ワイルド、アルツィバーセフなどの完全な翻訳が立派に証明している。疑うものは一日も早くエスペラントを学ぶべしである。

エスペラント語に対して持ちやすい誤解は、エスペラントの学習を、ドイツ語やフランス語の学習と同じ性質のものと思うことである。エスペラントの学習は、決して学問的誘示や専売的利己のためではなくて、寧《むし》ろ学問の解放を意味し、言語の共産を目標とするものであるから、この種の謬見《びゅうけん》は一日も早く失くして、全く新しい思想を持って、この言語を学び、同時に人にもこれをすすむべきものである。今日の外国語の学習は、それによって直接の利益を得るためであるが、エスペラントの学習は人類に新らしい種子を蒔くことである。もし今日のエスペラントテストに喜びがあるとすれば、実にこの種子を蒔く百姓の喜びに類したものである。

最後に、エスペラントが、何故最近に世界の人類の前に、その実在性を持つようになったかを記して見よう。一体世界大戦前まで自国語の国際性を信じ、且つ主張していた国は二つあった。一つはフランスで、一つは英国であった。ところがその二つの国語が、欧州大戦で全くその鼻柱を折られてしまった。『国語が国際語たり得ない』ということは、欧州の大戦で完全に証明された。尚お一つは欧州に於ける二つの国際運動の勃興である。二つの国際運動の一つは国際聯盟の運動で、他の一つはロシア革命の成功に依って刺激された労働世界主義の運動である。然もこの二つの運動は利害相反する性質のものでありながら、殆んど同時にエスペラント採用を重要な議題の一つとしていることは面白い現象だと言わなければならない。

嘲笑と迫害の中から生れたエスペラントは今初めて日光を見ようとしている。

私はこの短い文章を終るに当って、中村、黒板、二博士、故長谷川二葉亭、小坂狷二、ワシリー・エロシェンコの諸君に敬意を表する。エロシェンコ君は今現に東洋の唯一の自由大学である。北京大学で、この『若い言語』のため働いている。エロシェンコ君の来ない前には、エスペラントは学者の理論的玩具に過ぎなかった。その意味で、日本のエスペラント史からエロシェンコを除くことが出来ない。

「舌」の叛逆としてのエスペラント
初出――『改造』一九二二年八月
底本――初出に同じ

秋田雨雀／あきた・うじゃく

医者とエスペラント

伊東三郎

ザメンホフは医者であった。日本でもエスペラントの為《た》めに重要な働きをした人にお医者さんが非常に多い。もと、伝染病研究所にいて今大阪癩病《らいびょう》療養所長である村田正太氏はそのうちでも最も重要である。村田氏は黴毒血清診断法《ばいどくけっせい》について、世界的権威で村田式法と云う方法はあらゆる医学の教科書にのせられている程世界的学者である。又、東大教授の緒方博士は、ヴィルヒョウ賞金を貰った病理学の世界的学者である。緒方氏は此《こ》のヴィルヒョウ賞金をそっくり、そのまま投げ出して日本エスペラント医学者協会の基金にした。此の団体は日本のエスペラント会でも、最も基礎確実な、しかも科学的にも重要なものである。やはり東大教授で熱心なエスペランチストである西成甫博士は、解剖学の大家で新しい筋肉を発見して「西氏筋」として医学の歴史に永久にその名を残す人である。西氏は子供の時から、解剖が好きで鼠の死骸や虫けらをつき廻していたと云う。その他京都の八木博士や長崎の浅田博士は単にエスペラント界で最も活動した人であるのみでなく、八木氏は婦人科、浅田氏は法医学等の分野で学問的にそれぞれ重要な地位を占めている。浅田氏の犯罪鑑定学は日本で一流だそうだ。どうしてこんなに医者とエスペラントは因縁が深いかと云うことは興味のある問題である。此の問題について九州の牧博士に聞いて見た。博士は曰「由来、日本の医学者は西洋の研究を失敬して来る伝統が深かった。医学を研究するよりも語学を研究する方が医者として成功する早道であった。それで医者仲間では語学の研究が発達していた。まあそんな所に原因があるかも知れない。」と。医学の後進国である日本の学者たちの俗学性の一端を痛烈に指摘された。又、千葉医大の助教授鈴木先生に同一の問題をたずねたら「医学の研究は現在国際的に非常に発達して来たので、国際的な研究の成果に皆んな敏感でなければならない。それで医学者達は各国語の研究に追われる、此処《ここ》からエスペラントの必要が痛感される。」と云われた。即ち医学研究者の学問的熱心さからだと云うことになる。俗学性からとの説と、学的良心からとの説と一見二つの対立した意見の様に見える。果してどちらがほんとうか。否、どちらも確かに現在の日本の医学の一面を道破《どうは》している。

医者と外国語との関係は杉田玄伯、前野良沢の蘭学の昔から中々因縁が深い。立派な科学を建設する努力の為めにも、手軽に進んだ医学を輸入して、上手に世を渡る為めにも語学が大問題であったらしい。菊池寛の「蘭学事始」に現われてくる色んな人物の葛藤も、実は人物の葛藤でなく後進国の学問が背負っている社会的悩みである。だがどうせ俗悪学ブルジョア社会で一人一人病人を治しても治し切れるものではない。又学問の研究と称してもマッハ主義やフッサール主義の俗学的方法で完全な学問は出来ない。立派な学問が出来多くの病気を根本から退治《たいじ》る為めには資本主義社会に大外科手術を施さねばならぬと、プロレタリアの陣営に立って無産者病院で活躍しているエスペランチスト大栗医学士の立場も又、独自な意義を有する。

エスペラントと医学に関聯して、想い起すことに次の様な問題がある。嘗《か》つて、吉野作造博士が突然検事局へ呼ばれたことがある。デモクラシーの運動はしても法律にかかる様なことはした覚えがないと心配し乍ら行って見ると、問題はこうであった。或る男が色々な病気を治す事が出来ると云う奇妙な療法を発明した。これをエスペル療法と名付け方々で金儲けをした。当局があやしと睨《にら》んで検《しら》べて見るとエスペル療法とは人類に希望を与えると云うエスペラントに因《ちな》んでつけた名である。エスペラントは吉野作造博士から学んだ、と云うのである。吉野博士は果して此の男に関係があるかどうか、証人として呼ばれたのであった。此のエスペル療法の本が不思議にも朝鮮の大山時雄氏の手許にある。本には大分エスペラント文で能書きがかいてある。

エスペラントには限らない。言葉で病気がなおると云う考えは、古来、非常に深刻に広汎に諸国民の間に行き渡っている。日本でもまじない、祈禱《きとう》、呪文等は今も尚《な》お民間では医者よりも行き渡っている。古くは平安朝時代等は貴族と雖《いえど》も、病の治療は医者でなく、阿部晴明の如き陰陽博士《おんようはかせ》によって言葉でなおしてもらおうとした。古いペルシャのお経スローシュ・ヤシトは言葉の力を神格化し讃美したものであり、何でも出来る威力があるものとした。その頃はあらゆる病気をなおすそれぞれの言葉を書いたお経がある。つまり医学を修める事はこれ等の言葉を覚えることである。

階級社会の続く限り科学がどうも変な神秘的な観念の力に隠されてしまっている。現代のブルジョア社会の医学にしろ、中々発達した科学的な点もあるが、一度《ひとた》びその基本的方法に至ると、俗悪な現象学であったり、フロイド主義の如き一種の荒唐無稽な神秘主義が跋扈跳梁する。これ等一切のエセ科学をやっつけて確実な科学の体系を築きあげ、着実に実際の知識を組織的に進めて行くことは、プロレタリア××の成功と結び付きあらゆる科学が唯物弁証法《ゆいぶつべんしょうほう》的に整理し、体系だてられることによって成される。医学の進歩の為めにも、プロレタリア××は是非とも必要である。決して個々の病気を治す意味からのみ社会の変革が必要なばかりでない。自分は医学エスペラント運動の正しい道として、やはり大栗医学士に団扇《うちわ》をあげなければならぬ。

医者とエスペラント
初出――不明
底本――『日本エスペラント学事始』(伊東三郎著・武藤丸楠編、鉄塔書院、一九三二年)

伊藤三郎／いとう・さぶろう　一九〇二年(明治三五)―一九六九年(昭和四四)
岡山県生まれ。青山学院、大阪外国語学校仏語科中退。少年時代よりエスペラントへの傾斜を深め、エスペラント青年同盟などを結成。労農党、共産党で「農民闘争」の中心として活躍。一九三〇年に小坂狷二との共著『プロレタリア・エスペラント必携』を刊行。豊多摩刑務所入獄を経て、戦時中は巣鴨拘置所で生活。戦後は熊本で農民運動に携わり、五〇年『エスペラントの父 ザメンホフ』を刊行した。

［川柳］

戸川幽子

誤字だらけのわびしい手紙よ

存在を無視されに出るひるの月

泣く笑ふ地球の上ツつらだけの事

そのまゝでおき度いものが又くずれ

棺の前吾も吾もとほめたゝえ

下を見てゐろと男に教へられ

逆つて見たい血さつとわきあがる

あきらめのつぼへむりやり押し込める

ひよろひよろな足に熱した首がのり
一生の席がきまつた味気なさ
盛り上る感情他愛なくくづれ
さへぎつて見たい気さつと手をひろげ
赤く燃え切れずに冷えた私です
意気地なくたべてゆかれて人の妻
やせ犬となって嗅覚とがりきる
いひ過ぎて淋しい唇
うつかりと産み落されて長い旅

牙や角ない人間の怖ろしさ

敬語にかこまれて生きるさびしさ

可愛がりすぎたものからなめられる

御客様のときは誰も笑つてくれる

（『川柳人』一九三三〜三五年、句集『ひらめき』一九四〇年）

戸川幽子／とがわ・ゆうこ　一八九一年（明治二四）—一九四〇年（昭和一五）
岩手県生まれ。本名・イフ。通称・勇子。父は自由民権家として加波山事件に連座、のち日露戦争時の諜報活動でロシア軍に捕えられ銃殺された横川省三。母も結核で死亡したため、幼くして修道院に引き取られる。結婚で戸川姓になる。一九三三年に井上信子に師事。「川柳女性の会」に加わり、『川柳人』『女人芸術』『蒼空』『巻雲』などの川柳誌で活躍する。四〇年に句集『ひらめき』を刊行。その一ヶ月後に結核により死去。

V

十三人

田中忠一郎

一

全国の農村から集められた一粒撰《よ》りの献上繭を更にまた絹糸に手繰《たぐ》るべく××館製糸工場は、その全国で特に選《えら》まれた模範工場であった。

正面の門には国旗が綾字型に掲げられ、六月下旬の炎天下にやおら湿気を含んだ海風を受け、軽く旗幅を靡《なび》かせていた。その傍腹の門柱には謹慎中面会固ク謝絶スと、選挙の立看板のような肉太に記した貼紙がしてあった。町の雑踏から五六丁裏手に逃れ、海岸通へ抜けようとする其処《そこ》の砂丘の上に、勃《ぼっ》然《ぜん》と一廓を構えているのが当工場であった。信州辺のように製糸機業家の密集している工場地帯とちがって、兎に角湘南地方には、たった一つの製糸工場であるだけに、それだけでも特に人の注目をひくに価するものがあった。

それに、ことが宮中へ献上する糸を繰るというのだから大変なものだ。その上なんと光栄ある有難き御沙汰であることぞ！　××宮妃殿下が、わざわざこの湘南の模範工場へ御台覧遊ばせ賜うというのだ。愈々《いよいよ》以って只ならぬことである。全工場、全社宅をあげての大騒ぎであった。

女工便所の汲取口がのけ反って、醜物を無遠慮に露出していたり、鼻持のならない蛹屑や、倉庫裏、植込の下などに不態《ぶざま》に放埒《ほうらつ》している紙屑、そうした常時の工場とはまったく打って変った清潔さであった。

貧農の婦女子を収容し、あらゆる方法で労働の強化と搾取の上に立つ労役所にも等しい工場であるなどとは、どこを押しても見えないのであった。秩序整然と箱庭のように行届いていた。汽罐場、各工場、飯場等の入口には厳《おごそ》かに七五三《しめ》縄《なわ》が張られ、大広間の祭壇には、つまみ食いのしたくなるような鮮やかなお供物が山のように飾られていた。まるで景気のいい正月でも来たかのようであった。

二

午前五時――。汽罐場の屋根頭で起床汽笛が吼《ほ》えると、女工たちはスイッチでも押したように一斉に跳ね起きる。夏の五時はもうすっかり明るい。半円形に膨れ上った砂丘の防風林の彼方には、焦熱地獄を思わせる一日の太陽が早くも昇りかけている。

彼女たちは寝ぼけ眼《まなこ》をひっこすりながら、それでも一様に掛声をしながら床をたたむ。それを押入のない二十畳の部屋の隅へ二十人分の布団を叮嚀《ていねい》に二段に積み重ねる。読みかけの古雑誌、小物入れのバスケット、風呂敷包み、寝巻と云った類は頭の上の吊棚へきちんと片付けるのであった。いつも自分の身の囲《まわ》りのことなど放任しきってい、またそんな暇のない彼女たちにとっては、それだけでも余分の努力を払うということは、よういの業ではなかった。それが済むと一旦廊下に雪崩《なだ》れ出た。

が、彼女たちは、熟睡しているものをいきなり揺り起されたと同じような、すぐに行動に移れない頭の鈍痛があった。全身は水づかりの丸太材のように重い。春挽《はるひき》競争で攻めたてられて来たどうにもならない疲労が一様にあった。

　それに平常なら五時半の起床であるのに、三十分も早いのだ、暑さと蚤や南京虫で碌《ろく》すっぽ眠れない夏の三十分は、それはてきめんに身体にこたえた。

　廊下に立竦《たちすく》んでいる女工群を見ると、部屋長と教婦が胆《きも》をいらして怒鳴って歩いた。

「なんです！　もう忘れたのですか？　あれほど注意してあるのに！」

　彼女たちはすぐにそのまま風呂場へ追いたてられて行った。

まず斎戒沐浴《さいかいもくよく》をし、身繕《みづくろ》いを整え、心身を清めなければならない。それが済むと念入りな礼拝と君が代の合唱が行われ、工場監督から一日の注意と訓示が与えられる。

　風呂は、丁度桶の中で里芋を洗うのと同じ状態であった。僅か四坪足らずの湯船へ三百人の女工が時を同じゅうして飛込むのである。それは恐ろしい剣幕であった。小桶の奪いあい、手、足、頭、尻、怒号――。おまけに汗爛れ、アバタ、皮膚病――なかには月の巡りものの来ている女――。平常なら当然遠慮すべき筈の者まで、斎戒沐浴という厳かな儀式のために強いられているのだ。だからそれは、厳密には身体を清めるために入浴するのか、汚すために入浴するのかわからないのであった。

　全女工に対して揃いの浴衣が一反ずつあてがわれた。（女工たちは各自それを着られるように縫いあげた）だがその進呈の浴衣も、実は歳末に女工たちの工賃から巧みに差引いてしまうものであった。

煮繭部《しやけんぶ》（男工）はもう一通りの配当繭を煮上げつつあった。その煮上った繭を、各工場へ運搬する激しい手押車の交錯――。

その役割は工場法から言えば当然雇庸出来ない筈の、未だ尋常小学校も卒業してない幼年女工の手でなされるのであった。繰糸見習工として、貧農の家庭から狩り集めて来るのであるが、さて一旦工場へはいると事実はまったく正反対であった。繭運び、蛹集め、雑巾がけ、便所掃除、教婦や検番たちの使い走り、おまけに恋文の密使。時間外には社宅（監督、主任等々）の児守《こもり》までさせられるのである。一人前以上の筋肉労働――一口に言えば雑役婦であった。

全女工へ揃いの浴衣が反物地で渡されたという昼、一人の未成年女工が係りの監督に申し出たものだ。

「監督さん、おらがの方へはまだ反物渡りませんが……」と監督は、いきなり張り飛ばすように怒鳴ったのだ。

「バカッ！」

ただそれっきりだった。糸を挽けない彼女たちには、浴衣の分配を受ける権利がないのだ。まるっきり別雇のように平常の汚れた単衣《ひとえ》の裾《すそ》を端折《はしよ》って、ただ命令されるまま機《はた》の杼《ひ》みたいに車の尻を押して工場から工場へ突走って行った。

六時の始業の鈴が鳴る。

繰釜へ吹きこむ蒸汽の音、高速度の圧力でほとばしって行くスチウムパイプの軋《きし》み。糸枠の廻転――。

斯《か》くして各々自分の部署につき、厳かな献上繰糸の第一日が始まるのであった。

三

愈々明日は××宮妃殿下が御台覧になる。みにくい失敗があってはならない。館長にとっては恐らく一生一代の光栄と名誉に浴するのであろうから――

そこでまず明日の予習を一通りすることになった。

午前九時三十五分のお召列車が駅に到着と同時に、五分間汽笛を鳴らすこと。

ここに一つの問題があった。未成年女工の始末である。これは合図の汽笛を鳴らす十分前位に貯水タンクと汽鑵場に並行して建っている繭倉庫の屋根裏へ隠匿《いんとく》することにきまっていた。須田第一工場主任は彼女たちを集めて極めて厄介者でも扱うかのように言った。

「いいか、おれが合図したら、何を置いてもタンクわきの繭倉へ駈けこむのだぞ！　わかったか！」

二度ばかりその稽古をして見た。が、二度目の時、なぜか彼女たちは扉のところで一寸立澱《ちよつとたちよど》んでいた。丁度火を見た馬が鼻を鳴らして後去《あとずさ》る時の格好であった。とすぐ脊後《はいご》に須田主任が立っていた。彼女たちはそのはずみに、恰《あたか》も跳《おど》り込むかのように扉の中へ吸い込まれた。そしてピシャンと扉が鎖《とざ》され、すぐ開放された。

「よし！　そのとおり、忘れるな！」

彼女たちは何が何んだか、わけがわからなかった。皆が揃いの浴衣を着て賑かに糸を挽いているというのに、自分たちだけはまるで退屈しかけた玩具みたいに邪慳《じやけん》に弄《もてあそ》ばれる。

それに彼女たちは春の四月頃に一度県庁の工場課の役人が来た時に、突然そういう苦い周章《あわ》てた経験をなめたことがある。その時は二時間ばかりの辛抱であった。それに季候はよし、冬越しの秋繭が積んであるだけだったので、たいした苦痛というほどではなかった。それでも暗い息詰るいやな感じだった。それが今度はものの五分とはいっただけでも心臓が止りそうな感じだった。彼女たちは扉の鎧戸がガチャンと下りる瞬間ゾッと身内がこけて行くのを感じた。そして扉が開くと再び皆申合わせたようにホッと吐息をついた。

須田主任は後で言った。「バカ、何をきょとんとしてるんだ。今度はものの一時間とかかりはしないんだぞ!」

彼女たちはただ黙って、汚れた鼻の下をこすりながら、こっくりをした。

御台覧の順序は、繭撰別部、煮繭部、第一工場、第二、第三、第四工場、再繰部、捻糸部、検査部(セレプレーン、デニール等の検査)の順であった。繭から絹糸に仕上るまでの生産行程を御覧に供するわけである。

女工たちは絶対に口を動かさざること。眼は自分の指先以外に反らさざること——。

廊下に面した硝子戸を全部解放して、一目で工場の中が見えるようになっていた、まず今日は汽笛の代りに鈴を振る。

女工たちはそのまま謹慎な態度で糸をとり続ける。館長、監督、各工場主任が一列を作って模擬参観をする。各受持の検番、教婦が入口に並んで女工を代表して最敬礼をする。

ざっとそんな形であった。

午前十時、工場内はもう九十度を越ゆる暑さであった。焼けた鉄丸のような太陽が、ジリ、ジリと転がすように工場の屋根波に並行して行く。揃いの浴衣は夕立にでも逢ったように脊中の方からビショ濡れて来る。一寸でもいいから腰掛を外して風を入れたい。水を飲みに――便所へ――ふだんならば言訳はいくらもある。が期間中はまったく咳をすることさえ禁じられているのだ。と、そんな時に限って又糸がよく切断《きれ》る。おまけに一粒撰りの上等繭なんだって、各地、方々から集めたものである。ホロや外見ばかりよくても糸口のつきの悪いの、解の渋いの、――いろいろである。

殊《こと》に上蔟期《じょうぞくき》にかかった蚕育中に湿気を防ぐため石灰を撒布したのなどに出喰わすと、それでなくとも湯爛れでフヤケきった指腹に、その荒性の石灰質がてきめんにこたえるのであった。はずみに、指腹に糸の繊維が喰いこんだりすると、彼女たちは思わず飛上った。

高速度で廻転して行く糸枠、無限に絡められて行く白い繊維――。それをジッと見つめていると、尨大な一本のローラになりそのローラと一緒についには自分自身も廻転されているような気持になって来るのであった。意識は遠くぼやけ、口付箒で釜の繭を繰っている手首が、いつかピッタリ動かなくなっている。

と、検番が一直線に泳いで来る。

「こらッ！　何をしとるか。この大切の時に！」

彼女たちは、ハッとして眼をみはる。が、すぐにまた、不透明の硝子玉のように視力がぼやけて来るのであった。

四

町の道路は、仕上鉋《しあげかんな》でもかけたように片付いていた。軒並に国旗が掲げられ、町民は朝から雑踏していた。

やがて、浜の防風林を抜きん出た、今日も熱に爛れた太陽が、朝から昼への飛躍を試んとしていた時であった。

××館製糸工場の空高く、猛然と汽笛が吼えたて初めた。町は急に動揺《どよ》めきだした。そして当の××館製糸工場は町の混雑とはまったく正反対に、急に打水でもしたように粛然と静まりかえっていった。咳払いの音一つしない。

未成年女工の隠蔽も少しも周章てずにうまく行った。ただ蒸れかえる繭倉のトタン張りの屋根裏で、最も耳近くその汽笛を彼女たちはどんな気持で聞いたことであろう。

汽笛が鳴りやんで暫く、間延びのした緊張が続いた。

そのかたくななほどの緊張の瞬間である。多分館の門衛を潜ったらしいお召自動車の軽いエンジンの轟を、女工たちは糸枠の廻転する軋音の間に、幽かに聞いた。

五

それから四十分の後である。事務所では幹部連中が館長を胴上げして大騒ぎであった。

御台覧は大成功に済んだのだ。のみならず非常なお賞《ほ》めの言葉を賜ったのである。

だが、それは極めて呆気ないものであった。ただ一片の通り魔のように廊下を御通過遊ばされたに過ぎない。

昼食休みに女工たちの間に大変な問答が初まった。

――洋装だった。和服だった。いやたしかに洋装だ。和服に間違いはない。――が、結極そんなことはどっちだっていいじゃないか――という一人の女工の気転で激論は笑い崩れになってしまった。事実その位のものだった。

この日は特に一時間早仕舞であった。

五時――終業の汽笛が鳴ると、女工たちはそのままの作業服（揃いの浴衣）で、まだ西陽のカンカン当っている運動場の広場へ整列するよう――命じられた。記念撮影である。

工場の敷地続きの館長宅では、晩の祝宴会の準備に忙殺されていた。工場の幹部連中、町の有力者の招待である。

館長はもう踊らんばかりの得意であった。撮影前のひとときを落着けなく、そわそわカメラの前を往ったり来たりしていた。人並より寸法の短かい円顔の彼は、得意の笑顔になると、首を省略した石の地蔵尊みたいに剽軽《ひょうきん》であった。彼は、ふと思い出したように須田主任を呼んだ。

「おい、君、須田君？」

世話のやける女工たちの整列順序を指図していた須田主任は軍隊流の駈足《かけあし》でやって来た。

「ハイ、何かご用でございますか？」

「ね、君、見習の子供（幼年女工）たちはどうしてるんだね。宅の方へ廻してくれたまいな。そら、あの宴席の方の手伝の手が不足なんだから、早くしてくれないか――」

その時であった。今迄得意然とはしゃぎきっていた須田主任は、右のズボンのポケットに片手をつっこんだまま、車軸のように硬直したのである。

「あッ！……………」

ポケットの中の掌には、あきらかに今朝自分のその手で錠を下ろしたばかりの、繭倉庫の合鍵が顫《ふる》えながら握られていた。

＊

四方の鎧戸窓を鎖《とざ》しきった繭倉庫の屋根裏には、昼飯も食べない十三人の未成年女工が、まだ乾燥し上ったばかりの火熱の去りきらない春繭の山積の間で、日をくった鰯《いわし》のように長く重なりあっていた。

十三人

初出――『レフト』一九三三年一月

底本――『日本プロレタリア文学集12「文芸戦線」作家集3』（新日本出版社、一九八六年）

田中忠一郎／たなか・ちゅういちろう

生没年不詳。文戦派の作家。底本の解説（津田孝）によれば「千曲川に近い養蚕農家と製糸工場の問題を題材としているところからおしはかると、長野県出身の作家と思われるが、経歴は明らかでない」。唯一の作品集『わだち』（「新人文学叢書」第七、宮越太陽堂書房、一九四〇年）の序文に「魚河岸職人で、その後帰農した」との青野季吉の記述がある。

地下鉄（「青服」前篇・後篇）

貴司山治

青服　前篇

一

サアドレールの覆いの木の上を歩いて行くと、隧道のうすくらがりの中に、キュンキュン鼻をつく防腐剤の強烈な臭気にまじってコンクリートのかわく匂いがした。その中には漆喰《しっくい》の匂いも、かびた埃《ほこり》の匂いもまじっていた。それらが一種得体の知れぬ異臭となって、ぷーんと鼻腔を刺激した刹那には、このまま呼吸をつづけていたならば、肺も気管もどうかなってしまいそうに、しみつくように痛かった。

ゴシゴシゴシゴシ……という響きが前の方からきこえてきたので、すかしてみると、乏しい灯の色にわずかに黒く浮き出して五六人の男達がサアドレールにたかっている。

近づいてみると、中には油と水によごれた地べたに座りこんで、首をまげ、肩を張って鉄の切れっぱしで、レールのつぎ目をこすっている者もいた。その音が狭い隧道の中にこだましてゴシゴシゴシキイキイキイキイ……と陰気な響きを立てているのである。

「おうイ」

と清はだれにともなく声をかけた。二三人のものが働く手をやめ、ふり返って清の方をみた。だれがきたのか、とてもみわけられなかった。

「あのう……サンドペーパーがなア……」

と清は腰にぶら下げていた汚れた手拭《てぬぐ》いを外して自分の顔をふきながら、

「思ったより手間がかかるけん、もう二人ばかり、うしろの方を手伝うてくれんかア?」

すると五六人いた男たちは一応手を休めて、めいめいオットセイのように首をあげたが、

「君らの組はどの辺まできてんの?」

と中の一人が声をかけた。それは駅員見習の小村だった。

「後方約十五メートルでありまアす」

清はおどけた答え方をした。

「おれ行ってやる!」

と小村が立ってきた。

「もう一人……」

清はすぐそこにレールをみがく鉄の棒で覆いの木の角をコツコツ叩きながら口笛を吹いている青木をみつけて、

「君きてくれんか?」

青木は黙ってうなずくと、腰を反らして立ち上った。

あとの連中はそんな事はどうでもいいといったような態度で、物倦《ものう》そうに無言で又もとの作業を開始した。ゴシゴシゴシという鈍い響きの裏をかくように甲高いキイキイキイキイという音がまじった。四人とも手拭で口をマスクしていた。上野、浅草間の隧道工事が完成し、会社に引渡されてきょうで一週間たつ。日本に始めて地下鉄道ができたのだ。この隧道がそれだと思うと、防腐剤のぷんぷん匂っているこの地下の穴の中を蛇のように貫く二線の鉄路が、うすぐらい電燈にぼんやりと光りつつ穴の奥の闇の中へと消えて行っている光景に、清は一種荘厳な気持をすら覚えた。コンクリートの土台の上に、防腐剤をかぶってまっ黒になって横たわる枕木の面を殆ど無勾配一直線に走る四呎《フィート》二分の一百ポンド線路《レール》の双曲線の外側に沿ってここでは一本のサアドレールというものが同じように走っていた。それはプラス送電線で、地下鉄にはプラス送電用の架線というものがなく、電車にも屋根の上のパントグラフというものがなく、その車台の下部にサアドレールの表面をこすって走る集電靴《コレクターシュー》というものがついていた。電車は大体時速五十キロだから、もしサアドレールのつぎ目に一ミリの段差があっても、その上をこすって走るシューがそれによってはね上る。で、そのつぎ目を平均するのと、レール面の銹をおとしてシューの滑走をよくしなければならぬというので、完成引渡し早々全従業員は三班に分れ、第一班二十四人が上野浅草間二・二キロに延びたサアドレールを、連日のようにみがいているのだった。十二人ずつ二手に分れ、A班は上野から、B班は浅草から、朝早く隧道にもぐりこんだ。毎日ゴシゴシキイキイをつづけて両組がまん中で出会った時、どっちの組が何メートルだけよけいに働いたかを競走でやっているのだ。

清の加わったA組では十二人を半数ずつに分け、六人が鉄の棒でレールのつなぎ目をこすって行くあとから、他の六人がサンドペーパーでレールの錆をおとして行くことにしてB組との競走がもう六日間つづいていたが両方のもぐらはまだ穴の中で出会わないのだ。

「開通してからその上をうっかり歩いてランニングレールのマイナスを一寸《ちょっと》でも通じたら六百ボルトがちゅッととおって、さらばさらばだぜ」

サアドレールの覆いの木の上を歩いて行く小村のうしろから、青木が大声でからかった。

「いやだよ、今からそんな縁起の悪いことというなよ」

「いや、こりゃ年に何人かはやられるね」

青木はまじめな声になってうしろからくる清をふりかえった。しかし、清の顔は暗くてみえなかった。

青木はつづけざまにセキをして、

「どっちかというと、これア架空線よりはずっと危険《あぶな》いよ」

清はうつむいたままさぐり足でついて行きながら、

「君、風邪でもひいたの?」

といった。

「くらアい、くらい、どこだア……十五メートルったって、見当つかないや」

と先頭の小村が叫んだ。

すると、隧道のどこかにともっている薄ぐらい電燈に、おぼろげに照らし出された行く手の方で、

「おーい」

と呼ぶ声がした。同時にレールの両側の闇の中に、黒くなってうごめいている何人かの人間の影がみえた。小村はそれを認めると、レールの上から足をすべらせかけて枕木の上に落ちまいとして体をおかしな風にくねらせ、その恰好《かっこう》にさそわれて、序《ついで》におどけてやれといったように、

「A組のモグラ諸君！　しっかりピッチを上げないとこの競走はB組の奴にしてやられるぞ。かくては……フフフフフわれわれA組モグラの名誉に関する！」

小村の声はガンガン隧道の中にひびいた。

「だから、しゃべらんと早く手伝ってくれヱ！」

と、うつむいて働いていた一人の黒い影がいった。

「だれだア。煙草オすってやがる」

その声につづいて二三人がオットセイのように首をあげた。

「そんなことするけん、仕事がはかどらんのじゃ」

と、ひどい田舎訛《いなかなまり》の一人がどなった。

「ペーパーは誰が持ってる？」

青木はそういいながらすぐにみなの仲間に加わってそこへしゃがんだ。小村も清もてんでに働きにかかった、

「モグラの名誉はよかったな」

と青木がふり返ってそこに清がいるのを見ると笑っていった。

「ほんとに、毎日これじゃモグラといわれても仕様がないけん」

清は青白い面に青木の笑いを感染したように笑皺をたたえて答えた。

「煙草でも何でもすったらいいじゃないかねえ」

暫《しばら》くサンドペーパーでキュキュキュ鉄の表面をこすっていた青木が、ふと思い出したように首を上げて、

「おーい、諸君……」

とあたりへ声をかけた。

「こんなことオしてたらB班にまけっちまうぜ。負けたら又勝部さんや菊川さんに何とかかんとかいわれる。なあ、この仕事は要するにA組に一尺でもいいから勝てばいいんだ。要領だぜ、そこは……どうだい、今僕らは向うから歩いて来たんだが、ものの十五メートルから、おくれている、もっと前の組へおいつこうじゃないか?」

かれはいつの間にか立ち上っていた。

「おいつくったって、みがくだけはみがかなければおいつけやしないいじゃないか」

と青木のうしろで答えたものがある。

「いいさ、いいかげんにやっとこうや。君らは少しバカ丁寧すぎるよ」

「そんなことオして電車が転覆したらどうする?」

という甲高い声がした。丸顔の、やはり鉄道学校組の三保という男である。

「あとからきてつべこべいうな。そんな指図をするまに早くやれエ!」

とおこったのは山路辰一だった。

黙っている他の連中も、非難するように青木の方をみていた。かれが働き出すのを促すように。

青木はわざとみなの反感をそそることを承知しているといったように、悠々とマッチをとり出して、煙草に火をつけた。みなはもう取り合わないといったように、かれをすてておいて働きにかかった。

「なア、諸君。コレクター・シューって奴にはバネがついていて、レールの表面を一定の力で圧《おさ》えて走る……だからレールの表面の錆が滑走の邪魔になるっていうわけだが……」

「その通り」

と叫んだのは向うの方にいた青木の同級生の大澤である。

「しかしなア大澤、いくら速力が早いったってレールの表面のサビのためにはね上るってことはないと思うよ。それよりも、レールが油でぬれているのがいけないんだ。油は電気の邪魔をするからな。だから、油さえふいておけばいいんだ。あとは君、シューでこするんだもの、少し位の錆はすぐにひとりでとれてしまうよ。それをわざわざ僕らに、レールをみがかせることはないんだ。そこをやかまし屋の勝部さんが、念には念を入れさせるんだ。それはいいが君、そうやたらにコキ使われておれたちがたまるかい。八時間労働だ何だといっている時代に、おーい、わかってるかい、おれたちはこんな臭い地の底で十一時間も働いてるんだぜ」

これだけいってしまうと青木は指の間から煙草を吸って煙をはき出した。煙草の火が火照《ほて》って、かれの顔が鬼の面のように赤くみえた。

みなは、青木の様子を眺めている内に、こうして真面目にもう六日間働きつづけている自分達が、何だか間違ったことをやりつづけていたような気持になった。

そういう気持がほんの少しずつ萌《きざ》した瞬間にかれらは急激に落胆し、てんでに働かしていた両手を休めてしまった。

「もう何時だろう？」

「三時二十分だ」

「一ぺん休め」

「ほんとに油だけふいたらいいのか？」

と誰かが青木にきいた。

「そうさ」

青木はオーム返しに、その声を発した男を詰《なじ》るように、

「B組の方でもそうしているに違いないんだ。負けたら責任だぞ」

そこでみんなはあわてたようにあたりをみまわした。

「油だって鉄よりは不導体だというだけで、絶縁体じゃないんだ。大丈夫だよ。かんじんなのはレールのつぎ目の平均をとることだけなんだ」

「じゃそうしようか？」

と大澤があたりへどなった。みなは「そうしよう」とか「よし」とか答えた。

「油は古新聞で拭くのが一番いいんだ。新聞紙が足りないだろう。だれか合宿へ古新聞をとりに行ってこないか……」

青木はいざという時には殆ど人の思惑にはかまわないといったような振舞《ふるまい》にみえるやり方で、二人ばかりを合宿へやるようにいいつけると、古新聞を運んでくるまで休憩しようといって、十メートルほど向うにみえるプラットへ引き上げるため、われから先に立って歩き出した。みなは持っていたものをそこへすてて、めいめいひどく自分に腹を立てたような顔つきで、そのあとにつづいて行った。

二

間もなく人々はサンドペーパーでみがくのをやめ、古新聞でレールの表面を油を拭きとるだけにした、しかし、へんに錆びている部分はやはりみがいた。

みなは楽な方の油みがきをしたがって、さきへさきへと、それがはかどるにつれて歩をうつして行った。そして時々

「おうい、ここが大分錆びてるよ」

とふり返ってあとの者に伝えた。青木は錆をおとす方の厄介な仕事を黙ってやっていた。清も錆落しの方をやった。青木と二人だけだった。四五人の仲間が、がやがやしゃべりながら、新聞でレールをこすりつつ次第に、青木と清をのこして先へすすんで行った。

「もう何時だろう？……」

「四時半だ」

あたりが暗いので、互いにはげまし合うように絶え間なく時間をたしかめ合って、穴の中から出て行ける六時の定刻までこぎつけようと青木も清もしらずしらずあせっていた。もうあと一時間だ。

清は青木と一メートル位離れた所でレールの赤さびた部分にサンドペーパーをあててこすりながら、地面からキュンキュン上ってくる防腐剤の匂いに、眼をいためないように瞼《まぶた》をとじて、手だけ動かしていた。防腐剤は枕木とコンクリートの間にあふれて剰《あま》った黒いどろどろの液がコンクリートの上にしみひろがり、しゃがむとその強い匂いが鼻をつんざいたので清は黒いマスクを鼻にあてがっていた。しかし匂いは眼をも刺激した。サンドペーパーでレールをこすっている間、眼をとじている外なかった。それでも呼吸の間にノドをいためるとみえてセキをするものが大分ふえていた。かれ自身、セキをしていたし、かれの前で働いている青木もせいていた。さっき「風邪を引いたのか？」と清がきいたのは「それとも隧道中毒か？」という意味を含んでいた。

「一日中、太陽をみないで暮らすなんて君、大きな問題だぜ」

清がうしろへ近づいてきた時に、青木がふり返っていった。

「二班と三班へ廻った方がよかったな」

十一月下旬に名古屋の日本車輛から、十輛分の分解された車輛が着いてそれが芝浦から荷上げされ、トラックや牽引車で毎日のように上野の車庫へ曳き込まれてきた。

十二月早々車庫内でその組立が始まった。勝部はその仕事に没頭していた。二三輛組立が終り、車庫の中で動かしてみた上、この間から第二班がその出来上った車体の内外を清掃しているのである。

第三班は車庫の中に建設された変電所の掃除をしていた。それらはみな太陽のある地上での仕事である。

清は青木のうしろに立って、防腐剤の臭気を避けながら休んでいた。永くしゃがんでいると、その匂いのために頭痛と嘔気が横隔膜の辺りから持ち上ってくるのである。

今までは、学課や運転の実習が主だったので、かれらがほんとうに労働らしい労働を味わうようになったのは、今度の仕事が始まってからのことだった。朝七時から、清たちの属する第一班は隧道の中へはいった。午食に一度合宿へかえる外、交替も何もなしに六時になるまで穴の中で働きつづけていた。

労働が終って、穴の中から匍《は》い出してくると日の短かい冬の街はもうすっかり夜で、ネオンサインや電燈が耀《かがや》いていた。かれらは朝の間、ほんの僅かばかりしか太陽をみなかった。このような労働の状態は、かれらの習俗のどこかにのこっている本能をおどろかした。かれらは太陽のさんさんとふりそそいでいる中で、雲雀《ひばり》の声や日光や風を全身に浴びながら働いてきたものばかりであった。かれらはサードレールの継ぎ目に鑢《やすり》をあててキイキイキイという烈《はげ》しい音をたててこすりながら、その中に故郷の野良の雲雀の囀《さえず》る声を思い出したりした。

暗い隧道の中を匍い廻るたびに鼻にくる防腐剤の匂い、コンクリートや漆喰《しっくい》の匂いの中に、かれらは麦の穂の上を渡る油菜の花粉の匂いとか、桑の葉の間をくぐる風の中の海の潮の匂いとかを烈しく幻想した。

勝部は一同を食堂に集めていった。

「十二月中にどんな事をしても必ず開通式をあげなければならん。開通すれば労働は楽になる。諸君は全部本傭いになおす。もう暫くの無理だ。手おくれにならぬように一生懸命にやってもらいたい」

みんなこの地下鉄が開通さえすれば——という漠然たる希望と喜びを抱いていた。開通すれば——それが自分たちのめいめいの将来の希望と強く結びついた感情になっていた。

「しかし君、考えてみるとおれたち労働者なんてものは、ずい分世の中の下積だね」と青木が仕事をすっかりやめてしまって、清に話しかけた。清は探るように青木のよくみえない顔をみた。ここへくるまでの自分は、更にもう一段の下の下積だった。青木はこれよりも下積みの生活のあることを知らないでいるらしいと清は思った。

「君の家《うち》は何やってんの?」

と清はきいた。

「おれんちかい? 親父は塗師屋《ぬしや》さ」

「ヌシヤ?」

清にはそれが何だかわからなかった。

「ああ、もうとても食って行けやしない。塗師屋というよりも、まあ半分失業者だという方があたってるさ。それでおれが鉄道学校へはいったんさ。鉄道の従業員になって、給料にありついて、親父や小さい妹や弟どもを何とかしてやらねばならねえんだが、おらあ、本備になってからのことを考えてみると、たかだか月に四五十円だろう。その内家へやれる銭はせいぜい二三十円だなア。それじゃやっぱり、弟二人をどこかの学校へ入れてやるわけには行かんし、その上おれんちには妹が三人もいるんだからなア。しようがねえや。全く」

清はいつか寄宿舎で喧嘩の起った晩のこの男の様子を思い出した。殴られながらまん中へとび込んで、火のようになってみんなが仲よくしなければならないことをしゃべって、間もなく取鎮《とりしず》めてしまった時には、青木という男が非常に人をくったえらい男だと思って怖れを抱いたくらいである。その時の同じ人間だと思えぬように、かれは明らかに情に向って気持の上で助けを求めていた。清は青木の性格の反面にこのような弱さのあるのに心をおどろかせながら、いくらか相手をなぐさめるつもりで、自分の境遇を簡単に話してみた。

「そんなわけでね、わしの村の者は今みんな団結して、その山岡という地主と争議しとんで。もし、そのために、田地をとり上げられたら、わしの家《うち》の者《もん》は、わしがみな養うてやらんならん。そうなったら、どないもこないも、ならんので……」

ひどく田舎弁になって、清はおとなしく笑った。青木は清の話をきいて、前よりも一層不機嫌な表情になった。

「本傭になって、本当に働くようになったら、給料を上げてもらうように勝部さんなどにみんなでたのんだらええな」

と清は相手の急に不機嫌になったのが、何か自分のせいのような気がして、それを申訳するような調子でいった。

「うん……」

といった青木の横顔は痩《や》せて、つき出た頬骨のあたりが遠くから流れてくる暗い光りにぎらぎらと脂を浮べていた。

「それよりも、君なんかよく黙って働くねえ。このレールみがきにゃ、会社は別に一円ずつの手当を出してもいいんだよ。こんな……」

青木は手にしていた鑢でがんがんとサードレールの端を叩いた。かれは毎日のこのモグラの仕事に飽きて、不平を胸いっぱいにためているのだ。

「おうい……早くせえよ」

と、向うの方でうごめいている連中が、こちらの二人の休憩《やす》んでいるのをみてどなった。

それをしおに二人は会話をやめ、別々になって仕事を始めた。

「いいかげんにやっとこうぜ」

とささやいて、青木は清の傍を通りこし、五六歩向うの方へ行ってしゃがむと、鑪の音を立て始めた。

三

「点検終りましたア」

と清はどなった。車庫の中である。黄色くぬった一輌の全鋼車《オールスチールカー》に十五六人の青服の青年たちがのり組んでいる。運転手室のドアはあけ放たれ、幾人もの運転手見習がそこにたかっていた。後部の車掌室のあたりにも五六人――そこには車掌見習が集っている。

そこにつっ立って何か説明していた勝部は運転手室の方から清の合図をきくと、窓から首を出して、

「いいかあ?」

とどなった。車庫には二三人の車庫係がさっきからわきへのいて、車の動き出すのを待っている。その中の一人が勝部の方へうなずいた。

「よしッ!」

と勝部は首をひっこめて車掌たちのいる方へどなった。最初の試運転に選ばれた車掌の宮本は、周囲

にいる仲間たちに、はにかんでみせ、宮本の顔を眺めている監督の菊川に「いいですか」ときいて、菊川が別に何とも答えない間に戸閉装置《ドアエンジン》の押釦《スイッチ》を平手で叩いた。その瞬間に廻転弁が動いて七キロ平方ミリの圧縮空気が右側シリンダーに進入するとシューという音とともに、今まで開いていた前部と中央のドアーがしまった。今叩いた押釦に並んでいるもう一つの押釦を叩くと宮本自身の立っている後部のドアが同じような音を立ててしまる。すると前部の運転手室内の運転手のハナの先きにある小さな通報燈《パイロットランプ》が青になる。通報燈が青にならなければ、モーターの電気が通じないのである。

　模範的な運転手というわけで、最初の試運転に選ばれた清は機械の主要部分の点検をすましてそれを後部にいる勝部の方へどなっておいてから運転手室へかえり、仲間たちにとり囲まれて椅子にかけると、左方へ廻して開いたままになっているブレーキヴァルヴ・ハンドルを右手で支持して、この青信号を待っていた。そして、眼の前の安全燈の豆のように小さな赤が消えて青にかわった瞬間に、左手でマスターコントローラー・ハンドルを一気に右に廻す。すぐモーターが起動するのを感じる。製作者のゼネラル・エレクトリックで、RPC十二型と名づけられている最新式の電磁式空気操作制御式《エレクトリック・ニューマチック・コントロールシステム》によるカーレントリミットリレーの自動的な作用で、車は生き物のように、ひとりでしずかに動き出した。そして人間のどんなに巧みな手加減も及ばぬ適度さで、ひとりでに速力が増して行くのである。

　車庫の門はひらいていた。その外は神吉《かみよし》町の通りで、踏切りになっていた。番小屋があって、耳の前までたれ下ってきている白髪が酒に焼けた皺《しわ》だらけのてかてかした赤い顔を美しく縁取りしている由さんという踏切番の老人が、はじめてこの踏切をこえる黄色い全鋼車を、なあに、もう十年も見飽きているといったような、なれた物倦そうな手つきで青い旗を手にして眺めていた。

しまっている踏切の柵の両側には馬力や自転車や子供や子守がたかっていた。

それらの町の人々は、みたこともない黄色い電車がそろそろと出てくるのをみて、

「あ、地下鉄の電車だ」と騒いだ。

踏切の約十メートルばかりはあぶないのでサードレールがない。だから車は踏切を惰力で通過する。

そして隧道に下りて行く四十分の一の急勾配にさしかかる瞬間に、集電靴《コレクターシュー》が再びサードレールに接触する。

その時、清は右手を使ってブレーキ・ヴァルヴ・ハンドルを一つ右へ廻す。

「気をつけて！」

と、いつの間にかやってきて清の手許をのぞいている勝部がいった。ブレーキがかかって車輪の軋《きし》る音とともに、車体は勾配をすべりおちる。電気のスイッチを切った。

電車が隧道の中へはいるのをおどろき騒いでみようとする見物を制しながら、由さんは青と赤の手旗を一緒にまいて手にぶら下げたまま、隧道入口を塞ぐ小さな柵にもたれた。

「はいって行ったア……」

「地下鉄だあ……」

と子供たちが、由さんのわきの下をくぐって前へ出、線路の中へ立ち入ろうとして、騒いだ。

「こらッ！　さんど・れえるちゅうもんを知らんのかッ！　ちょっとでもさわってみろ百万ボルトで黒こげだぜ！」

子供達は脅かされて、由さんの顔をみながらその辺にかたまった。

「はやく去《い》んでまんまくってこい。お前らのような蛇《くちなわ》みたいなやせっぽちが黒こげになったら、丁度ええから広小路の黒焼屋へ売って、おっさんが酒料《おみき》にしてのんでしまうぜ、あん」
としわがれた声をはり上げ乍《なが》ら、由さんは柵の鎖に錠をおろした。

四

年末大売出しの赤い幟や、交通信号のベルのひびきや、車の音や人声や、音響と、色彩の入り乱れた冬の街らしい雷門前の交叉点の角に、「地下鉄」というコバルトに白ぬきの看板の掲げられたコンクリート造りの停車場の入口が出来かかっていた。まだ縄張りのしてあるその入口をのぞくと、佐官屋のような男が二三人、地下へ下りる階段に、一心不乱になってタイル張りをやっていた。しかし、きょうはその出来さしの階段を下りて行った奥の方に電燈がついて、石を叩く金属製の甲高い音がきこえ、人の動く影がみえていた。

階段を下りた所にプラットフォームへ通ずる入口があった。上野浅草間の短い距離の運賃が単一の十銭だったため、切符を売ることをやめて箱の穴から十銭玉を入れると、柵の入口にとりつけられた十字形の腕木が四分の一だけ廻転して、人が一人プラットへはいれるターン・スタイルの仕掛けになっていた。このターン・スタイルの仕掛けが珍しくて客がよけいにやってくるだろうというのが、いかめしくひげをはやしていい装《なり》をしているここの会社の重役たちの考えであった。

ターン・スタイルの傍には、乗客が十銭で二人はいったりしないよう見張り番が立つ事になっていた。卓をおき小さな椅子があって、卓上電話がついていた。

今その電話のベルが鳴っている。

プラットの端の方で五六人の男達が、石工のような音を立てて働いているのでベルがきこえないのだ。やっとその中から一人がぬけ出して電話の所へとんできた。それは青木だった。

「もしもし上野ですか。出ましたかア？　あ、そうですか。え、何、小村君か？　ホコリだって？　ああ埃、そうかい。じゃもうくるね」

と急に青木は子供らしい浮々《うきうき》した調子で、向うから「埃がひどい」といったことなど、何の意味だか気がつくわけもなく、

「おうい、やめえッ！　電車が発車したぞオ！」

と働いている仲間の方へどなっておいてかれはすぐに電話を中間駅の「いなり町」へかけた。丁度話の最中へ試運転の電車がついたとみえて、「着いたあ！」と意味もなく大きな声で叫ぶのやゴーという電車のひびきなどが受話器の中へきこえてきた。「いなり町」の次は「田原町」だった。この二つの中間駅にとまって、予定より少し早く、間もなく電車は終点のこの雷門までやってきた。

隧道の天井を真四角に支えている白くぬられた鉄棒に、ヘッドライトがパッとさしたと思うと、地鳴りのような空気の振動がおこり、それが次第に大きく高くなって、プラットへ車が姿をあらわした瞬間には、耳もさけるばかりであった。駅員たちはめいめいが、永い間の苦心が漸《ようや》く報《むく》いられたといった気持をいっぱいにして、車の停《とま》り切らない先きからかけよって、

「あさくさア！　かみなりもんでございまアす」

と、とても大きな声でどなった。それはこれから毎日やらねばならぬ職業的な呼び声というよりも、

爆発した歓声に似ていた。

圧縮空気の音とともに、三つのドアが殆ど同時に、勢いよくひらいた。

「おい！　だれだ、駅名喚呼をドアの開かぬさきからやってる奴は……」

勝部がプラットへ大きな肩をそびやかしながら出てくるなり叫んだ。勝部のあとから大勢の青服たちがどやどやと出て来た。清もハンドルをさげて運転手室を出てくると、すぐそこに立っている青木の顔を見つけて、

「よう」

と笑った。みんな一団となって、はしゃいで立っている。

しかし、一分とたたぬ間に、光景が変った。始発の上野にいる小村が電話でいった言葉の意味がやっと青木にわかった。

煙のような、真っ白な埃が電車のあとを慕ってくる風にのって、忽《たちま》ちこのプラットへも襲ってきたのだ。

「あ、こりゃ何だ?」

と何かとんでもない電気の故障でも起ってその煙がやってきたと、勝部のような男までが突嗟《とっさ》に勘違いしたほどだった。

「埃だ」

人々は右往左往して逃げまどった。

「水をまけ、水を……」

と勝部はどなった。

しかし、この地下鉄プラットフォームの構内に水の出る所はどこにもないのであった。青木はさっき手洗水として地上の公衆水道からバケツに一杯くんできて乗務員詰所（といってもプラットの隅に汚い衝立をおいてあるだけだった）に持ってきてあった水を持ち出してあたりへまいた。けれどもそれくらいのことで埃は別にどうにもならなかった。

白く煙となってあたりへひろがり、電燈の色がそれににじんでうすれた。

その中で人々はただあちこちと逃げまどうように走り廻った。

工事のあとの隧道の中が乾くにつれて、土だとかコンクリートだとか、鉄錆だとかこの半年あまりの間堆積したおびただしい埃が思いがけない電車の通過に、その深い眠りをさまされ、亡霊のように舞い上って隧道の中いっぱいに立ちこめたのだ。

消え散るための場所も——出口もないためにいつまでたっても埃は鎮まろうとしなかった。

「引き返しだ。みんな車へはいれ」

と勝部が手をあげて合図した。

だれもかれも埃を避ける一番安全な場所を見つけたように、車の中へかけこんだ。

車が発車すると、又一しきりあたりは白い煙が立ち迷って暫くは人の顔が互いにうすれた。

青木は空のバケツを下げて地上へかけ上って行った。可《か》なり遠くの橋の畔《たもと》の公衆用水飲み場から運んできて、プラットの上に撒きちらした。けれども埃はプラットフォームよりもむしろ線路の方から舞い上ってきた。かれは空になったバケツを投げ出して、

だ。

かかった。今朝からとりかかっている詰所を建てる下ごしらえのためのコンクリートに穴をあける作業

と首をふった。五六人いる駅員たちは仕方なく手拭やハンカチで顔を半分包み、目だけ出して仕事に

「とても駄目だ」

かれらは、青服の上着をぬぎ、玄能と鏨《たがね》を持った俄《にわ》か石工だった。

金属と石とが打ちあう不規則な音があっちでもこっちでもおこり、それがやがて白い埃の中で互いに

反響し合って映画でみる戦場に似た光景を呈した。

「いてヱ！　指を叩いたあ」

と仰々《ぎようぎよう》しい叫び声をあげて鏨と玄能をなげ出し、向うへかけ出して行くものもいた。

みよあけそむる諒闇《りようあん》の

東の空にさすものは

昭和のひかり…………

と、その頃の小学校の唱歌をうたうものもいた。

チッカ！　チッ！　カッ！　と鏨を叩く玄能の音がコンクリートの壁にはね返った。

五

何もみえない闇の中だった。

「おうい……山路」

という声がした。すると、ぴかりとうす白い懐中電燈が声とややはなれた所で光った。

「なんだあ……」

とその光りに浮き出した人影がきいた。

「待てよウ……」

こちらは闇の中で声だけする。

「懐中電気どうしたんだア」

と向うでよんだ。

「それが……しめってつかんのだ」

すると、向うの懐中電燈は闇の中に三尺位の明るい空間を作りながらそろそろとこちらへ戻ってきた。

間近になるとその乏しい光りでこちらの人間の顔がてらし出された。

いつかあとから入社してきた駅員達と殴りあいをしたことのある神野だった。かれは運転手にも車掌にも失格して喧嘩をした駅員たちの仲間入りをして別に不平もなさそうに働いていた。大きな平ったい神野の顔が、山路の電燈にてらし出された。

「なア、おい、いいかげんにしようや。こんな……お前、夜警を人にいいつけておいて、隧道の中の灯を消してしまうという手があるもんか……うう寒む」

「膝がよごれてるね、どうしたの？」

と辰一は神野のズボンの膝を電燈でてらした。膝を照らすとお互いの顔がみえなくなる。

「転《こ》けたんじゃ。油と防腐剤のどろどろの中で足をすべらしたんだ」

「何か拭くものないのか?」

「それより、早く外へ出よう。寒くてかなわん」

と神野は心細げな声でいった。

「あとへ引返すより、もうすぐ浅草じゃけん……」

二人はお互いの腕につかまり合って枕木の上を前へ前へと手さぐりに歩いて行った。すると辰一のつけたりけしたりしていた豆電燈がどうしたのかともらなくなった。二人は腕をつかみ合いながらどこにいるのかわからなくなってしまった。

「わあ……」

といったような感動した時に発する声を神野が発した。

「つかんのか?」

「つかん、もう電池が切れたらしいけん」

二人は、そのまま絶望の囚《とりこ》になったことを意識し合うように、口をきくのをはたとやめた。何の物音もなく、又何も見えぬ世界だった。声を断つと、今度は逆に、そこにお互いのいることがよけいにはっきりと感じられた。

「地下六十尺っちゅうと、物凄く暗いね」

と山路がいった。

「レールを伝うて行こう。サードレールに気をつけろ」

「うん」

お互いに声が邪魔になるように低くささやいた。二人はそろそろと前だか後だかわからないままに、とにかく足を運んで行った。

「何も夜警なんかさせんかって、こうして電気さえ消しとけば、こんな隧道の中へ、だれがはいるもんか……」

と神野の声がした。二人は手を組み合せていてはお互いに歩けないので、前後になってレールを足でさぐって歩いていた。お互いの距離をはかるために声をかけあう必要のあることがおのずからわかってきた。

「会社が電気を消すのは電気代の節約《しまつ》からだろう。一キロ二銭五厘ぐらいで買ってる電気が、そんなに惜しいのかしらん」

「どえらい根性じゃけん」

と神野は丸出しの田舎弁だった。

「わしらに夜警さすのは線路《レール》とか、電線を盗まれやせんかっちう心配からだけど、だれが盗みにくるもんか」

「わしらを夜ねさせないで使っても、金はかからんけんな」

「こっちも、その気で我身をかばわなけりゃやり切れんさ」

といった神野の声ががんがんと壁にひびいた。

その時、前方でピカピカと二条の光りが迸《ほとばし》った。非常に強烈な光りにみえた。

こちらの話し声がさっきから聞えていたとみえて、

「だれだッ！」

という怒鳴り声がした。

「こらッ！」

神野はわけわからずに闇の中からどなり返した。すると向うの電燈が消え、間もなく何かが空気をつんざいてとんできたと思うと鉄の棒切れのようなものが辰一の足許におちた。

「こらッ！　怪我をしたらどうする！」

辰一は鋭い叫び声を立てた。

「だれの声だ？」

向うから、大きな人間の影が落ちてきたと思うと、とぶように近づいてきたのは、思いがけなく勝部だった。かれは龕燈《がんどう》を額の所へかかげてさしつけていた。

「何だ山路か？　そっちはだれだ」

「神野です」

と、二人の従業員は重り合って身をすくめていた。

「なぜ懐中電燈をつけん」

ここへ勝部が不意にあらわれてきたよりも、二人がもっと意外な感に打たれたのは、勝部のうしろに見覚えのある専務の天川がレインコートを着込んで長い樫の棒を片手につき、巻ゲートルでつっ立っている姿だった。かれは俄か作りの窮窟《きゆうくつ》そうな恰好で左手に暗い灯のともった龕燈を下げていた。

そこから上へもれる灯にてらされて、ワイシャツの白っぽい袖口に、金色のカフスボタンが光っているのがみえた。

辰一はその光っているものがカフスボタンだとわかった時に、専務が何か非常な気まぐれでこんな所へはいってきてここまでくる間の難渋さにすっかり不機嫌になって気むずかしげな表情を浮べているのを見た。

自然にかれの態度は下っ端の、一使用人たることを意識する際の卑屈な謹直な物腰になって、

「は……あの転んで水にぬらしましたので灯がつかないんですが……」

とそれは別に専務の質問ではないのにかかわらず、その方へむいて答えた。

「真っ暗で大へんじゃろう」

と専務は案外やさしい、けれども辰一たちの間では滅多に聞いたこともない年とったさびた声をかけた。

そして一と足前へ出たため勝部がさしつけている龕燈の光りの中へ、かれの顔がくっきりと浮き出して、二人の青年の眼にはいった。専務の顔は分厚く大きくて下頬がたるみ、太い大きな鼻髭《はなひげ》がやや滑稽じみた威厳を形作っていた。

二人とも身の縮まるような思いで肩をすぼめてうつむいた。

たった今高声で会社の悪口をついたのを、すっかりききとられてしまったように感じたのだ。二人の青年のよごれた粗末な青服の肩口をみると、専務はこの二青年に何か適当な言葉をかけてやらなくては――といった義務のような感情をちょっと感じて、

「開通前の今が一番大切な時だからね、ご苦労だがよろしくたのむぞ」

といった、二人の青年は黙ってお辞儀をした。その瞬間に専務は自分の言葉が芝居気たっぷりなのに気がさして、それを打ち消すつもりで、

「君の龕燈を二人にかしてやり給え」

と勝部をふり返った。

「そうですか?」

と勝部は答えたものの、いかにも不服そうに、

「あとへ引き返せ! 一緒につれて行ってやる」

と顎をしゃくった。

そこで二人の青年は今まで歩いてきた方へもう一度逆戻りすることになって一行は四人になった。軌道の上が龕燈の光りで明るくなったので、歩くのは楽になった。

「まごまごしてると、棒をくらわされて、ひっくり返るところだったなあ」

勝部はうしろから声をかけた。辰一はただ「はあ」と答えただけだったが、神野は大きな声で、うしろに専務が歩いてきているということにちっとも関心していないように、

「勝部さんはまるで犬殺しみたいだあ」

と笑った。

「ばかいえ。夜警というものはあれ位の勢いでやらなきゃいかんという所を示してやったんだ」

そこで勝部が突拍子もなく笑い出したので神野も再び笑った。

勝部の少しあとから歩いていた専務天川ははじめ神野（かれは名を知らなかった）が自分を無視した

ような無遠慮な声を立てた瞬間にいい気持がしなかったが勝部がそれ以上の高笑いをし、神野が又笑い出して隧道の中にがんがんと時ならぬ反響をおこした時、監督の勝部を、身を粉にして会社のために働く男だけれどどこの際不愉快な人物だと思った。――そしてすぐ次ぎの瞬間に、勝部が二十年近くも運転手をやっていた労働者であるということを思い出した。このことと「けしからん奴だ」という怒りとがとけあった。専務天川は、樫の棒を杖につき、龕燈をさげて、三人の労働者のあとから、じめじめと臭い隧道の中を歩きながら、中間駅のプラットについたたった一つの灯がみえてくるまで軽い寂寥とも恐怖ともつかぬ気持をかみ殺していた。

六

入社した日に、本社でたった一度顔をみたことのある社長の、銀色に光る頭がみなの目の前にあった。社長の津田は実業家というよりは、技師か学者の大成したタイプで、その顔には、他人に対してちょっとも気取る余地のない真面目な智的な表情を浮べていた。現に津田は工学博士で日本の鉄道建設事業の学問的権威を代表する一人であった。その経歴の古さは、専務天川などが、満鉄につとめていた頃に、津田の下僚だったことによって知られる。二流三流の事業家のタイプで、これから二三十年の間に「大成」しようという野心に燃えている天川が地下鉄建設にあたって、この会社を三井や三菱の大資本にとられてしまい、自分の自由がきかぬ破目にならないようにして必要な資金を集めるのに、事業界における工学博士津田良太郎の独立した信用を利用したのは一応賢いやり方であった。

津田は後輩の天川のために名前をかしてやり、看板になってやっているという意識以上に「社長」をつとめてはいなかった。だからきょうのような、従業員の卒業式などにはぜひともその看板が顔を出す必要があった。そういう時には機嫌よく出てくるのがかれの経歴相応の習慣だった。——で、さっきからもう一時間ばかり、すでに一生涯の活動の終った老後の朝夕にとっても、とりわけて無意味な時間だけれど他人への義理でそれも仕方がない——といったように、社長津田は紫色のきれのかかった机の前に腰をおろし、両腕を肱《ひじ》かけにだらりとぶら下げ、力なく両膝をひらいて、椅子にかけていた。指の間にはさまれて、葉巻がうす紫の煙を立ちのぼせている。時々津田は思い出したようにその葉巻を唇の所へ持って行った。技師として、事業家として一生涯をこの国の鉄道の建設の仕事に費してきたことを率直に物語るような能力と知恵を深々とあらわした顔の皺が年のせいでもう大分呆《ぼ》けた感じをたたえていた。葉巻を唇にかんで、どこをみるともなくたるんだ瞼をうっとりとさせる時、その感じがあらわれた。

津田の隣には天川がいた。すぐに汗ばんで脂のにじんできそうな分厚な大きな顔が、妙に暗いかげをたたえてこちらをむいていた。かれは頭も肩も胴も、その顔に相応するように太ってはり切っていたが、全体の印象が人間として津田よりも大分安っぽくでき上っていた。しかし、そうした人間の美しさとでもいうものの差は、天川とその次の椅子にかけている運輸課長の川岸とを比べてもやはり、だれの目にも映る位はっきり際立っていた。川岸のややたれ下った肩や幾分不健康にみえる青白さを理由なくたたえた頬は、結局天川の如く自分自身先頭に立って一つの事業をやりとげて行こうとする意力に燃えている顔とは異り、そういう人間の下で使われていることを一生涯その心理に刻みこんでいる人間の表情に相違なかった。

川岸の顔は、隣りの勝部のいがくり頭の下にみひらいている大きな金壺眼《かなつぼまなこ》の、がむしゃらな安っぽい面構《つらがま》えに比してすら意力的でないといえば大きにそうだった。課長は時々握りこぶしを口の前へ持って行っては意味のない咳をした。

その他講師だった建設課の技師たちや、みたこともない本社の何々の課長や、十人あまりの人々が列席していた。いつか明治神宮の前でみかけた支配人の愛川は病気で欠席していた。これらの、列席者に向いあって「教習所」の全課程を終ってあすから一人前の運転手、車掌、駅員になる従業員たちが三十何人ばかり、ふだんは食卓である細長い机に、きょうは白布をかけて、それを前に、何列かになって神妙に並んでいた。全員五十人の内、十何人がそれぞれ病気になってたおれていた。

車庫の中で次々に組立てのできた車輛を石鹼でこすってホースで水をかけて洗う仕事、変電所を隅から隅まで掃除する仕事、サードレールみがき、夜警、試運転などが昼夜兼行で行われている間に、従業員の中からばたばたたおれるものが続出した。あるものは電車の屋根に登って石鹼液でみがく時にすべりおちて肩を怪我してねていた。モーターを乾燥させる必要があるために、一輛に二つとりつけられている百二十馬力のモーターに六百ボルトの電流を通じて電導子とフィルターの間へ寒暖計をさし込んで一時間おきに温度をみて廻る仕事を毎日つづけていたあるものは、どうかしたはずみにコントロールボックスの角で頭を打ち、その傷が意外に悪化して、三日間四十度からの熱を出し、まだ起き上れないでいる。夜警で風邪を引いたもの、ホコリでノドをいためたものも少くない。医師に肺尖《はいせん》加答児《カタル》（肺結核初期）の診断をうけたものは「エス・ピー病」という名をつけられた。

かれらの間に恐慌をきたしたのは、このエス・ピー病が将来全部の従業員を待ちかまえているということを医師がふともらしたことがみなに伝ったのと、四人も目のみえなくなった人間が出来、それがみな隧道内の不衛生と労働過重の結果だということがわかってきたことである。

それがだれいうとなく「開通さえすれば、正常の状態に復帰する。そうすればこのような従業員の悪い状態も回復する。第一にみなは正式の雇員として給料が始めの約束通りに上る……」という期待のために――菊川が盛にそれを宣伝した――次第に沈黙した。

そして、きょうがいよいよその教習所の卒業式だ。一歩一歩、みなはめいめいの目的に近づいていることを意識し妙に陽気な期待に心がはずむのだった。

さっきから、社長の訓辞があって、俄か作りらしい卒業証書が一々手渡された。そのあと「宣誓式」というのが行われることになっていた。どういうことをするのかみなはまだ知らなかった。

勝部が立って「次は……宣誓式にうつります」と自席から妙に改まった声でいった。そして課長にちょっと合図をした。

川岸が例のややたれ下った肩をひきずるようにして、壇上へ身を運んだ。そして正面へむいた時に、かれの持前らしい青白い、つやのない顔色にさっと軽い赤味がさした。それが、かれの年に不似合な初心さではなくて己れの気特にないことを無理にいい出そうとする前ぶれだった。

かれは物惓げな全体の態度に反して明瞭な太い声で、あすから諸君を会社規定の「雇員」に採用し、車掌一円六十銭、運転手一円七十銭、駅員一円五十銭の初任給を支給する――と金額のところを二度くり返していった。この突然の宣告に、みなは一様に首をおこして、びっくりしながら、川岸の方を眺めた。新聞広告よりもそれぞれ十銭だけ安い――川岸はしかし、そのために注がれる卒業生たちの視線を平気で無視して、逆に向ってくるみなの視線を手あたり次第にとらえてにらみすえながら、

「そして諸君はあしたから正式に全部運輸課長たるわたくしの部下となってもらう。勿論社長、専務に対する忠順を誓ってもらわなければならん。それはしかし、直接、運輸課長に対する宣誓によって表明してもらう。いいですか……わたくしは、ここで改めてわが社の人となった五十人の諸君に要求します。諸君はわたくしの完全なる手足である。一心同体となって会社のために働く。もし少しでもこのことに不服のある人は、今すぐここから出て行ってもらいたい。出て行きたい人はありませんか？　遠慮なく。どうぞ！」

川岸は両股をひろげ、机の上に両手をついて、胸をのり出すようにして、まるで負けるものか、と虚勢をはっていどみかかるように、みなを見渡した。かれの頬はむしろ蒼ざめてみえたがその眼は、酒にでも酔った様に紅潮していた。

卒業生たちはこの不思議な攻撃をうけて、しいんとなって咳一つするものもなかった。清はきちんとボタンをかけた青服の中でぶるぶると体がふるえるのを覚えた。前の人の背にかくれて、そっとぬすみみると、体をうしろにそらしてこの場の様子にちっとも気をとられていないことをわざとらしく証明するつもりのように天川がそっぽをむいて腕くみしているのがみえた。

式場正面にかかっている丸い大時計の秒音が妙にハッキリきこえてきた。

「だれも不服はないようだ！」

と川岸は突いていた両手をはなして、俄かにゆとりのある態度になった。そして、すでに待ちかまえていたといわんばかりの、うって変った高飛車《たかびしや》な語調になって、

「では、全部みんなを、わたくしの忠実な部下として、絶対的に信認することにする。いいかね、そこ

で諸君の方でも一人一人ここへ出て、この……」

と川岸は壇へ上る最初に、フクサの中からとり出して机の上においた印刷物らしいものを手にとり上げて
「宣誓書に署名拇印をしてもらいたい。別に血書をするには及ばん」

最後の言葉をここでできるだけ巧みに効果的にのべようとして、かれは一段と声をあげて叫ぶようにいうと、壇から下りた。

間髪を容《い》れず——といったような身のこなしで、すぐに勝部が自席に突立って詰《なじ》るような声で、

「安藤　新次！」

とよんだ。よばれた安藤はびくッとなったらしく、みなの中からとび上るように立って「はッ」と十分にさっきからの威赫《いかく》のきいた間のぬけた声で返辞《へんじ》した。

「前へ出ろ」

と勝部は高い声で叱りつけた。がたびしと、壇の前の設けられた小さな机の前まですすみ出た安藤はいつか駅員組と殴りあった元気はどこにもなくおどおどとして、机の上の宣誓書に向って、そこに備えつけの毛筆をとり上げた。

「左の親指で拇印をおすんだ」

と勝部が普段の声になって注意した。

名前を書いて拇印をすませた紙片れを安藤は自然とうやうやしく、奴《ど》れいのような態度で正面の壇へ持って行った。そこにはだれもいなかった。勝部はそれとみて自席にかえっている川岸に「何をボヤボ

ヤしているんだ」といわんばかりの眼配《めくば》せをした。川岸はあわてて自席を離れ壇上に上って立った。安藤はやっと安心したように紙片れを両手にささげて、課長に渡した。川岸の方でも勿体《もったい》ぶって、さも神聖なものの如く両手をさし出してそれを受け取った。

そのまま緊張してかれは壇上に立っていた。

みんな順々に名をよばれて前へ出て行った。「宣誓式」はすぐにみなに異様な硬直したような気持をよびおこした。清は唇をかみながら、おどおどと胸をはずませて自分の順番のくるのを待っていた。

その内うしろの方の列にいた青木がよび出された。かれは前へ出て行って一枚の、印刷された宣誓書をのぞきこむようにして、長い時間かかって署名をおえ、川岸にそれを差出して、かえってくる時、ひどく不興気《ふきょうげ》なうかぬ顔をしていた。清がかれの視線にぶつかった時、青木は血の気が消えて神経の立った顔を烈しくそっぽむけた。

「西村清！」

と勝部がどなった。清はバネ人形のように、はねとんで前へ出て行った。

机の前にたどりついて、謄写版《とうしゃばん》で刷った「宣誓書」と題する一枚刷りの紙の上に眼をおとし、傍の毛筆をとり上げて身をかがめながら、かれはそういう時には割合にせきこまずにすむ農民的な鈍重な習慣に従って「宣誓書」の文句にじっと眼をおとすことができた。

一、従業員服務規定は勿論、会社において制定される一切の規定を遵守し、いささかも違背いたすまじく候

二、会社の許可なくして従業員間にいかなる種類の性質の集合、団体等も決して作るまじく候

三、娯楽に耽り又は夜学等に通学して従業員たるの本分を忘れまじく候
四、上長の命令にはそのことの如何を問わず直ちに絶対服従して寸毫も違背いたすまじく候
右違反の節、解雇懲罰等相うけ候とも異議無之確く宣誓仕候也

そして「氏名」という下があいていた。宛名は「東京地下鉄道株式会社々長工学博士津田良太郎殿」

とあった。清は一、二、三、四と別《わ》けたこの厳重な箇条書きの意味が、わかった刹那に、冷酷な、とりつく島のない感じで、毛筆を持った手首の力がぬけ去るのを覚えた。かれは名を書く代りに思わず「助けてくれ」といったような弱々しい表情を勝部の方へふりむけた。

「早くしろよ」

と勝部が、この模範運転手にだけはやさしくいった。近くさし迫っている開通式の処女運転には、一人の皇族殿下の臨御《りんぎょ》があることになっていた。その光栄ある御召車の運転を勝部は自分がつきそいながら、この模範運転手にやらせることに内心できめていた。だから清に対する態度は、前からではあるが、ひどくやさしかった。清はしらずしらず自分に対する勝部のそうした特別のやさしさに甘えていた。今もかれは勝部だけがこんな冷酷な宣誓書に自分が署名しなければならぬことについて、何か一と言ぐらいいたわってくれるような空想を抱いた。しかし、勝部は次に呼び出す卒業生の名前にしるしを付けたあと、手にした名薄から眼をはなして早く清が自席へ帰って行くのをただ事務的に待っていた。

清は急に孤独になり、胸が苦しくなるのを覚えながら、「氏名」の下へ「西村清」と毛筆の先きで書いた。その時不意に涙が浮んできた。

七

上野公園の、自治会館わきの広場には、紅白のまん幕がはり廻され、うすら寒い冬の光りを反射しながら、沢山な自動車が並んでいた。そこが会場の入口だった。

時々、おくればせの自動車が公園の広い坂道をうなりながら駈け上ってきた。埃が風に舞い立ち、沿道の枯れた桜の枝に吹きつけた。すると突然のように高い空の方でつづけざまに煙火が鳴った。

会場の入口には、大きな造花の徽章《きしょう》をつけて接待係をつとめている会社の事務員たちが詰めている外に、沢山な巡査がたかっていた。巡査の数は凡《およ》そ七八十人はいた。その中を押しわけるようにして、ぴんとはね上った金色の肩章を日に光らせて長い腰の刀を今にも引きぬくような格好に片手で抑えて、一人の警部が急いで通りぬけて行った。

巡査にまじって青服の従業員たちも、きちんと帽子をかむってあちこちに立っていた。かれらはきょうは「警戒員」と名づけられていた。

寒い風のためにみんなかさかさに青ざめた頬をやせた顴骨《かんこつ》の下に浮べていた。葉のない桜の木の下を入口の所まで歩いてきた辰一は巡査の群れから少し離れて五六人かたまっている仲間をみつけて、足早に近づいて行った。

「もうすんだぜ……今、シャンペンの乾杯をやってた。」

「宮様はもう席をお立ちになったかい？」

としゃがんでいた一人があわてて突ったちながら辰一にきいた。

巡査たちが、めいめい五六人ずつ隊をなしてまん幕に添って入口の方へ走って行った。

そこへ今巡査の群れをわけて走りこんで行った警部がサーベルのツカをさっきよりも、もっと意識的に握りしめて出てきた。燕尾服を着込んで鶴のように細い胴をまげた社長の津田が白い手袋はめた大きくみえる手をふって、小走りにそのあとからあらわれた。

そのうしろを丁度三メートル位の距離をおいてこの会場には思いがけない軍服の青年士官がわき目もふらない無造作なまっすぐな足どりで歩いて来た。士官の前を小走りに行く津田は、丁度うしろから追いかけられて、ぜいぜいいいながら逃げて行くような恰好にみえた。士官のうしろにすぐ引つづいてこれはそうするのが明らかに不似合なのをむりに白い手袋をはめた専務の天川の燕尾服姿や、支配人の愛川や、課長や、技師や二十人にも三十人にもみえる人数があふれ出してきた。

その中には女もまじっていた。女たちはみな裾模様《すそもよう》の派手な盛装に身をかためていた。たった一人その中に洋装の若い女がいた。かの女はその小さい顔に似気《にげ》なく、まっ黒な大きな眼をしていた。その眼は、かの女の小さな顔の中にどこにそんな面積があるのかと思う位右と左へ隔っていた。ひろい両眼の間の鼻筋の際立った白さがかの女の不思議な魅力となって人の眼に映じた。

辰一やその他居合わす従業員のだれもが知らなかったが、それは声楽家として全国的に知られた天川美代子という専務の長女であった。

女たちを取巻くようにして、太った老人たちが七八人ばかり、中にはシルクハットをかぶって、胸を張って笑ったりしながら出て来た。

その中でまだ一番若い四十年輩の背の低い男はシルクハットに伏せられたような恰好で女流声楽家と肩を並べて歩いたが、男女は丁度同じ位の背丈だった。かれは地下鉄の建設材料を殆ど一手に引受けていた松井物産の常務理事の一人だった。そのうしろをしょんぼりと首をうつむけて歩いている丸く太った老人は、地下鉄の建設に天川を見込んで松井、松菱、安平のシンジケート団を組織して千五百万円の借金を世話してやったという安平銀行の総支配人だった。

松井の成田で世界に通用している成田清人は、華車《きやしや》な小柄な白髪頭をうしろへ反らして、口をあいて伯爵吉川英之助と並んで出て来た。伯爵吉川は成田とはよほど気をゆるしあった親しい間柄だとみえて、そっぽをむいてまるで悲劇の主人公のような真面目というより厳粛に近い表情をちっともくずさず、成田にはてんで相手にはならないような恰好で歩いて行った。そのうしろから、丸い顔に猫のような感じをたたえた鉄道大臣が逓信次官と肩を並べて通って行った。その他このグループには関西の電鉄会社の経営者で今資本金二億円の大会社たる帝都電燈の社長になるとかならぬとかいっている北村三蔵の、成田よりももっと小さい姿や「ボロ買い」という綽名《あだな》で、成田や吉川にひどく軽蔑されながら日本中の私鉄にだんだん手をのばし、今では「私鉄王」となりかけているりんしょくで名高い梅島寛一郎のいかにも品のなさすぎる皺だらけのこましゃくれた顔や、出版業から印刷会社をおこし、何十という重役の株を買って、いつの間にかこれという事業もしないままに一流の資本家になりおわせ、最近勅選議員の望みを達して今は工業倶楽部で毎日将棋ばかりさしている大町清太郎ののっぺりとした色の白い女のような顔や、その大町の親分で「日本の製紙王」として鳴らしている氏原金次郎のずんぐりしたまっ黒な人を射すくめるような顔やがつぎつぎにみえた。

門を出てくる他のグループも、それに匹敵するような人間ばかりだった。要するにきょうは日本の産業界と財界を代表するような一流二流三流あたりまでの人間が大体集ってきていた。

地下鉄は上野浅草間二・二キロという小さな鉄道だったが、何しろ日本に始めての――会社のポスターの文句を以てすれば東洋最初の――地下鉄道だというので、それに始めて乗ってみる子供のような好奇心から、いや中にはありあまるばかり、年々に激増してくる富に比して、だんだん短くなる老先《おいさき》を楽しませるためにはどんな馬鹿げた真似でも必死にやってみようとする悲壮な気持で――金のない者にいわせれば、地獄への土産話に――宮殿下に陪席して地下鉄の一番のりをやっておこうとしてきている老人も少くなかった。

多くの自動車の中で小豆色にぬった大型の扉に菊花紋の浮き出した一輛のその扉がひらかれて、そこへ津田や天川やその他の老人連や女たちが間近く寄って行って恭々《うやうや》しく敬礼をしていると、その中をおしわけるようにして、そして敬礼している連中の頭の先きにサーベルがふれはしないかと気づかうように片手で抑えて、カーキ色の軍服をつけた士官はその車の中へ大股にはいった。

天川はふと首をおこすと、そこにいた警部と陪従の副官をおしやっておいて、すすみよって車の扉をしめた。そして車の中に向っても一度慇懃《いんぎん》にお辞儀をした。小豆色の大きな自動車はゆるく、会場の入口のまん幕の前から動き出した。

あたりは忽ちの間に自動車の入り乱れた巷となり、次ぎ次ぎに車がぴかりと車体を光らせて、公園の葉のない桜の木の立ち並ぶ道路の方へと出て行った。

五分間もすると、そこらには一輛の自動車もいなくなってしまった。

辰一たちは、緊張の頂点がすぎ去って気抜けのしてしまった人のように五六人でかたまりあったまま、そこの枯れた芝生の上に尻を下ろした。

同じようにご警衛に集ってきていた巡査たちも、大なり小なり辰一たちと同じ気持になっているらしい表情や素ぶりを目顔にあらわしてかれらの憩っている傍をどんどん通りすぎてかえって行く。

「おうい、何をぼんやりそんな所に集っている？　そろそろ会場の取片付を手伝ってくれたまえ。」

人手をかり集めに出て来た菊川が、辰一たちの一団をみつけて近づいてきた。菊川は勝部とは違って、いつも下手に出て、みなの気に入ろうとつとめていた。だれも動こうとしないのをみるとかれはそそのかすような口調でいった。

「その代り、晩には開通式の記念品や、酒肴《しゆこう》料が出るよ。」

八

埃を伴なった空《から》っ風が、朝からガタガタと硝子戸をゆすぶっていた。

十畳の部屋のまん中に、小汚い蒲団《ふとん》が三組ばかり敷かれて、その掛ふとんの縁から五人の人の顔が出ていた。

午後になると、開通式に行っていたものがかえってきたらしく、階下で声がした。

「おう寒む！」

という声が聞えて階段をかけ上る音と一緒に三人ばかりの、外から入って来たために息遣いを荒くしている顔があらわれた。一人は青木だった。

「どうだ……」

といって青木が、ねている者の枕頭へきて座った。あとの二人は窓際の所へ座ったが、その内の一人がごろりとねそべりながら、

「寒いなあ、この部屋は……火鉢がないんだもの、山下、階下《した》で火鉢とってきてくれよ。」

いいつけられた男は気前よくうなずいて階下へ下りて行った。

「どうだった？」

とねている一人が青白い首をおこして、枕頭へ座った青木にきいた。

「うん、感激すべき出来事があったんだよ。うん、僕がパッシメーターを持って殿下のおはいりになる入口をあけてお待ちしているとね、………社長のうしろからつかつかとこられて、『ターン・スタイルってのはどれだ。』とおききになったんだ。僕はびっくりして、待ち場を離れて、思わず、これでございます……と、ターン・スタイルの所へご案内したんだ。」

「ほう、君がかい。」

とねているものはみな眼を動かしたり、首を上げたりした。

「うん、殿下をターン・スタイルのところからお通ししては不敬に当るというのでわざわざ出口の方を開いて、そこをお通り口にしてお待ちしていたわけだろう。しかし、殿下ご自身ターン・スタイルをおしてはいってみたいとお思いになったんだ。だからどれだってきかれたんだが、あの方は長く外国で暮らされただけに随分平民的で元気なお方だね、副官のようなお附きの中尉に『おい十銭持ってるか？』

とおっしゃったのを『はッ』といったままその中尉殿、相憎《あいにく》十銭玉がないらしく、まごまごしている。第一財布なんか持っていないらしいんだ。殿下はターン・スタイルの前につっ立ってらっしゃる。いつまでもおまたせしては失礼だと社長と専務の——はははは二人のあわて方ったらない。燕尾服にシルクハットというでたちでさ。チョッキのポケットをさぐって紙幣入れを出したり、うしろの川岸課長に『十銭十銭』なんてせきこんでささやいているんだが課長も相にくポケットの中に財布がみあたらないらしいんだ。盛装の女の連中や、名士、実業家、鉄道大臣なんぞ、一旦設けの通り口からプラットへ入った連中も、宮さんがターン・スタイルの方からおはいりになりたがってらして、にこにこされながらまだ柵の外に立ってらっしゃるのをみると、あわててそっと又外へ出てきてうしろへまわり、来賓は一人のこらず、ターン・スタイルの方へ集ってきたんだ…ところがあの機械は、機械の悲しさにたとえ宮様のお通りでも、十銭入れなきゃ廻らないんだ。」

あとから上ってきた四五人のものはもうこの話を知っているらしかったが、何度きいても興深げな微笑を浮べて、ねているものと一緒になって青木の話をきいていた。

「そこで、僕、思い切ってね、ズボンのポケットに手をつっこんで蟇口《がまぐち》を出してさ、十銭玉をとり出して、穴から落し込んだ上、うしろへ退いて『どうぞお通りをねがいます』と殿下に申し上げたんだ。するとお待ちかねのように、宮さんはご自分で腕木《うでぎ》をおしになって、プラットへはいってこられ、ちょっと僕の顔をみられたがそのまま、どんどん電車の方へ歩いて行かれたよ。」

「とても名誉だよ君……」

と感激したような声を出したものがあった。

「うん…ところがね、宮さんにつづいて大勢の来賓がみなターン・スタイルからはいってこようとするんだろう？　おしかけているんだ。宮さんのすぐあとがつるつるに頭のはげた鉄道大臣の小村平吉じゃないか。そのうしろにうちの社長やら、専務やら、松井銀行のそら成田清人やら、それから、地下鉄の工事を全部やった大蔵組のあの缶詰男爵の耳まで切れたような大きな口などが大勢並んでるんだ。だって一人一人が十銭ずつターン・スタイルの穴へ入れなきゃ、はいることできやしないさ。あんな連中は十銭玉なんてものは持ってやしないんだよ。その癖銀行の利子を一厘下げたの二厘上げたのと細かいことばかりいってるんだがね……」

若い男たちはここで、無邪気な笑い声を合奏した。

「で、気のきかない奴らだと思ったんで、僕は、大きな声でどなってやったよ。みなさん、このターン・スタイルは、十銭銀貨を一人一人おいれにならないと廻らない機械でありますから、どうぞあちらの、あいている口の方からおはいり願いまアす――ってね。すると、どうだい、口の大きな梅ぼしのような顔をした男爵が、十銭とられちゃ大へんだというような表情をして急いでただの入口の方へよちよちと走って行った。その他の連中もどやどやとその方へ行った。やっと整理ができて……あの処理はなかなかよかった……お前は何という、うん青木克己か、そうか、よしよしって専務が君、今運輸課へ僕をよんでさ、金二円くれたア。」

みんなは、わッといったようにわけもなくただ歓声をあげた。しかし、この日二円の特別賞与金をもらったものは他に二人いた。

……電車を浅草まで運転した西村清と、車掌の宮本とである。間違いのないようにと、清の傍には勝部がつきそっていた。電車は上野から浅草まで予定の五分間で走った。

浅草でも冬空に時ならぬ花火がはじけ、仲見世や、その辺一帯の商家には「祝地下鉄開通」と赤くそめ出した提灯《ちようちん》や小旗がかけつらねられて、あわただしい歳末の町に特別の景趣をそえていた。——浅草駅の方の警衛に行っていた連中は、青木の話に一しきり歓声のあがったあとで、殿下が地下鉄でここへお着きになるということを、御警衛に集ってきた巡査の群れで気づいた市民たちが、町の角々にたかって地下駅の入口のところを遠巻きに眺めていた時ならぬ光景や小豆色の皇族自動車を中心に来賓たちのきらきらした上等の自動車が駅の入口の所へずらりと行列した光景や、そんなことをねているものに話してきかせた。

「おうい、ここには何人いる?」

そこへ、階段の上りつきから菊川が首を出して声をかけた。

話をやめて、青木がその方へ立って行った。

「これをわけてくれたまえ。きょうの慰労の意味で会社からみなにくれるんだから。」

と菊川は人数を数えて、腕にかかえているものの中から入用なだけをおいて行った。

「何だかくれたよう。」

みなは、菊川がおいて行った品物の周囲へたかってきた。紙包みをほどくと、中から「祝地下鉄開通」という文字をそめぬいた安物の帛紗《ふくさ》と、従業員たちにはちょっと利用の方法もないような小さな折本の賀帳が一冊と出てきた。

帛紗の方は端の方に「大蔵組」という白ヌキの文字があったし、賀帳もどこかの請負商人がよこしたものらしかった。

「何だ、会社から何かくれるくれるっていうから何をくれるんだろうと思ったら、会社からくれたんじゃないんじゃないか。」

「これア、あまりものだ。」

みなはアテが外れて失望したように記念品を、わけ取りながらいった。

「これっきりかねえ。晩には慰労のために何か出るからって、おれなんざ山路なんかと一緒に上野の会場の跡片づけを今までやらされていたんだぜ。」

と、さっき階下から火鉢をかかえて上げて来た車掌の山下が口をとんがらしていった。

「ばかにしてやがらア」

とかれは、もう辛抱ができなくなってしまったというように、青服のボタンを外して怒ったようにそこにねころんだ。

あまりそういうことにこだわるな、と、いったように、青木は山下に背をむけて、畳の上を一つころがり、ねている友達の蒲団の傍へきて肱をついて、

「どうだい？　熱は？」

ときいた。

「ああ……」

とねている男は答えたはずみに、つづけざま咳をした。

開通前の昼夜不休の試運転のために、隧道の内部がまっ白な細かい塵埃にみたされ、駅員も運転手も、

車掌もだれ一人大なり小なり咽喉《のど》を痛めないものはなかったが、扁桃腺を腫らして首に繃帯《ほうたい》しながら働いているものが半数を占めそれが嵩《こう》じて、四十度近い熱を出して合宿でうなり出したものが七八人出た。しかし、熱は下ったのにへんな咳がとれないでこうしてねているものがまだ四人ばかりいた。医者は、少し肋膜《ろくまく》が悪いが隧道内の湿気と埃に中《あ》てられたんだろうといった。

かれらはそうした病気のために医者をよんでもその往診料や薬代を自分で払わなければならなかった。会社は、一人前になるところまで費用をかけて、今ここで病気になられては莫大な損失だ——といって、病気になった従業員に対して勝部などは明らかにいい顔をしなかった。

その証拠に、試運転が始まり、隧道内のひどい埃に眼をいためて、よほど悪かったのか、失明状態となった駅員の小林という青年は退社をすすめられて、それっきり姿をけしてしまった。

合宿の二階にねている四人の男たちも、いつそのような目にあうかもしれぬことを懼《おそ》れていた。卒業式にも開通式にも出かけられない自分たちが、明かにこの会社にとって、もはや間に合わない、いらない人間になりかけているのを自覚すると、気が滅《め》入《い》りこみ、同時に又早くよくなろうと心であせるのだった。

友達に容態をきかれても、かれらは申し合せたようにあまり答えなかった。そして、頬骨の目立って来たやせた顔に絶望的に眼ばかりぎょろぎょろさせて、朝出て行っては夕方かえってくる友達の様子を見つめるのだった。

「心配することはないよ、会社だって半年かかって折角技術を教えたんだから、そうむやみにやめてくれなんていいやしないよ。小林のは眼がみえなくなったんだから、運転手にも車掌にも使えないからやめさせたんだ……」

いつの間にか、青木は肱つき枕をして、ねている男の方へむいて、そんな風になぐさめていた。

みんなかえってきた瞬間の亢奮《こうふん》がさめてくると連日の疲労が一時に襲ってくるのに耐えかねたように、めいめい畳の上や蒲団の端にたおれてしまった。

すべての人が、あしたから始まる地下鉄の労働が、この二三週間の開通前の忙しさの中で経験した結果、楽しいものでも明るいものでもないのに深い失望を味わっていた。ことにあの隧道内のどうすることもできない毒ガスのような濃い埃。そしてコンクリートと防腐剤としっくいの匂いのまじりあった得体の知れない臭気。その中で次ぎ次ぎにたおれて行く同僚たち。

――青木は欧洲戦争当時、水のたまったざん濠の中で暮らしている兵士の生活に、自分のこれからの生活が似ているような気がした。

二三人の同僚と共に清が階段をあがってきた。疲労に隈《くま》どられた黝《くろず》んだ表情の中に、大きくなった眼を力なくみひらいた清は、その辺に居ぎたなくねそべっている仲間たちを見渡すと、

「あのね……」

とおずおず声をかけた。

「僕きょう…電車の運転に選ばれたろう、それで宮本君と二人で二円ずつ今運輸課で賞与をもらったんだけれど、二人で相談して……ここに四円あるから、茶話会でもひらこうか?」

青木がむっくりおき上って、青服のポケットから蟇口をとり出しつつ、

「僕も二円もらった。六円にしてのもうや、寒くてしようがねえ。慰労だ！」

あっちこっちにたおれていた人々はその声にとり縋《すが》るようにして起きて座った。

「おうい、開通式だぜきょうは……会社から別に従業員に何も出ないなら、おれたちだけ集ってのもうや。」

「慰労会だな。」

とみなは声に出していった。

酒をのむことを知らない清は、青木がいつか首唱して一度開いたことのあるいつかの茶話会を提唱したのだけれど、慰労会ということにして酒をのむのがいいのかどうか、迷ったように鼻白んで部屋の一隅にぼんやり立っていた。

「ね、西村君、そんなとこにぼんやりしていないでみんなを呼んできたらどうだい。ここにねているものは仕方がないが、六円あればうどんの玉を一円とあと酒五升くらい買えるだろう。みなで集ろうや……」

清はやっとメハナがついたように
「そのことをビラに書いて玄関の所へはりつければいいさ。」

と言った。

一日中日のささない北むきのこの部屋は、いつの間にか人の顔がみんな黒くみえるくらい光がうすれてしまった。

「ごめヱん、くださアい。」

その時、階段の所へキリスト教の牧師の帽子をかぶったてかてかと赤い顔の老人が首を出した。最初クセのある声が聞えた時に、みなはすぐ声の主をさとって首をちぢめた。中にはペロリと舌を出したものもいた。

「いかがですか……」

と、ゆっくりした口調で老人はよってきた。そして病人の傍へ行って座った。黒い聖服の襟のところに銀ニッケルの安物の十字架がぶらんぶらんしていた。老人は医者のように、病人の額に手をあててみて、

「大分よくなられたようですね。」

とその顔をのぞいた。ねている男は困ったように「はア」といった。老人はそのうしろにねている他の二三人の病人の方へも顔をむけて同じ言葉をくり返した。そして、女のような、うるんだ瞼をしばたたかせて、

「神様がきっとあなた方を守って下さいます。」

従業員の中にはキリスト教の信仰を持っているものはだれもなかった。農村から出て来た現代の青年はだれも皆無宗教徒だった。かれらは生れおちるとから一家の窮乏とそれを防ごうとする過重な労働のために、宗教に心を向ける余猶《よゆう》など持っていなかった。かれらがキリスト教の牧師というものに接したのはこの合宿へきてからのことだった。

鉄道傷害のために不具になり、働けなくなった従業員を収容し、或は職業の周旋などをするという鉄道保生院というのから、この地下鉄へも週に二回ずついつの間にか牧師がやってくるようになっていた。その日には牧師は朝早くやってきて、菊川の案内で、講堂に人々を集め一場の説教をしたが、風邪をひいたりして引籠っているものがあると、その上わざわざ合宿まで足を運んで、病人の枕許で熱心に祈り

をした。

中にはこの牧師にひどく感心しているものもあった。

「月給もらってやってる仕事じゃないか、楽なもんだ。」

というものもいた。

あの牧師はどれ位の給料で働いているんだろうとよくみなの話題に上った。開通が迫り昼夜兼行の労働がしいられてみながくたくたになっている朝でも「きょうは精神修養があるんだから三十分早く講堂へ……」とよく菊川が合宿の玄関へきてどなったものだ。しぶしぶおきて出かけて行くものもあった。講堂には五人とか七人とかしか出席しないことが多かった。

「みなもっと出席しなければいかん！」

と菊川がある朝、玄関から上ってきて、死骸のように蒲団の中にねたおれている連中の間をわたり歩いて大きな声を出した。

「うるさい！」

とだれかねているものの中からどなったものがあった。

「何？」

菊川は監督の権威を傷けられたように、まっ赤になってその声の方をふり返った。そしてかれとしては珍しくとがった喧嘩腰の声で
「だれだ、うるさいっていったのは……」

すると、反対の壁の隅の方で青木が首を上げた。

「うるさいといったのは小村ですよ。あれは寝言ですよ、僕も小村もゆんべ八時から今朝六時まで夜警でしたからね、これからねるところなんですよ。ぜひ精神修養に出ろというんなら、菊川さん、夜警なんか全廃して下さい。」

菊川は青木の方へむいて、不自然な笑顔をつくりながら、

「そんなに怒らなくてもいいじゃないか。」

「あんまり人をこき使うなかれ、アーメン。」

とだれかが蒲団の中で野次った。

「神よ、われらをして安らかにねむらせたまえ」

「フフフフフ」

方々からとぶ野次に、菊川はこういう気配をこれ以上まきおこすのは自分に不利だと思ったのか、要領悪く黙って出て行った。——それ以来、朝の精神修養の集りはお流れになり、長い間、かれらはこの説教師の顔をみなかったのである。

しかし、老人はみなの出払っている留守中、合宿の病人のところへだけやってきていた。

「きょうはみなさんにもお目にかかりたいと思っておそくまいりました……いかがですか、みなさん……」

牧師は、膝をむけ直してみんなのいる方へむいた。この時までねそべっていて仕方なくおき上るものもいた。

牧師は、少しかさ張った黒い風呂敷包みをほどきながら、

「どうぞそのままで……そのままでいて頂いて、折角きたのですから、久しぶりにお話を、それも当院の津田院長の執筆いたしました『権威の力』と題しまする結構なお説教が今度『鉄道の光』に発表されましたので、これをちょっと」

と、牧師は風呂敷の中からとり出したうすい二十頁ばかりの三五版のパンフレットを、立ち上ってみなに配って歩きつついつの間にか、人々のまん中に立っていた。

「巻頭の第二頁をあけて下さいませんか。『権威の力』……鉄道保生院長津田亀次郎……とございます、これをここで拝読させて頂きますから……ええと、われわれは……われわれは権威の前に、忠順でありたいと思います。あらゆる権威はみな人間の考えたり作り出したりしたものではないのです、もっと深い淵源があります。これを冒瀆したりこれに背反したりすることは即ち超自然的存在の意志を否定することになります。われわれが国家の決定せるあらゆる問題を批評したり批難したりして国論を乱し、民心をそそのかすことは、天理の上からゆるされないことです。権威を冒瀆せんとする思想を生み出す唯物論的な人生観ほど恐ろしいものはありません。われわれはこれを打ち破らなければなりません……」

牧師はこれだけの文章を何か非常にありがたい経文か聖句のように重々しい節をつけて、二度もくり返し、読んだ。

それから、頂くようにして本を閉じ、一同を見渡しながら、

「この、超自然的存在の意志とありますのは、つまり、神のみこころということでございます。――一と口に申しますならば、今日の社会は何事も皆権威によって秩序づけられ、運転しているのであります。例えば、当社の社長さんや、専務さん、その下の課長さん、監督さん、それからその下の皆さんのよう

な従業員の方々……この内だれかがかりに上役の方に逆らったといたしますならばどうでしょうか。会社全体の事業の運行は全く不可能となり、破壊されるのであります。会社が破壊すれば全部の社員、従業員、だれ一人として幸福になるわけがございません。即ち上に逆うことは神の摂理に反し、社会の幸福を破る所以でありまして、それは権威を犯すからであります。社長には社長の権威、課長には課長の権威というものがありまして、この権威はいわば神の意志によって授かっているものであります。人の作ったものではありません。そしてそれは国家にあてはめましてもその通りでありまして、世界の真理であります。だから、この真理を破ろうとするかの社会主義のごときものは、いわば悪魔の思想でありますから、決してみなさんがこれに魅《みい》られることのないのが肝要でございます。」

そして牧師は、非常に敬虔《けいけん》な態度というものはこうして表現するものであるとみなにその型をみせるように、汗ばんだ赤い顔を少しうつむけ、額を片手でおさえて、

「どうか、全智全能にましまます神よ、ここに集っているわれらの兄弟たちが、永遠に、神の仔羊として、サタンのしもべとならざるように、おまもり下さいませ、おまもり下さいませ！　アーメン」

とやった。

みなは夕ぐれに近い侘《わび》しい合宿所の一と時を、この牧師のいろいろな科《しぐさ》を見物することによって晴々と救われた喜悦を顔にあらわして、「折り」を眺めていた。

牧師は「祈り」をすませると、膝を折って座り、偶然青木の方へむいて、質問はないかということをきいた。

「先生……」

と青木が大きな声を出した時、傍にいる小村が「よせ」というしるしに、その肱をひいた。しかし、素《す》ばしこく働く青木の唇はその前にもうひとりで働き出していた。

「今のお話で権威ということがよくわかりましたが、かの社会主義——かの——というのが僕等にはわからないんですが社会主義が何故悪魔の思想か、その話をききたいもんですね……」

そして、すぐ何か答えるために口を開こうとする牧師にかまわず青木は尚《な》お語を継いで、

「僕らはまだだれからも社会主義の話なんかきいたことはありませんが、ロシアなんかは一億五千万も人民がいて、みんな社会主義で納まっているんでしょう。随分大勢が悪魔の囚《とりこ》になっている勘定なんですね。それをみんな正道に戻すのには、天の神様だって、並大ていじゃないと思うが、しかし、そこが先生、全智全能のわけですか」

「よせよ。」

と声に出して止めたのは青木の向い側に座ってハラハラしていた清だった。

「しかしきいとかなきゃわからんじゃないか……」

と青木はその方へもくってかかった。

至って善良な人間であるということをこの数十年間、人に対してよりも自分に対してより多く納得させて暮してきた牧師は悲しそうな眼つきをして、青木の方をちらりとみて、それから膝に手を組んでうなだれてしまった。

あっちでもこっちでもフーといった溜息や、笑い声やが埃のように舞い立った。

牧師はそうした声音に耳を汚す悲しみに耐えないといった表情で、すっかり眼をとじた顔を今度は天

井の方へむけて
「このまどいに連る兄弟のものの心のわずらいをもいやしたまえ、アーメン」

と半ば口の内でぶつぶつと唱えると、眼を開いた。その瞬間に老いた牧師の眼の底からいじけたものだけが持っている残忍に近いような冷たい光が流れたのを、清はみてとった。

牧師はみなにお辞儀をして、追われるような足どりをわざとらしく残して階段を下りて行った。

小村がとび立って、階段の下り口まで行ってのぞいた。

「あ、去《い》んだ、去《い》んだ！」

と、かれはおどけて、みんなの方へ片手をふった。

「最後におれにあてこすりをいって行きやがった……」

青木はそこへ足をなげ出して、

「ここじゃだれもキリスト教なんか信じるのんき者はいないや、」

と、口をあいて笑った。みんな今もらった「鉄道の光」をそれでもあけてよんでみたりしていたが、

「どうか……全智全能に、ましますす天川専務よ、われら会社の仔羊がＳＰ病にかからざるよう、隧道内を何とか改善して下さいませ！」

階段の所からかえってきた体の小さな小村がさっき牧師の立っていた処へ爪先立ちして、その恰好をまねながらおどけて、大声を出したので、みんなどっと笑った。

「ほんとうにそうだよ。」

と咳をしながら相槌《あいづち》を打ったものがいた。

九

間仕切りをとり払って広くなった部屋に五十人近い青年たちがわいわいいいながら群がっていた。かれらはさっきから、炊事場の方で温めてきた五合びんや一升びんを、茶のみ茶碗についで廻ってしたたか呷《あお》ったあとである。そして一個一銭五厘のうどん玉を蒸籠ごと買いこんで炊事委員になっている連中が、炊事場の老人に出汁を作らせたりして、さんざん食いちらかしたあとの茶碗や箸が人々の間に散乱していた。

かれらは、やっと自分自身をとり戻したように、はしゃいでいた。三人のもらった六円の賞与金で、従業員たちの間にその夜慰労会が催されたのである。

「病人のところへもっとうどんを持って行ってやれヱ」

「余興をやれよ余興を……」

「女の子がほしい。」

一人が箸で茶碗の縁を叩いて、

「ほうら、えらいやっちゃ、えらいやっちゃ、……祖谷《いや》のオ蔓橋イ……様とならあ……わたアろオ……えっさ、えっさえっさ」

と頓驚《とんきょう》な声をはり上げた。

「小村ア、小村ア、君、さっきのキリスト教をやってみろオ！」

と立ち上って叫ぶものがいた。向うの方にいた小村はその声をききつけて、青服のボタンをすっかり外して、赤くなった小さな丸い顔に、クリクリした眼を耀《かがや》かせながら、そこにつっ立つと、おちていた制帽を逆さにして頭にのせ、箸を一本横にくわえて、大きな口を半月形にまげて耳まで切れたような恰好にし、片手で上着の裾をヒラヒラと動かしながら妙なカニ股で座敷の中を歩き廻った。それが何の真似だかだれにも見当がつかなかったが、最初に気付いた青木は手をうって笑いこけた。

「開通式の大蔵男爵ッ！」

それがわかるとどっと笑いが爆笑した。

「男爵、ターン・スタイルからおはいりになるには十銭いりまあす」

と青木が声をかぎりにどなった。すると大蔵男爵に扮したつもりの小村は、あわててへっぴり腰でくるりと向きかえると、青木の方へむかって手をふりながら片手で燕尾服になぞらえた青服の上着の裾をひらつかせながら、逃げて行った。おまけに箸をくわえた口で、グワグワ、と家鴨《あひる》のような声を出したので、その瞬間顔中皺だらけになって、口が耳まで切れた様になり、みながきょうみた大蔵男爵そっくりの面相になった。逃げて行く途中でシルクハットが頭の上からおちて飛んだ所で、演技はおしまいになった。暫く拍手が鳴りやまなかった。

かわるがわるだれかがだれかに強いられてかくし芸をやってみせなければならなかった。

「すす（鮓）や、まんずう（饅頭）すんぶん（新聞）にずかんひょう（時間表）」

と、東北出のものは国訛《くになまり》の売子の呼び声をまねて笑わせた。

するとそれを囃《はや》すように、茶碗をたたきたたき唄い出すものもいた。「大阪サカイに、阿波ケンド、名古屋ソーキヤモ京ドスヱ、長崎バッテン、江戸ベラボー、兵庫神戸はナンゾイヤ」

大男の泉は、すっかり酒によっぱらい、頭に鉢巻をしめて、素っぱだかになってまん中へとび出した。そして両手を上の方へ差し上げ手首を折り曲げてぐるぐる動かしながら、足拍子を高くおどり出した。おどりながら、唄うのである。

「すったら坊主のくる時は、世の中ようて世がようて、お家繁昌に、村繁昌、あたまにかけたるしめなわは、七、五、三かい、五、五、三かい！……」

それは、かれの故郷に、昔行われた「すったら坊主」の踊りであって、そんな事の好きなかれの祖父《じい》から、泉は子供の時分に教わっていたらしいのだ。

「うどんののこりはもういらんかあい⁉」

と炊事場の老人が玄関のところへきてどなったが、もうだれにもそれはきこえそうもなかった。老人はしばらく「すったら坊主」の踊りを眺めていたが、あきれたような顔をして引き返して行った。

清はみんなにとらえられ、頭をかかえて、「ごめん、ごめん」、と悲鳴をあげながら逃げようとしたが却ってまん中へ引きすえられた。かれには何もかくし芸がなかった。すると子供の頃から悦子や元一の子守をしていた恰好を知っている辰一が、座蒲団を二つに折って、いきなりかれの背中におしつけ、

「西村は子守唄がうまいんだア！」

と叫んだ。するとみなはかれに向って「子守唄子守唄」とわめいた。座蒲団を片手で背中に受けとめて、鎮守の森の下かげをよく田圃《たんぼ》にいる父と母を迎えに、元一を背負って歩いて行った小学生時代の自分を思い出しながら、清はまっ赤な顔をして子守唄を二つばかり唄わなければならなかった。

東苅屋の――

稲田の娘
米のなる木を
知らんとさ
苅屋苅屋と
稲田がなけりゃ
あとは萱野の
行々子《けけす》原

稲田は今でも貴族院議員をしているT県第一の大地主の名だった。清の子守唄はかれの故郷に何百何年間地主に対する嘲笑と屈従に培われてきた貧農の声のように暗くて低く、およそこの場ににつかわしくなかった。

かれの唄によって、沸き立っていた騒ぎの調子が、いくらかでも低くなった位である。

その時、玄関から、勝部と菊川の二人が和服に着かえて、ぶらりと見廻りにはいってきたが、

「何だね、一体、今夜は……」

と勝部がおどろいてみなの「宴会場」へ顔をつっこんだ。

平常、かれらは勝部に頭が上らなかったし、勝部の方でもその積りでいたのだが、今夜のかれらは、自棄《やけ》半分にしたたか酔っ払っていた。こうして「慰労会」と名づけて何かもやもやしているものを発散しなければおさまらなくなったかれらの気持を、いいかげん酔払って一と通り充たしてしまった筈の今では、もし少しでもくいたりないとすれば別の新しい方法なり対象をみつけてでなければ満たされない

ことを漠然と感じていたものは、偶然勝部と菊川がそこへはいってきたのをみて、わあッと爆笑的に沸き立った。大勢のものが立ち上って、二人の方へ雪崩《なだ》れかけた。

「万歳！」

とだれかがどなった。それは獲物をおしとらえた凱歌のようにも聞えた。

「地下鉄……開通……万歳！」

「わっしょい！」

「昇げ！」

「勝部監督万歳！」

勝部と菊川は不意討をくらって逃げようとあせったために却って他の大勢の者にとびつかれ、真っ蒼になった菊川が先きに五六人のものにあおむけに胴上げされて、向うの方へ持って行かれた。

勝部は、「こらッ！」「よせッ！」などと叫びながら、身もだえして抵抗したが殆ど格闘のような光景になって畳の上に投げ転がされ、その上に重なってたおれた七八人のものに、やがて手とり足とり昇ぎ上げられた。

青木が勝部のはねる足をそうさせまいと、腕にからめて肩にかけていた。

向うの方では菊川がはね返る力を失っておとなしく昇がれ、上げたり下げたり、されていた。

勝部も人の肩の上にのせられてしまうと、あばれておちるのを自ら気づかって、あおむけに、ただもがいていた。

三十人あまりの総勢は二た手にわかれてむらがり、おのおのの分捕品《トロフィー》を肩の上にのせて、

「わっしょい！」

「万歳！」

「わっしょい」

「監督！」

「万歳！」

「わっしょい！」

「監督！」

……かれらは必死の声をはずませ、座敷の中を渦巻になって押し廻して走った。

地下鉄（「青服」前篇・後篇）
初出――『文学評論』一九三五年二月・三月
底本――『貴司山治研究』（不二出版、二〇一一年）

貴司山治／きし・やまじ　一八九九年（明治三二）―一九七三年（昭和四八）
徳島県生まれ。本名・伊藤好市。小学校卒業後、いくつかの職を経て、『大阪時事新報』『朝日新聞』などの懸賞小説に入選して大衆文学の新人として活躍を始める。一九二九年、日本プロレタリア作家同盟の創立に参加。「忍術武勇伝」「ゴー・ストップ」など、プロレタリア大衆小説を多く発表し、労働者に歓迎される。数度にわたる検挙で弾圧を受けながらも、作家同盟解散後は『文学案内』などの雑誌を創刊し、プロレタリア文学の大衆化の問題を追求。戦争末期に文筆を絶って丹羽山中で開墾に従事するが、四八年、上京して再び文筆生活に入る。

解説

出会いの芸当

椨沢　健

「小唄」との出会いからはじまった

本アンソロジー第二巻「蜂起――集団のエネルギー」に掲載した「女工小唄」（細井和喜蔵『女工哀史』改造社、一九二五年）は、細井和喜蔵《わきぞう》とその妻としえが各地の工場で耳にした、女工たちによる数え歌、盆踊り歌、子守歌、流行歌を集めた俗謡集であった。記録文学の古典として知られる『女工哀史』ではあるが、その中心は女工たちが歌う小唄の解説である。

小唄に出会い、導かれることがなければ、そもそも『女工哀史』は書かれることがなかった。ここには、小唄と出会った驚きが随所に記されている。「細番手の糸で織るように、綿々と資本主義の暴虐に対する怨念をうたっている。彼女は非実力本位な工場組織に、会社を嵩にきて威張り散らす門衛に、同じ一介のプロレタリヤでありながら我れ独り資本家の養子にでもなったように思って同胞を辛める主任、部長、見廻り、組長に、または文字通り尾のない狐なる女工募集人に、限りない反抗の矢を放っているではないか――」。そして細井は読者に訴える。「血もわかせずにこの凄惨な歌声を聞くことの出来る者は、衣服を纏う権利がどこにあろう」。小唄による辛辣《しんらつ》な「資本主義の暴虐に対する怨念」を耳にした驚きこそ、『女工哀史』執筆の動機であり、はじまりであった。

寄宿流れて工場が焼けて
　門番コレラで死ねばよい。
工場は地獄よ主任は鬼で
　廻る運転火の車。
籠の鳥より監獄よりも
　寄宿ずまいはなお辛い。

俗謡としての小唄は、口承により人から人へ歌い継がれる即興の替え歌＝労働歌であり、その場や歌い手に応じて、様々な歌詞のヴァリアントが生まれる。引用した「女工小唄」は、民謡として、また俗謡として当時よく知られていた「デカンショ節」の曲調をもとにした替え歌である。

小唄＝替え歌を口ずさみながら、女工たちは糸を織り、機械を廻す。「小唄」は機械のリズム、労働作業のテンポにあわせて、さながら糸を織るように紡がれる。機械に縛り付けられ、自由に動かせるのは口ばかり。一二時間にわたる単純繰り返し作業の苦痛と倦怠《けんたい》に耐えかねて、彼女たちの口から自然発生的に小唄が生まれ、やがて工場全体に響きわたる。

小唄は一人で口ずさむものではない。また誰か一人の「作者」によってつくられるものでもない。数え歌をはじめとして、それは他者を前提にした掛け合いであり、遊びであり、したがって共同でその場に即して替え歌をひねり出してゆく集団的な営為にほかならない。歌い手が聞き手になり、聞き手が歌い手になる、という相互交通的な掛け合い＝言葉遊びの営為は、彼女たちにとってみれば日常欠かせない創意にみちた仲間との対話の方法であり、会話そのものであった。小唄＝替え歌なくして、過酷な労働に耐えられないことはもちろん、何よりも女工同士の仲間意識や連帯感を育み、コミュニケーションを交歓することはできないのである。

添田唖蟬坊と「替え歌」の系譜

本巻収録の「鐘ヶ淵紡績女工の歌」も、添田唖蟬坊の演歌「四季の歌（第二次）」の曲調にのせて一九二〇～三〇年代に流布した替え歌である。「四季の歌（第二次）」の歌詞にある「鬼ヶ淵」は「鐘ヶ淵」にかけており、添田知道《ともみち》『流行り唄五十年——唖蟬坊は歌う』（朝日新書、二〇〇八年）によれば、「四季の歌（第二次）」は、弘前地方で流行った「会社つぶれて寄宿舎焼けて、社長コレラで死ねばよい、デンガラデンガラ」の「デンガラ節」をはじめ、各地の工場地帯でさまざまな替え歌のヴァリアントがつくられ、歌い継がれたという。「四季の歌（第二次）」、その前作「四季の歌」も、さかのぼれば、日清戦争中に兵士のあいだで歌われた「士気の歌」の曲調にのせた唖蟬坊による替え歌であり、その「士気の歌」も、さらにさかのぼれば、京のお座敷歌が元歌の、すでに俗謡として人口に膾炙《かいしゃ》していたものの替え歌にたどり着く。

三業地から軍隊へ、軍隊から工場へ、工場から盛り場へ、盛り場からスラムへ。連綿として民衆に歌い継がれてきた替え歌の系譜というものが存在する。『女工哀史』に書きとめられたのは、そうした系譜のほんの一端にすぎない。そこで細井は替え歌の系譜に言及してはいないが、少なくともそれを踏まえていたであろうことは、啞蟬坊の「唄の呼び売り」を「プロレタリア芸術」と評価した「プロレタリア芸術としての通俗もの」（一九二四年）というエッセイからうかがい知ることができる。添田啞蟬坊は近年再評価の機運が高まっているが、細井のように「替え歌」の系譜を「プロレタリア芸術」の範疇に入れて評価し、取り上げることは、「唄の呼び売り」がラジオの登場により関東大震災以後下火になったことも関係していたとはいえ、当時のプロレタリア文学運動においても、これまでのプロレタリア文学研究においても、ほぼ皆無といってよい。

一九〇〇年代から二〇年代にかけて、江戸から連綿と民衆のあいだで歌われてきた端唄《はうた》、小唄、数え唄、戯《ざ》れ唄などの俗謡に、風刺や諧謔《かいぎゃく》、反語や皮肉に満ちた新しい歌詞をのせた添田啞蟬坊の替え歌＝街頭演歌は、自由民権以来の無骨で硬直したメッセージ性の強い演説歌を、大衆的で歌いやすい新しい演歌のスタイルに作り替えて人気を博した。自作の歌詞カード（演歌本）を印刷して売りながら、職業演歌師として全国を渡り歩く。「ああわからないわからない／今の浮世はわからない」「ああ金の世や金の世や／地獄の沙汰も金次第」「社会の風潮　日にすさむ／労働問題研究せ　研究せ」等々の鋭い社会批判と風刺の口上は、ラジオやレコードが普及する以前に、浪曲や講談とともに、いわば口承文化のネットワークを通じて全国津々浦々に浸透していった。

啞蟬坊の演歌はすべて替え歌であり、元歌のメロディーを新たな歌詞でひっくりかえし、風刺し、異化したものにほかならない。さらにその元歌も巷で歌い継がれてきた俗謡を異化した替え歌に由来する。たとえば**「ラッパ節」**の元歌は、一八八六年に起きたノルマントン号沈没事故のさい流行した、不平等条約の悲哀が込められた「ノルマントン号沈没の歌」である。その「ノルマントン号沈没の歌」にも元歌が存在する。軍歌「抜刀隊」（外山正一詩、シャルル・ルルー曲）である。維新新政府を寿ぎ、礼賛するこの軍歌を「ノルマントン号沈没の歌」は替え歌にして風刺した。さらにその「抜刀隊」をさかのぼれば、ビゼーの「カルメン」のメロディーにたどり着く。その後「ラッパ節」は替え歌**「社会党ラッパ節」**へと進化して一世を風靡《ふうび》し、やがて俗謡「松の声」「奈良丸くずし」「青島節」「ストトン節」「選炭唄」「炭坑節」「与論《よろん》小唄《こうた》」「十九の春」へと継承変化して現在に至る。

演歌と社会主義

啞蟬坊の**「ああ金の世」**の元歌は、一八九八年に清水港朝陽館で起きた「海軍将校刃傷事件」を材に「ああ夢の世や夢の世や」という歌詞で流行した「小川少尉の歌」である。**「ああわからない」**は軍歌「日本海軍」を風刺した替え歌である。そのほか、「東京節」の元歌は「ジョージア・マーチ」、「ノンキ節」は「ダイナマイト節」、「増税節」は、啞蟬坊が全国を放浪中に偶然「乞食」が口ずさんでいた旋律から着想を得たものと言われている。このように、巷間に流布した作者不詳の軍歌、お座敷歌、乞食歌、流行歌、民謡のたぐいをすべて逆手に取って、その内容を風刺と批判と諧謔にあふれたメッセージソングに作り替えたのが啞蟬坊の演歌であった。

　啞蟬坊「ラッパ節」の流行に目を付けたのが『平民新聞』の堺利彦であった。啞蟬坊の演歌について、堺はこう述べている。「彼が或時新たに一つの歌を作り、出でて街頭に立って之を歌えば、忽ちにして東京市中の新流行が生ずる。二月たち三月たつと、小僧も丁稚も、学生も娘達も芸妓も娼妓も、到る処に之を口吟《くちずさ》んでいる。更に半年たち一年たつと、其の流行は地方に及び、遂に日本全国から其の瀏喨《りゅうりょう》凄婉《せいえん》の響が聞こえて来る」。

　当時市中で口吟まれていた「ラッパ節」の「瀏喨凄婉の響」を耳にとめていた堺は、社会主義思想の啓蒙と宣伝をかねて、週刊『平民新聞』の後継紙『光』紙上で「ラッパ節」の替え歌「社会党ラッパ節」の歌詞を読者から公募することを思い立つ。それが一九〇六年、『光』第一三号に掲載された、全二五節一一人の読者投稿による**「社会党ラッパ節」**である。藤城かおる『啞蟬坊伝――演歌と社会主義のはざまに』（えにし書房、二〇一七年）によれば、この掲載紙を読んだ啞蟬坊が替え歌を歌わせてほしいと、かねてより面識のあった堺利彦に申し出て、今日知られている啞蟬坊の**「社会党ラッパ節」**が誕生するにいたった。啞蟬坊はあらかじめこの「社会党ラッパ節」の替え歌の公募情報を目にしていて、自身の「ラッパ節」がどのように未知の読者によって書き替えられ、作り替えられるのか、ひそかに注目していたのである。つまり「社会党ラッパ節」の歌詞はもともとすべてが啞蟬坊のオリジナルではなく、『光』掲載の投稿歌詞を何節かそのまま採用して作り替えたものであり、いわば未知の読者との合作であり、共同制作になっているのである。

「社会党ラッパ節」は歌本として二回刊行されたが、二回とも発禁処分になっている。しかし流行歌は口から口へと歌い継がれていくがゆえに、口承、口頭で伏字部分が語り伝えられ、さらにそれを新たに唄い替えていくさまざまなヴァリアント＝替え歌が、巷間で自然と生み出され、流布していった。一九〇七年に日刊『平民新聞』第九号、第一〇号に掲載された、鉱山労働者にして演歌師としても活躍した**永岡鶴蔵**による**「足尾銅山ラッパ節」**もそのひとつである。

奇想天外な音象徴とオノマトペ

風刺や諧謔、反語や皮肉に満ちた歌詞の内容はもちろんだが、啞蟬坊の替え歌の特徴は、何よりそのゆたかで奇抜な音象徴のリズムを含んだオノマトペの使い方と、語呂合わせの妙にあるといえる。意味以上に音象徴とリズムを重視した言葉の掛け合わせから、意想外な風刺や批判のフレーズを紡ぎ出していった。有名な「東京節」（一九一八年）の「ラメチャンタラ／ギッチョンチョンデ／パイノパイノパイ／パリコトパナナデ／フライフライフライ」をはじめ、「チャクライ節」（一八九二年）の「舟を浮かべてチャンカンポン／大西洋にレンポンポン」、「ラッパ節」（一九〇六年）の「トコトットット」、「ゼーゼー節」（一九〇九年）の「トツアッセー」「マシタカゼーゼー」、「マックロ節」（一九一三年）の「マックロケノケ」などなど。「ゼーゼー」「マシタカゼーゼー」は「増税」を、「トツアッセー」は「咄圧制」を、それぞれオノマトペに組み替えたフレーズである。そこには難解な漢語への「当て」「おちょくり」が込められていることはもちろん、口から口へ伝承を容易にするための意図も込められていただろう。たとえば**「あきらめぶし」**の替え歌**「当世字引歌」**（一九〇七年）などは、そのわかりやすい例といえる。

「スグコワレル」のが「保険付」
「大懸賞」とは「バカモノツリ」
「賃金労働者」は「ノーゼイドウブツ」
「イノチウル」のは「労働者」
「坊主」は「オキョウノチクオンキ」

今日でも十分に通用する風刺であり諧謔であろう。というよりも、今日圧倒的に不足しているのが、このような風刺であり諧謔というべきではなかろうか。詐欺まがいの「漢語」「宣伝文句」「広告コピー」を、皮肉をこめて「正しく」言い換え、誰もが口に出して批判的に唄えるように換骨奪胎するのが、唖蟬坊の演歌であり、オノマトペの特徴といえるだろう。言い換えられた音象徴やリズムに従って、アジテーションとも、啓蒙とも、説教ともつかない、得体のしれない、どこに着地するのかさえわからないような奇想天外な言葉の連鎖が生み出されていった。「演説は聞かされるもので、聴者がこれをそのまま再現することはまずむずかしかったが、平易な演歌はこれを直ちに自ら口にすることもできたのであるから、一層親しめたわけだ。演歌は大衆自身のものであった」。『演歌の明治大正史』（岩波新書、一九六三年）で添田知道はそう書いている。「直ちに自ら口にする」ことができる替え歌は、それを享受する聴衆、読者の力によって作り替えられ、更新されていった。

堺利彦、幸徳秋水、荒畑寒村、大杉栄たちにより『平民新聞』を中心に形成された、いわゆる「明治社会主義文学」は、近代以前、江戸から連綿と巷間に歌い継がれてきた俗謡＝替え歌をはじめとする民衆文化の系譜にたえず目を向けていた。書くこと、読むことから遠ざけられてきた民衆が口承を通じて過去から連綿と受け継いできた、ことばを操る力、ことばを作り替えるパロディの力、口から口へ共同で芸術を練り上げていく力、そこに潜在する批評的、思想的な力や知恵に目を向けることを、それは意味していた。そこから学び、近代の活字中心のエリート文化や芸術のあり方を相対化し、エリート文化と民衆文化の融合と止揚を目指すことによって、運動と社会主義の理念そのものを、あらためて鍛え上げようとしていたことがよくわかる。監獄でみずからを鍛えた**大杉栄の詩「野獣」**にも、その心意気と決意が感じられる。大杉も添田唖蟬坊にあこがれ、よく口真似をしていたという。

女工の哀しさを伝える「後ろ姿」

「明治社会主義文学」に息づく、江戸から連綿とつづく替え歌やパロディというなら、同じく短詩、なかでも川柳もまたそのひとつにあげられよう。**竹久夢二**が「幽冥路」名義で平民社の機関紙『直言』や日刊紙『平民新聞』に有名なコマ絵とともに川柳を発表していたことは、いまではすっかり忘れられている。「三年振手のない父に抱かれて寝」「か〻る世に勇士の妻は納豆売」「幸ひに手足がついて舌がある」などの句は、鶴彬《つるあきら》の「手と足をもいだ丸太にしてかへし」「胎内の動き知るころ骨がつき」「人見ずや奴隷のミイラ舌なきを」に引き継がれているとみてよい。

かつて秋山清は夢二が多く手掛けた「後ろ姿」の女の挿絵を「女工哀史」と名づけ、次のように書いた。「労働に身をすりへらして、当時はまったくの不治の病であり、もっとも日本人として死亡率の高かった肺結核を病んだ女たちが、田舎の停車場の待合室や公園のベンチに坐って物思いに沈んでいる姿を、夢二がたびたび描いていた」。

夢二と鶴彬は、この女の「後ろ姿」でつながっている。のみならず、「おれたちはそれを見た／百人の女工が降り／千人の女工が乗りつづけて行くのを」（「汽車　三」）と歌った中野重治にも、夢二の影が読みとれる。「ふるさとは病と一しょに帰るとこ」「嫁入りの晴衣こさへて吐く血へど」「吸いに行く姉を殺した綿くずを」などの鶴彬の川柳は、夢二の「後ろ姿」の女の挿絵に添えられるにふさわしい解説のような趣がある。

演歌とともに川柳は、詩や小説をはじめとする既存の文学ジャンルの継承にアクセントが置かれたプロレタリア文学そのもののあり方を問い直し、再定義するための重要な入口となろう。とりわけ、鶴彬のみならず、プロレタリア川柳の軌跡を振り返る上で忘れてはならないのが、柳樽寺《りゅうそんじ》川柳会所属の井上信子、市来てる子、三笠しづ子らによる「川柳女性の会」の活動である。中でも、近藤十四子と戸川幽子は、短い期間ではあったが、『川柳人』『女人芸術』に気骨あふれる川柳作品を数多く残した。

近藤十四子「耳をふさいでも聞えて来る嘲笑」「大浪の寄するを知らず砂上楼閣」「笑ひつゞけた顔のどこかに有る苦痛」はもちろん、**戸川幽子**「下を見てゐると男に教へられ」「逆つて見たい血さつとわきあがる」「御客様のときは誰も笑つてくれる」も忘れがたい秀句だ。まぬけなつくり笑いを浮かべて、目の前にある、やり過ごしてはならない現実をやり過ごすしかない、みずからの弱さ、吹けば飛ぶような卑小さに、二人とも、じっと向きあい、耐えている。おそるべき、想像を絶する自嘲、抑圧、自罰の重さに、ただただめまいがする。

落書、落とし文を拾うことから

葉山嘉樹「セメント樽の中の手紙」、小林多喜二「誰かに宛てた記録」、中野重治「わかもの」は、すべて路上で匿名の手紙や私信を拾うという構成の小説である。そして三作品とも拾った手紙や私信を可能なかぎり原文を損なうことがないよう（「誰かに宛てた記録」は誤字や脱字や表記もそのまま）、引用紹介することにつとめている。「セメント樽の中の手紙」には、セメントの粉砕機に労働者が転落してそのままセメントにされてしまった労働災害の顚末がつづられた手紙が、「誰かに宛てた記録」には、売春で生活する義母に預けられた小学生の娘が、みずからの境遇と苦しみを小学校の先生と思しき相手につづった私信が、「わかもの」には、隅田川沿いの工場に潜入したオルグによってつづられた内部情報を記した書簡の断片が、それぞれコラージュのように張り付けられている。というより、拾った手紙や私信を、前書きと注釈を付して掲載しただけともいえる。俗謡や川柳が、いわゆる近代以前の民衆コミュニケーション様式の系譜に連なるものだとすれば、ここにあるのも落首ならぬ、作者不詳の落書《らくしょ》、落とし文《ぶみ》の系譜に連なるもの、という言い方が可能かもしれない。

落首、落書、落とし文は、言論の自由がない時代の、またその手段やメディアをもつことができない弱者の武器であり、表現手段にほかならないが、ここでもその事情はいささかも変わっていない。どれも闇に葬られた事件性や犯罪をにおわせるものばかりであり、誤字脱字だらけのテクスト、そのむき出しの物質性から浮かび上がるのは、社会から排除され、見捨てられた存在の切れ切れであり、隠蔽《いんぺい》された時間の傷跡である。実際、泣き寝入りを強いられる労働災害の事例をはじめ、工場は検閲の張り巡らされたブラックボックスにほかならず、手紙が検閲の対象であったことは、『女工哀史』の記述に詳しい。労働者階級の子どもが直面している地獄は、路上に打ち捨てられ、踏みつけられたボロボロの紙片を偶然拾いあげることによってのみ、わずかにその輪郭の一端が浮かび上がるようなたぐいのものだといえる。そのようにして路上に打ち捨てられ、バラバラに散らばった小さな声の断片を、コラージュのように張り合わせ、できるだけ筆跡や書き間違いをも含めて、その物質性ともども未知の読者に届けることが、ここでは目指されているのだといえよう。

「葉山嘉樹」や「小林多喜二」や「中野重治」という作者名は、ここではあくまでも偶然拾った匿名の手紙や私信を読者に届ける仲介者、媒介者にすぎないように見える。読者からすれば、作者の固有名は、この場合、あってもなくてもどうでもいい、重要な意味をもつものではなくなっている。作者名はかぎりなく小説の背後に後退する。読者は作者に従属することなく、作者とともに等しく、匿名の手紙や私信の背景や空白や謎を想像し、追究する「探偵」のごとき立場に立たされるといってよい。「わかもの」の結末にある「この小説の読者のなかに右工場の労働者がいたなら、ぜひそれを作者に知らせていただきたい」という「作者付記」に、そうした問題意識が鮮明にあらわれているといってよい。作者から読者へ向けた一方通行的な関係性がここでは退けられ、読者から作者へ、さらに読者から読者へ、という複数の交通性と相互の対話が意識され、想定されている。

「作者」神話を破砕すること

一九三一年から実験的に開始された壁小説などは、そうした方向性をさらに、出版から引き離し、街頭に掲示することによって推し進めた形式といえる。**小林多喜二の壁小説「テガミ」**は、そのなかで、もっとも成功した作品として有名だが、ここでもまた全編が子どもの手紙の語りで構成され、しかも壁に掲示することを前提につくられた形式となっている。冒頭に置かれた「此処を出入りするもの、必ずこの手紙を読むべし」という附記に、このテクストが貼り付けられて読まれるべき場所＝壁が提示されている。手紙文を読み進めていけば、「此処」とは、工場の労働者たちが寄り合い、会話を交わすことのできる、たとえば組合事務所、食堂、集会所、広場、便所といった場所が浮かぶ。すぐさま会社側に壁から剝ぎ取られることがない場所、経営側や現場監督らがあまり出入りしない、見落とす可能性のある死角のような場所が考えられよう。

壁小説の内容は貼った場所に大きく規定され、左右される。何を書き、何を問題にするかは、貼る場所に規定される。どこで読んでも、誰が読んでも同じ内容なら出版された印刷物の方がむしろ効率的だろう。貼る場所もまた、当然のことながら小説の一部、内容の一部とならざるをえない。もちろん、会社側に剝ぎ取られ、労使の対立や葛藤を顕在化させることも、重要な小説の一部となり、問いかけとなるだろう。貼る場所によって内容も読者も変わってくる壁小説は、いつ、どこで、誰と、何を読むのかを重視した「替え歌」形式の実験のようなものであったといってよい。

「便所闘争」は、雑誌『プロレタリア文学』の読者投稿欄に掲載された労働通信である。工場の便所に書かれた、監督批判の落書きに、次から次へと新たな落書きが連鎖して、上書きされていく様子がとらえられている。ひとつの落書きをきっかけに、あらたな情報や悪戯《いたずら》書きが読者から寄せられ、さながら連載のごとく落書きが書き足されていく。落書や落とし文を構造化させた「セメント樽の中の手紙」や壁小説の発想の起点には、こうした怪文書的な落書きの報告をはじめ、路上に打ち捨てられた匿名の声を拾い集め組織する運動の方向性と理念があったと考えられよう。

替え歌も川柳も壁小説も落とし文小説も、ひとしく読者はそれを読み享受するだけでなく、読むことを通して作ること、作り替えることに参与できる余地を残そうとする形式である。読者の力と協力なしては、作品は完成せず、物語は前に進まない。作者名はかぎりなく小説の背後に後退し、消失する。ここにおける作者の役割は、従来の文学における「作者」とは根本的に異なり、匿名の他者の声を拾い、つなぎ合わせ、コラージュし、切り貼りし、編集する仲介者にすぎないように見える。いわば、読者との共同制作者である。

こうした理念を推し進めれば、当然ながら、共同制作をめぐる実験や議論がプロレタリア文学において盛んに交わされるようになるのも理解できる。プロレタリア文学における共同制作は、文戦派による「代作問題」のスキャンダルも絡んで、これまであまり評判がよくない。評価も低い。というよりほとんど無視されている。実際、共同製作「工場閉鎖」も、鶴田知也、青木壮一郎、里村欣三の三人を筆頭に『文戦』責任創作」などと掲げられてはいるものの、何をもって「共同製作」とみなしているのか、その理念も手法もあいまいであることは否定できない。しかし、そうだとしても、第四巻「事件——闇の奥へ」に収録した橋本英吉・窪川いね子・土師清二による「六万円拐帯事件」のようなリレー合作小説、さらにはナップによる「組織的生産」と名づけられた共同制作の試みなど、個人による創作の限界や狭さを、いかに読者である労働者や大衆との共同＝協同によって克服し、乗り越えていくのか、という問題がくりかえしプロレタリア文学では模索されていたことを、軽く見るわけにはいかない。

国家と国語をこえた共同＝協同

読者である労働者や大衆との共同＝協同というなら、それは当然ながら国家や国語の内部にかぎられる問題ではない。国家と国語をこえたプロレタリアートの国際的な対話に不可欠の共通言語として、明治以来、日本でも広く関心を集め受容されてきたのが人工言語エスペラントである。国家や民族の序列や権威や差別から離れて、男女を問わず、民族を問わず、国家を問わず、言語を誰もが公平に使い、選び取る権利を掲げたエスペラントは、国際的な対話や協同を推し進めようとしたプロレタリア文学にとって重要な運動の焦点となっていった。そこには当然のことながら、外国語に精通したエリートやインテリによる言語や知識や運動の独占と支配から、プロレタリア文学運動そのものをいかに開き、解放していくのか、いかにプロレタリアートとの具体的な連帯や協同のあり方を構築していくのか、という問いかけと関心もまた横たわっていたといえる。「全日本無産者芸術聯盟（Nippona Artista Proleta Federacio）」の略称「ナップ」（NAPF）をはじめ、「コップ」「ナルプ」「プロット」「ヤップ」「プロキノ」といった団体・聯盟の略称は、すべてエスペラントからとられていることは、今日ではすっかり忘れられている。「セメント樽の中の手紙」や壁小説「テガミ」の落書、落とし文が「手紙」であったのと同じく、エスペラントによる国際的な対話や協同を支える中心となるメディアも「手紙」である。国家や言語の境界や序列とは無関係に、無名の、何者でもない人々が、「文通」を通じて、互いに勝手気ままに出会い、対話を実現し、情報をとりかわし、交流をかさねる。**秋田雨雀「緑の野」**において焦点化されるのも「手紙」であり、エスペランチストの常吉が「非戦論を唱えたり、外国人と手紙や絵葉書を交換したりするのが社会主義者」であるとみなされ、警察署長から執拗《しつよう》な尋問を受ける場面が何より印象に残る。

「国語」と「国語」は覇権を競い、帝国主義列強の覇権国の言語（英語とフランス語）が序列と支配従属関係の頂点に君臨する。エスペラントは、このように形成された帝国主義秩序に対する、被支配国・弱小国（エスペラントの創始者ザメンホフはポーランド生まれ）から生まれた批判的世界言語であった。それは文化的・歴史的な差異を排除しない平等なコミュニケーションを目指す運動にほかならなかった。

　言語の支配従属関係は、「国語」と「国語」のあいだにのみ存在するわけではなく、「国語」の内部にも存在している。「日本語」「国語」もまた方言、地方語、アイヌ語に対して言語的な序列や差別、支配従属関係を作り上げ、江戸から連綿と受け継がれてきた生活語を奪い、言語的多様性を破壊した。エスペラントへの関心は、何よりも「国際連帯」という理念や必要性のみならず、「日本語」「国語」の権力や抑圧から民衆を解放するという動機に根差している。**秋田雨雀「『舌』の叛逆としてのエスペラント」**は、まさにそうした背景を踏まえて、エスペラントを「舌のストライキ運動」ととらえた論考である。「舌」の暗喩は、抑圧された身体の変調や異和に関係し、言語と病気のあいだに密接な関係があることを伝えている。「ザメンホフは医者であった。日本でもエスペラントの為めに重要な働きをした人にお医者さんが非常に多い」と指摘した**伊東三郎「医者とエスペラント」**は、エスペラントと病気、言語と病気の関係について考察した興味深いエッセイである。

　戦争は、国家や民族の分断や誤解をあおることで拡大する。コミュニケーションを阻害すること、言語の疎通を踏みつぶしていくことで肥大していく戦争の理不尽と狂気をとらえたのが、黒島伝治「雪のシベリア」である。ここでは、ほんのわずかな発音の間違いや誤解、わずかひとつの重要なロシア語を日本兵が発音できなかったという小さな理由、小さな綻《ほころ》びから悲劇は起きる。「スパシーテ」を「スパシーボ」と誤って発音、言い間違えてしまったことから生まれる悲劇。野ウサギを追いかけて雪深い広野に迷い込んだ二人の日本兵が、パルチザンに捕獲される。裸にされ、銃殺の危機を悟った二人は、ロシア語で「助けて」と叫びながら走り出す。「助けて」（スパシーテ）。しかし、悲しいことに発音を間違えてしまった。「スパシーテ」のつもりが、パルチザンには「スパシーボ」にしか聞こえない。「スパシーボ」すなわち「有難う」。ロシア語の発音をただしく舌にのせることなど、シベリアに数年在任しただけの日本人には不可能だ。しかし、戦争は、そうした小さな発音の誤り、小さな「言語不通」「誤解」さえ憎しみと殺戮の導火線にしてしまう。「スパシーボ」「有難う」「有難う」。こんなやるせない悲喜劇、黒島伝治のほかに誰が書けよう。

驚異のアクロバット

小川未明「空中の芸当」は、逆立ちが得意な一人のブリキ工が、町のシンボルである二五〇尺、およそ七五メートルの煙突の頂上で、みごとに逆立ちを成功させるというスリリングな話であるが、読み進めていくにしたがい、その「スリリング」な曲芸が、ブリキ工の置かれた「命綱（セーフティーネット）」なき危険な生活と労働のメタファーでもあることが次第にみえてくる。煙突上での逆立ちという「セーフティーネット」なき曲芸と、労働者の「セーフティーネット」なき現実を、イメージとして上手にむすびつけた作品といえよう。労働者として生きることは、難曲芸を身に付け、演じるほどに、困難極まりない。片岡良一は、そのすぐれた小川未明論「『煎餅売』と『空中の芸当』」（一九五二年）で、未明の小説には「生活の奥にある何かしら不当さを感じさせるもの」への深い洞察があると指摘している。逆立ちによって見慣れた世界を「逆さま」に見つめなおすことによって、いままで見えていなかった見慣れた世界と労働の背後にひそむ「生活の奥にある何かしら不当さを感じさせるもの」の正体が、ぼんやりと浮かび上がってくる。世界が逆さまにひっくり返り、ひとりの労働者が町と世界全体を持ち上げ、支えるという革命的なイメージの現出は、何より鮮烈で忘れがたい。

単調に過ぎてゆく日常には「死」が潜んでいる。見慣れた日常を「逆さま」になって見直すのでもないかぎり、われわれは容易に生活と労働の奥にひそむ「死」に気づき、直面することはない。**小熊秀雄「綱渡りの現実」**は、「空中の芸当」が明視しようとした「死」を、「綱渡り」という命がけのアクロバットを通じて、みごとに可視化させた。「私にとつて現実とは／綱の上より他にはない。／綱の上を渡ることが生活の全部だ」「現実とは死の上に／かけられた一本の綱か／そして何といふ綱の細さよ」。生は曲芸にひとしい。資本主義社会で生を維持し、食いつなぎ、無事に一生を終えることは、危険極まりない綱渡りを演じつづける奇跡の曲芸にひとしい。そこにあって、転落はけっして自殺ではない。「私の墜死を自殺として片附けてくれるな」。

曲芸とアクロバットというなら、**藤沢桓夫「琉球の武器」**は、「琉球出身の労働者運動の闘士」が繰り出すカラテの驚異と、その起源に目を向けたエッセイである。共同製作「工場閉鎖」にも沖縄出身の労働者が出てくるが、とりわけ移住者が多かったのが鶴見の工業地帯である。「掠奪者は琉球をどこまでも武器のない島にしようとする」。カラテは、そうした武装解除、掠奪への抵抗から生まれた。綱渡り＝曲芸の産物、結晶といえるだろう。

子守歌＝俗謡の調べにのって

貴司山治「地下鉄（『青服』前篇・後篇）」は、一九三二年三月二〇日に起きた「もぐら争議」と呼ばれた東京地下鉄争議に取材した未完の長編小説「地下鉄」の中の一部である。断続的に、「出郷」（『中央公論』一九三三年一一月）、「労働者第一課」（『文化集団』一九三四年一一月）、「青服」前篇（『文学評論』一九三五年二月）、「青服」後篇（『文学評論』一九三五年三月）の四編が発表されたものの、これは争議に入るはるか以前の、長編全体の序章にすぎない。地下鉄開業に向けて、貧しい農村から募集採用された三三名の運転士・車掌候補の見習生が上京し、慣れない生活の中、過酷な訓練と労働環境に直面しながら、次第に「大東京の労働者」として覚醒し、成長していく過程が物語の主題である。

ここに登場する地下鉄とは、一九二七年、浅草と上野間二・二キロを結ぶ東洋初の地下鉄線（現在の都営地下鉄銀座線）のことを指す。争議は、満州事変に召集された労働者の首切りに端を発し、地下での不衛生な職場環境の改善、デタラメな賃金体系の是正、男女格差の撤廃、便所の設置、食堂・更衣室・休憩所・水道の設置、出征兵士の待遇問題など二七項目の要求を掲げて一五〇人の従業員が決起し、二〇日始発から無期限ストライキに突入した。日本労働組合全国協議会（全協）の指導の下、食料を準備して籠城作戦を展開し、警察の干渉にも屈することなく抵抗をつづけ、やがて要求の大部分を獲得して二四日に争議団は解散した。「インテリで東京の近代的労働者を知らない自分が、労働者の生活を書くためにはどうしても、サークルかそれに類似の方法による外に道はない」(「日記」)との考えから、貴司は文学サークルを立ち上げて争議関係者への取材を敢行し、書き上げた原稿を再び取材者に読み聞かせ、批評を仰ぎ、書き直すという作業をくりかえした。

小説の山場は、何といっても「十銭硬貨」がなければ通過できない「ターン・スタイル」という自動改札を、一番乗りで通ろうとした「宮様」と側近や大臣たちが、十銭硬貨など持っていないがゆえに、なかなか通過できずに難渋する場面であろう。「ところがあの機械は、機械の悲しさにたとえ宮様のお通りでも、十銭入れなきゃ廻らないんだ」。この場面に接して、無邪気な笑い声が、過酷な労働でボロボロにされた労働者のあいだから沸きあがる。買いたたかれて東京に集められた彼らの怨念が、労働者の歌う子守歌=俗謡の調べにのって膨らみ、渦を巻く。大争議勃発の前兆であり、予感である。まちがいなく、貴司山治の知られざる最高傑作といってよい。

田中忠一郎「十三人」も、同じく「献上繭」の生産で模範工場に選定されている製糸工場に「××宮妃殿下」が「御台覧」にやってくる顚末=悲喜劇をとらえた小説である。「地下鉄」とは反対に、ここでは「妃殿下」の姿は描かれない。女工たちはひたすら首を垂れ、目は自分の指先以外に向けることは許されない。洋装であったか和装であったか、確かめようもない。「宮様」を見てはならない、目を合わせてはならない、だから描いてもならないのである。「それは極めて呆気ないものであった。ただ一片の通り魔のように廊下を御通過遊ばされたに過ぎない」。掲載時は「通り魔」の「魔」が伏字にされている。

[編者略歴]

榊沢 健（くるみさわ・けん）

1966年東京生まれ。文芸評論家、早稲田大学他非常勤講師。

早稲田大学第一文学部卒業。同大学院文学研究科博士課程単位取得退学。

プロレタリア文学を研究の中心テーマ、座標軸のひとつに据え、ユニークな文芸評論を展開。

著書に『だからプロレタリア文学——名文・名場面で「いま」を照らしだす17の傑作』（勉誠出版、2010年）、『だから、鶴彬——抵抗する17文字』（春陽堂書店、2011年）、『川柳は乱調にあり——嗤う17音字』（春陽堂、2014年）、共著に『葉山嘉樹・真実を語る文学』（花乱社、2012年）、『原発川柳句集——五七五に込めた時代の記録』（レイバーネット日本川柳班編、2013年）、『浅草文芸ハンドブック』（勉誠出版、2016年）などがある。

＊『アンソロジー・プロレタリア文学』は全7巻の予定でスタートしましたが、諸般の事情により本巻をもって完結とさせていただきます。

＊本書の刊行にあたり、著作権の存続する収録作品は、著作権継承者の方より許諾をいただいております。本巻でも可能な限り調査をおこないましたが、近藤十四子、府川流一、青木壮一郎、田中忠一郎各氏の著作権継承者の連絡先が判明しませんでした。何らかの情報をお持ちの方は、小社までご連絡いただければ幸いです。

アンソロジー・プロレタリア文学⑤　驚異――出会いと偶然

発行日……………………………2022年6月10日・初版第1刷発行

編者………………………………楜沢　健

発行者……………………………大石良則

発行所……………………………株式会社森話社
〒101-0047 東京都千代田区内神田1-15-6 和光ビル
Tel 03-3292-2636
Fax 03-3292-2638
振替 00130-2-149068

印刷………………………………株式会社シナノ

製本………………………………榎本製本株式会社

ISBN 978-4-86405-170-5 C0393